भारतीय ग्राहक आंदोलन

भारतीय ग्राहक आंदोलन

50 वर्षों की क्रमिक विकास यात्रा

संपादक

सिद्धार्थ शंकर गौतम

प्रभात प्रकाशन

प्रकाशक
प्रभात प्रकाशन प्रा. लि.
4/19 आसफ अली रोड, नई दिल्ली-110002
फोन : 011-23289777 • हेल्पलाइन नं. : 7827007777
इ-मेल : prabhatbooks@gmail.com ❖ वेब ठिकाना : www.prabhatbooks.com

संस्करण
प्रथम, 2023

पेपरबैक मूल्य
तीन सौ रुपए

मुद्रक
आर-टेक ऑफसेट प्रिंटर्स, दिल्ली

★

BHARATIYA GRAHAK ANDOLAN
Ed. Shri Siddhartha Shankar Gautam

Published by **PRABHAT PRAKASHAN PVT. LTD.**
4/19 Asaf Ali Road, New Delhi-110002

ISBN 978-93-5521-515-4

₹ 300.00 (PB)

ग्राहक हित संरक्षण
और उनके क्रियान्वयन में रत
समस्त जनसेवकों
को
समर्पित

प्राक्कथन

मुझे यह जानकर अत्यंत प्रसन्नता है कि 'अखिल भारतीय ग्राहक पंचायत' द्वारा 'भारतीय ग्राहक आंदोलन' की विकास-यात्रा पर पुस्तक का प्रकाशन हो रहा है। इस पुस्तक में आंदोलन की आरंभिक पृष्ठभूमि से लेकर वर्तमान स्थिति तक का विस्तार से वर्णन किया गया है। इसे पढ़ने के बाद न केवल पाठक को ग्राहक आंदोलन से संबंधित सामग्री उपलब्ध होगी, अपितु ग्राहक के अधिकारों को सुरक्षित रखने के लिए व्यावहारिक उपाय भी प्राप्त होंगे। ग्राहक आंदोलन से संबंधित संगठन का शुभारंभ 1965 में केंद्रीय कर्मचारियों की राष्ट्रीय हड़ताल और उस परिप्रेक्ष्य में परम पूज्य श्रीगुरुजी, प्रख्यात चिंतक श्री दत्तोपंत ठेंगड़ीजी एवं श्री राजाभाऊजी के परस्पर विचार विमर्श से हुआ। इस संदर्भ में हिंदू अर्थशास्त्र के रचयिता प्रो. एम.जी. बोकरे का योगदान महत्त्वपूर्ण है। 1972 में परम पूज्य श्रीगुरुजी ने ठाणे में आर्थिक समस्याओं के विषय में हिंदू दृष्टिकोण से संबंधित 19 बिंदुओं को रेखांकित किया था, जिनमें भारतवर्ष की अर्थ-नीतियों की आधार-भूमि प्रस्तुत की गई है। इन बिंदुओं में प्रत्येक नागरिक की मूलभूत आवश्यकताओं की आपूर्ति, वितरण की समानता, श्रम-आधारित अर्थ नीति का निर्माण, सहयोगात्मक दृष्टिकोण, ग्राहक हित और राष्ट्रीय हित में समतुल्यता इत्यादि प्रमुख थे। सबसे पहले नागपुर कंज्यूमर्स फोरम की स्थापना हुई और उसके तत्त्वावधान में ही ग्राहकों के हित में कार्य संपन्न होने लगा। वहीं से प्रवासी संघ का भी उदय हुआ। उसी फोरम के अंतर्गत फुटकर दुकानदारों से समन्वय स्थापित

करने की बातचीत हुई। दुग्ध संघ और विद्युत् संघ की स्थापना हुई। बाजारों की लूट के उदाहरण भी सामने आए, व्यापारी ग्राहक समन्वय पर भी चर्चा हुई, ग्राहकों के सामूहिक खरीद गुट बने, उपभोक्ता पत्र का प्रकाशन हुआ। नागपुर और पुणे के आंदोलन में समन्वय स्थापित हुआ। 'चावल का जुलूस' और 'ऑपरेशन लक्ष्मी रोड' जैसे कार्यक्रम भी आयोजित किए गए। 26 जनवरी, 1975 को अखिल भारतीय ग्राहक पंचायत का विधिवत् संगठन जयप्रकाश नारायणजी के करकमलों से स्थापित हुआ। पंजीकरण के उपरांत इसने अपना विधिवत् कार्य करना प्रारंभ किया। इसके अंतर्गत आदर्श व्यापार मॉडल/ग्राहक पेठ स्थापित करने का लक्ष्य रखा गया।

नागपुर के न्यू इंग्लिश हाई स्कूल में एवं भिन्न-भिन्न स्थानों में कार्यकर्ताओं एवं वस्तुओं के खरीद संबंधी कार्यक्रम संपन्न हुए। बिजली आपूर्ति की अनियमितता के लिए विरोध किया गया। ग्राहक संरक्षण कानून पर विचार किया गया। चीनी बहिष्कार आंदोलन तथा विभिन्न नगरों में होने वाली दीपावली के अवसर पर सेल करने वाली प्रदर्शनियों का प्रभावी विरोध किया गया। 1975 से अखिल भारतीय ग्राहक पंचायत के संगठन में निरंतर विस्तार हुआ है। नागपुर में अधिवेशन 1981, मुंबई में कार्यकर्ता सम्मेलन 1981, मुंबई में कार्यशाला 1982, कार्यकर्ता समन्वय बैठक 1984, बापू महाशब्दे षष्ठपूर्ति समारोह, एम.आर.टी.पी. के अध्यक्ष से भेंट, ग्राहक पंचायत चेतन बैठक 1984, पहला ग्राहक पंचायत सम्मलेन 1986, ग्राहक कानून पर विज्ञान भवन में सभा 1986, ग्राहक जागरण यात्रा 1994, रजत जयंती समारोह 1999 आदि प्रमुख हैं।

प्रस्तुत पुस्तक में ग्राहक पंचायत के विचार को 'राष्ट्र देवो भव' के केंद्रबिंदु पर आधारित किया गया है और अर्थयान के अंतर्गत स्थापित किया गया है। लोकमान्य तिलक, मदन मोहन मालवीय, महात्मा गांधी, परम पूज्य श्रीगुरुजी, दीनदयाल उपाध्याय, आचार्य विनोबा भावे, शुक्राचार्य, कौटिल्य के अर्थशास्त्र से ग्राहक पंचायत की सैद्धांतिक पृष्ठभूमि तैयार हुई है। वहीं दत्तोपंत ठेंगड़ी, बजरंग लाल गुप्ता तथा एम.जी. बोकरे ने इसकी व्यूह रचना बनाने में अपना योगदान दिया है। ग्राहक पंचायत का मूल मंत्र पाश्चात्य

अर्थशास्त्र से उपजे हुए उपभोक्ताओं के शोषण पर आधारित व्यवस्था को भारतीय हिंदू जीवन-मूल्य से उत्पन्न ग्राहकों को संपोषण प्रदान करना है। अखिल भारतीय ग्राहक पंचायत ने ग्राहक-शक्ति को समाज-शक्ति माना है। उसने ग्राहक मंत्रालय स्थापित करने की भी माँग की।

अखिल भारतीय ग्राहक पंचायत ने अपने कार्यों को दो भागों में विभक्त किया है—एक, ग्राहक मंच तथा शासकीय व्यवस्थाओं के द्वारा शिकायत दूर करना; दो, समाज-शक्ति की सहायता से संगठन स्तर पर प्रश्नों तथा समस्याओं का निराकरण करना, जिसमें आवश्यक वस्तुओं के वितरण संबंधी कार्य किए हैं। ग्राहक परिषद् की भी स्थापना की है। अखिल भारतीय ग्राहक पंचायत के द्वारा अनुदान, सहायता, प्रोत्साहन इत्यादि का भी संचालन किया गया है। इस पुस्तक में आर्थिक ग्राहक पंचायत और आर्थिक परिषद् के संबंधों पर भी चर्चा की गई है। ग्राहक आंदोलनों की विकास यात्रा की, जिसमें वैश्विक और भारतीय आंदोलनों का विस्तार से वर्णन किया गया है, किसी भी अर्थशास्त्र और प्रबंधन के विद्यार्थियों के लिए महत्त्वपूर्ण सामग्री है। इस पुस्तक में मनुस्मृति, वृहस्पति स्मृति, नारद स्मृति में वर्णित शासकों, अधिकारियों, व्यापारियों व ग्राहकों के अर्थ-व्यवहार का विश्लेषण किया गया है। अखिल भारतीय ग्राहक पंचायत के कार्यों में निरंतर विस्तार हो रहा है। केंद्रीय स्तर पर इसकी राष्ट्रीय कार्यकारणी का गठन हुआ है। क्षेत्रीय स्तर पर क्षेत्र संगठन मंत्री, प्रांत स्तर पर प्रांत कार्यकारिणी, जिला स्तर पर जिला कार्यकारिणी, तहसील या ब्लॉक स्तर पर कार्यकारिणी, नगर या ग्राम स्तर पर स्थानीय समिति अपना कार्य कर रही हैं।

अखिल भारतीय ग्राहक पंचायत का लक्ष्य शोषण-मुक्त समाज की स्थापना करना है, जिसके अंतर्गत सैद्धांतिक और व्यावहारिक, दोनों ही कार्यक्रम संपन्न किए जाते हैं। इस पुस्तक में ग्राहकों को अपने अधिकारों को संरक्षित करने के लिए विभिन्न कानूनों की सूची भी प्रदान की गई है तथा विभिन्न अपराधों, जैसे साइबर अपराध, व्हाट्सएप पर ठगी, फेसबुक ब्लैक मेलिंग और ठगी, इंस्टाग्राम पर ठगी, ओ.टी.पी. से ठगी, अनजान लिंक के

द्वारा शोषण, निवेश और लोन एप के द्वारा ठगी, फेक कॉल और फ्रीलांसिंग के एप का मायाजाल, स्पोर्ट्र्स और गेमिंग एप से ठगी से बचने के कारगर उपाय भी बताए हैं। पुस्तक में ग्राहकों को सचेत किया गया है कि पक्के बिल से ही खरीददारी करें, बिल्डरों की धोखाधड़ी से बचें, खाद्य पदार्थों में मिलावट और चिकित्सा में लूट से अपने को सुरक्षित रखें। नाप–तौल में धोखा न खाएँ। रसोई गैस, पेट्रोल पंप, रेल यात्रा, जेवरात क्रय, बिजली कंपनी इत्यादि के द्वारा किए जाने वाले अन्याय एवं शोषण से बचने के भी उपाय इस पुस्तक में बताए गए हैं। पुस्तक में शिक्षा क्षेत्र में होने वाली धोखाधड़ियों से बचने एवं क्षतिपूर्ति प्राप्त करने के अधिकार भी बताए गए हैं। ए.टी.एम. प्रयोग करते समय बरती जाने योग्य सावधानियों का भी उल्लेख किया गया है।

संक्षेप में यह पुस्तक न केवल भारत, अपितु पूरे विश्व के उपभोक्ताओं को शोषण से मुक्ति दिलाकर उन्हें संरक्षण प्रदान करने वाली है। ग्राहक की अर्थशास्त्र और आर्थिक विकास में क्या भूमिका है, इसका वर्णन किया गया है। ग्राहक आंदोलन को राष्ट्रहित से जोड़कर सही दिशा प्रदान करने में यह महत्त्वपूर्ण योगदान देने वाली है। यह पुस्तक जहाँ एक ओर अर्थशास्त्र से जुड़े हुए बुद्धिजीवियों के लिए उपयोगी सिद्ध होगी, वहीं उद्यमियों एवं व्यापारियों के लिए भी व्यावहारिक ज्ञान प्रदान करेगी। मैं पुस्तक की रचना से संबद्ध सभी महानुभावों को महत्त्वपूर्ण सामग्री एकत्र करने एवं उसे व्यवस्थित ढंग से प्रस्तुत करने के लिए बधाई देता हूँ।

19 अगस्त, 2023

—आचार्य अरुण दिवाकर नाथ वाजपेयी

कुलपति

अटल बिहारी वाजपेयी विश्वविद्यालय,

बिलासपुर, छत्तीसगढ़

भूमिका

लंबे समय से अखिल भारतीय ग्राहक पंचायत का इतिहास लिखने की बात कही जा रही थी। किसी भी संगठन का इतिहास महत्त्वपूर्ण और कार्यकर्ताओं के लिए प्रेरणादायक होता है। नई पीढ़ी के कार्यकर्ता उससे अनुभव व मार्गदर्शन प्राप्त करते हैं। परम पूजनीय श्रीगुरुजी की संकल्पना से उभरे इस ग्राहक आंदोलन के इतिहास से संबंधित जानकारी एकत्र करने में प्रारंभ से माननीय दत्तोपंत ठेंगड़ीजी के मार्गदर्शन में कार्य करनेवाले मराठी दैनिक 'तरुण भारत' के वरिष्ठ पत्रकार राजाभाऊ पोफली की डायरी बहुत सहायक बनी। उनकी डायरी लिखने की आदत थी। डायरी में वे सभी घटनाक्रमों का सिलसिलेवार तारीख सहित विवरण लिखा करते थे। राजाभाऊ की डायरी से ही ग्राहक पंचायत की नींव के पत्थर बापू महाशब्दे के बारे में पता चला, जिन्होंने ग्राहक पंचायत के लिए अपना सर्वस्व न्योछावर कर दिया था। यहाँ तक कि अपने जीवन की अंतिम साँस भी उन्होंने ग्राहक पंचायत के कार्य के लिए पुणे से नासिक प्रवास करते समय बस में ली थी। राजाभाऊ निरंतर श्रद्धेय दत्तोपंत ठेंगड़ीजी के मार्गदर्शन में बापू महाशब्दे के नेतृत्व में ग्राहक पंचायत की इमारत को खड़ी करने में लगे हुए थे। संगठन के कार्य को आगे बढ़ाने में गोवा मुक्ति संग्राम के स्वतंत्रता सेनानी बिंदु माधव जोशी की भूमिका भी महत्त्वपूर्ण थी। निरंतर प्रवास और प्रभावशाली वक्तृत्व से कार्य को विस्तार देने व ग्राहक आंदोलन को आम समाज को समझाने में वे सफल हुए। राजाभाऊ की डायरी के अतिरिक्त ग्राहक पंचायत के अरुण

देशपांडे ने भी कुछ जानकारियाँ उपलब्ध करवाईं, जिससे ग्राहक पंचायत का इतिहास लिखने में उसकी भी मदद मिली। अखिल भारतीय ग्राहक पंचायत द्वारा मध्य प्रदेश में संचालित प्रकल्प 'ग्राहक सेवा प्रतिष्ठान', जो पिछले 13 वर्षों से अधिक समय से अनवरत त्रैमासिक पत्रिका 'ग्राहक अर्थ' का प्रकाशन कर रहा है, उसने ग्राहक आंदोलन से संबंधित कई पुस्तकों एवं प्रचार साहित्य का प्रकाशन भी किया है। ग्राहक पंचायत के इतिहास के साथ ही भविष्य में भारतीय ग्राहक आंदोलन की दृष्टि व दिशा के बारे में ग्राहक सेवा प्रतिष्ठान द्वारा प्रकाशित साहित्य से बहुत अधिक मदद मिली। वर्तमान में वैश्विक स्तर पर आर्थिक जगत् में पाश्चात्य संस्कृतिवाला (उपभोक्तावाद को बढ़ावा देनेवाला) विमर्श चल रहा है, जिसके कारण संपूर्ण आर्थिक जगत् में अशांति व असंतुष्टि दिखाई देती है। इस वर्ष संगठन के स्वर्ण जयंती वर्ष में ग्राहक पंचायत के प्रमुख उद्द्देश्यों में आर्थिक क्षेत्र के इस पाश्चात्य आधारित विमर्श को बदलकर उसे भारतीय सांस्कृतिक परिवेश के चिंतन से स्थानापन्न करवाना है। ग्राहक पंचायत के माध्यम से ग्राहक आंदोलन निरंतर इसी दिशा में कार्य करते हुए अग्रसर होगा, इसमें यत्किंचित् भी संदेह नहीं है।

—नारायणभाई शाह

राष्ट्रीय अध्यक्ष

मनोगत

मेरा जन्म ललितपुर, उत्तर प्रदेश में हुआ है। अपने शहर के बारे में मैं एक लोकोक्ति बचपन से सुनता आ रहा हूँ।

झाँसी गले की फाँसी, दतिया गले का हार।
ललितपुर तब तक न छोड़िए, जब तक मिले उधार॥

कहने को तो यह लोकोक्ति वर्तमान में हास-परिहास का विषय लग सकती है, किंतु अतीत में यह व्यापारी और ग्राहक के बीच मजबूत संबंधों को प्रदर्शित करती है। भारत में सदा से ही व्यापारी और ग्राहक के मध्य आर्थिक से अधिक सामाजिक संबंध रहे हैं। चूँकि हमारा इतिहास महान् अर्थशास्त्रियों द्वारा ग्राहक संरक्षण हेतु पोषित रहा है तथा व्यापारियों के लिए भी व्यापार हेतु उचित दिशा-निर्देश दिए गए हैं, अतः यह कहना अतिशयोक्ति नहीं है कि भारत में ग्राहक आंदोलन जैसी कोई चर्चा नहीं थी। हाँ, दोनों पक्षों की भूल के लिए समान दंड विधान अवश्य थे, जो ग्राहक का संरक्षण करने के साथ ही व्यापारी को भी दिशा-निर्देश देते थे, किंतु पहले मुगलों ने और बाद में अंग्रेजों द्वारा पोषित व्यापार के तरीके ने ग्राहक शोषण के द्वार खोल दिए और भारत में भी ग्राहक आंदोलन अवश्यंभावी हो गया। भारत के प्रारंभिक आधुनिक ग्राहक आंदोलन को विस्तार से देखें तो यह कई भागों में विभक्त दिखता है और कहीं-न-कहीं अंग्रेजों द्वारा लागू की गई नीतियों पर ही अग्रसर होता है। स्वतंत्रता प्राप्ति के पश्चात् जब राष्ट्रीय भाव के चिंतकों ने समाज में व्याप्त शोषण और अमीर-गरीब की खाई को चौड़ा होते देखा तो उन्हें यह

आभास हुआ कि भविष्य में ग्राहक हितों का संरक्षण समय की माँग है और इसे नकारा नहीं जा सकता। ऐसे ही समाज चिंतकों की आर्थिक समझ से ग्राहक पंचायत का जन्म हुआ, जिसने भारतीय समाज में ग्राहक हित के लिए यथासमय आंदोलन का मार्ग चुना और अंततोगत्वा सरकार को भी ग्राहक संरक्षण कानून बनाना पड़ा, ताकि समाज का एक बहुत बड़ा वर्ग स्वयं को छलता हुआ न माने।

आधुनिक काल के भारतीय ग्राहक आंदोलन के 50 वर्ष पूर्ण हो रहे हैं और इन 50 वर्षों की यात्रा में ग्राहक पंचायत ने यह सुनिश्चित किया है कि ग्राहक को उसका कानूनी अधिकार प्राप्त हो तथा जहाँ अभी अधिकार नहीं है, वहाँ आंदोलन और समाज के साथ से कानूनी अधिकार की प्राप्ति का मार्ग प्रशस्त हो। व्यापारी और ग्राहक के मध्य यदि आर्थिक आचरण ठीक नहीं हो तो यह सामाजिक व्यवस्था को छिन्न-भिन्न कर देता है। ग्राहक पंचायत ने इसी आर्थिक आचरण के व्याप्तिकरण हेतु जागरण के इतर जहाँ संभव हो, वहाँ संघर्ष का मार्ग चुना है और उसके इस मार्ग से निस्संदेह ग्राहक हितों को व्यापक संरक्षण प्राप्त हुआ है। आधुनिक ग्राहक हितों के इन्हीं संघर्षों को लक्षित करती है 'भारतीय ग्राहक आंदोलन' नामक यह पुस्तक।

यह मेरा सौभाग्य है कि इतने महत्त्वपूर्ण सामाजिक आंदोलन के इतिहास क्रम को संपादित करने का अवसर प्राप्त हुआ। मैं अखिल भारतीय ग्राहक पंचायत के संगठन मंत्री मान. दिनकर सबनीसजी का आभार व्यक्त करता हूँ। आपके द्वारा उपलब्ध लिखित-अलिखित साहित्य का संयोजन एवं संपादन आपके मार्गदर्शन के बिना संभव नहीं था। मालवा प्रांत के कार्यवाह मान. विनीत नवाथेजी का विशेष धन्यवाद, जिन्होंने इस कार्य को करने की प्रेरणा दी तथा समय-समय पर प्रगति की समीक्षा की। मैं आशा करता हूँ कि पुस्तक ग्राहक हितों के संरक्षण में दिन-रात संघर्षरत कार्यकर्ताओं का यथेष्ट मार्ग प्रशस्त करेगी।

इति शुभमस्तु।

—सिद्धार्थ शंकर गौतम

अनुक्रम

आरंभिक पृष्ठभूमि एवं कार्य का श्रीगणेश

1965 में केंद्रीय कर्मचारियों की राष्ट्रीय हड़ताल हुई। हड़ताल चल ही रही थी कि इस बीच दत्तोपंत ठेंगड़ी नागपुर के प्रवास पर आए। उनसे मिलने के लिए कुछ कार्यकर्ता महाल स्थित संघ कार्यालय गए। उस समय दत्तोपंत कार्यालय में नहीं थे। कार्यकर्ता वहीं बैठकर दत्तोपंत का इंतजार करने लगे। इसी बीच प.पू. श्रीगुरुजी अपने निवास स्थान जाने के लिए निकले।

उन्होंने कार्यकर्ताओं से पूछा—"तुम्हारी हड़ताल का क्या हाल है?"

श्रीगुरुजी को उत्तर मिला—"हड़ताल समाप्त हो गई है। त्रिपक्षीय बैठक में समाधान निकला है।"

श्रीगुरुजी ने फिर पूछा—"त्रिपक्ष अर्थात् कौन-कौन?"

श्रीगुरुजी को उत्तर मिला—"मालिक, मजदूर और सरकार।"

श्रीगुरुजी ने पूछा—"अच्छा! तो तुम्हारी हड़ताल के कारण जिसको कष्ट सहना पड़ेगा, उसका विचार कौन करेगा?"

कार्यकर्ताओं के पास इसका कोई उत्तर नहीं था। वास्तव में वह समझ ही नहीं पाए कि श्रीगुरुजी कह क्या रहे हैं? श्रीगुरुजी चले गए। श्रीगुरुजी का कष्ट सहन करनेवाले से आशय ग्राहक के बारे में था, जिस पर सहमति के कारण लिये गए निर्णय का आर्थिक बोझ पड़नेवाला था।

थोड़े समय बाद जब दत्तोपंत आए तो कार्यकर्ताओं ने उन्हें श्रीगुरुजी के साथ हुई पूरी बात बताई।

दत्तोपंत बोले—"ठीक है। मैं अगले सप्ताह फिर नागपुर आनेवाला हूँ।

आपलोग उस समय कार्यकर्ताओं की एक बैठक बुलाइए। हम श्रीगुरुजी के इस विचार पर विस्तार से चर्चा करेंगे और निर्णय लेंगे।"

जैसा तय हुआ था, अगले सप्ताह दत्तोपंत फिर नागपुर आए। सभी कार्यकर्ताओं की बैठक हुई। दत्तोपंत ने अपने विचार रखे कि श्रमिक अपने लिए नहीं, देश के लिए काम करते हैं। देश से तात्पर्य देश की भौगोलिक सीमाओं के लिए नहीं, बल्कि उन सीमाओं में रहनेवाले प्रत्येक व्यक्ति के लिए कार्य करते हैं। कर्मचारी चाहे केंद्रीय, राज्य सरकार या फिर औद्योगिक हो, वह उस व्यवस्था के लिए काम करता है, जो सर्व-सामान्य लोगों के लिए बनाई जाती है। यद्यपि कर्मचारी को कार्य करने का वेतन मिलता है, परंतु वह सिर्फ वेतन के लिए काम नहीं करता। अतएव कर्मचारियों को इस बात का ध्यान रखना चाहिए कि वह अपने अधिकारों के साथ ही कर्तव्यपालन का भी ध्यान रखे। देश के लिए काम करने का अर्थ है कि ग्राहकों के लिए बनाई गई सभी सेवाओं का समुचित रूप से कार्य करना। श्रमिकों को ग्राहक हितों के संबंध में जागरूक रहना चाहिए। Workers Should be Consumer Cautious जिसका अर्थ है ग्राहक हितों में बाधा पहुँचानेवाले कामों, व्यापार और व्यवहार को रोकने के लिए श्रमिक शक्ति को समर्थ बनाने का काम भी अपना ही काम होना चाहिए।

यहाँ तक किसी ग्राहक संगठन को बनाने का विचार नहीं किया गया था। दत्तोपंत मजदूर आंदोलन से जुड़े थे, अतः उसी में सुधार लाने पर मनन-चिंतन चल रहा था, परंतु इस बीच नागपुर में ही घटी एक घटना ने सभी समीकरण बदल दिए। दत्तोपंत से निकट का संबंध रखनेवाले और बाद में अखिल भारतीय ग्राहक पंचायत के अध्यक्ष बने राजाभाऊ पोफली को श्रमिकों के एक वर्ग में विचार रखने के लिए, वर्ग को चलानेवाले वाकडकर नाम के श्रमिक शिक्षक ने नागपुर के पाँचपावली क्षेत्र में बुलाया। श्रमिकों के इस वर्ग में अलग-अलग कारखानों में काम करनेवाले श्रमिक आते थे, उनका संबंध भी भिन्न-भिन्न कर्मचारी यूनियनों से था। राजाभाऊ ने श्रमिक वर्ग में विषय रखते हुए श्रमिकों से पूछा कि आप लोग किसके लिए काम करते हैं? चर्चा में

लगभग सभी श्रमिकों ने एक जैसा ही उत्तर दिया—"हम सभी मजदूर अपनी जीविका चलाने के लिए काम करते हैं।"

राजाभाऊ का प्रतिप्रश्न था कि इस प्रकार तो उद्योजक, व्यवस्थापक व अन्य कर्मचारियों का भी यही उत्तर होगा कि वह अपनी जीविका चलाने के लिए काम करते हैं। वास्तव में हम सभी उस ग्राहक के लिए काम करते हैं, जो हमारे बनाए उत्पादन को खरीदता है। अत: हमें इस तरह का कोई भी कार्य नहीं करना चाहिए, जिसके कारण हमारी जीविका चलानेवाले ग्राहक को तकलीफ हो। इन कामों में मिलावट करना, कम वजन, वस्तुओं को जमा कर भाव वृद्धि करना इत्यादि हमारी मदद करनेवाले कार्य नहीं हैं। इससे दूसरे लोगों को कष्ट होता है। हम अपनी माँगें पूरी करवाने के लिए इस प्रकार के काम न करें।

सभी श्रमिकों ने इन बातों को स्वीकार किया, लेकिन यह भी कहा कि अगर हम यह सब काम करने से मना करेंगे तो हमारी नौकरी चली जाएगी। तब हम क्या करेंगे? इस प्रकार के उत्तरों की राजाभाऊ को अपेक्षा नहीं थी। उन्होंने फिर भी कहा—इस दिशा में संगठित शक्ति का उपयोग करने से हमें समाज की सहानुभूति मिलेगी। कार्यक्रम हो गया, लेकिन राजाभाऊ को पता चल गया कि काम आसान नहीं है और इस काम का क्या प्रभाव पड़ सकता है, इसका अनुभव उन्हें अगले ही दिन हो गया। जब वह शाम को 'तरुण भारत' समाचार-पत्र के कार्यालय में काम पर थे, उनके पास एक श्रमिक आया और बोला, "मैं फत्तू वैद्य, वकीलपेठ में मॉडल मिल क्वार्टर के सामनेवाली झोपड़पट्टी में रहता हूँ। कल श्रमिक कक्षा में आपने जो कुछ बताया था, मैंने उसी के अनुरूप आचरण किया। मालिक ने मिलावट करने के लिए कहा, मैंने मना कर दिया। मालिक ने मुझे नौकरी से निकाल दिया। अब मैं अपने छोटे-छोटे बच्चों व पत्नी का पालन कैसे करूँ?"

प्रसंग की गंभीरता राजाभाऊ के सामने आ गई। वे उस श्रमिक को लेकर कार्यालय की कैंटीन में गए। उसे चाय पिलाई और कहा कि मैं कल सुबह तुम्हारे घर पर आता हूँ। हम कोई-न-कोई रास्ता निकालेंगे। उसके बाद वे

उसे लेकर मेन रोड स्थित शिवसागर होटल में गए। वहाँ से उसके घर के लोगों के लिए 3 मसाला डोसा पैक करवाए और श्रमिक को घर भेज दिया।

उस समय दत्तोपंत नागपुर में ही थे। राजाभाऊ इसके कारण थोड़ा आश्वस्त भी थे। रात में दत्तोपंत की बर्डी की बूटी चाल में साधूभाई ओक के घर पर बैठक थी। राजाभाऊ रात में वहाँ पहुँचे और दत्तोपंत से मिलकर उन्हें पूरी बात बताई। दत्तोपंत ने उन्हें धीरज बँधाते हुए कहा कि अगले दिन वे फत्तू के घर चलेंगे। राजाभाऊ ने बापू महाशब्दे को भी इस घटना के बारे में बताया। बापू ने राजाभाऊ की बात को शांति के साथ सुना और बोले— तुम दत्तोपंत के साथ जाओ। वे जरूर कोई सही मार्ग निकालेंगे। इसी विश्वास के साथ राजाभाऊ और दत्तोपंत फत्तू के घर गए। वहाँ पहुँचकर दत्तोपंत ने फत्तू के कंधे पर हाथ रखकर उसे सांत्वना दी। 20-25 रुपए भी उसे दिए। फिर दत्तोपंत ने राजाभाऊ को उसे इतवारी में प्रेमजी भाई के पास ले जाने के लिए कहा। फत्तू को प्रेमजी भाई के यहाँ नौकरी मिल गई।

ग्राहक संगठन का विचार

जब राजाभाऊ वापस दत्तोपंत के पास लौटे तो उन्होंने कहा कि श्रमिक कानून के अनुसार मजदूर उसे दिया काम करने से मना नहीं कर सकता। अतः इस समस्या के लिए नागरिकों को ग्राहक के रूप में सामने आना पड़ेगा, जिसके लिए ग्राहकों के एक मंच को अस्तित्व में लाना पड़ेगा। यह मार्गदर्शन एक नवीन दिशा में विचार करने की प्रेरणा दे रहा था। राजाभाऊ ने इस विचार के बारे में बापू महाशब्दे के साथ विस्तार से चर्चा की। बापू महाशब्दे भी इस विचार से पूरी तरह सहमत थे और उनके दिमाग में इस विषय से संबंधित एक नवीन प्रकिया चलने लगी थी।

सीताबर्डी मेन रोड पर बापू महाशब्दे के एक मित्र शरद मजूमदार की डोनेट बुक स्टोर नाम की पुस्तकों की दुकान थी। इस दुकान से वे अंग्रेजी पुस्तकें लेकर 'नागपुर टाइम्स' के संपादक अपने मित्र नाना साहब पलांदूर को पढ़ने के लिए दिया करते थे। बापू उस दुकान से राल्फ नाडर की एक

पुस्तक 'कंज्यूमर रेजिस्टेंस मूवमेंट्स' लेकर आए। उन्होंने राजाभाऊ को वह पुस्तक पढ़ने के लिए दी। इस पुस्तक से ग्राहक विषय ध्यान में आया। इस प्रकार राष्ट्रीय स्वयंसेवक संघ के स्वयंसेवकों में ग्राहक संगठन बनाने के विचार ने जन्म लिया। इसके साथ ही राष्ट्रीय स्वयंसेवक संघ में आर्थिक विषयों पर गहन विचार होने लगा था। 'हिंदू अर्थशास्त्र' के लेखक, नागपुर विश्वविद्यालय के पूर्व कुलपति, स्वदेशी जागरण मंच के प्रथम संयोजक डॉ. म.गो. बोकरे पश्चिमी विचारों के प्रभाव से पूरी तरह मुक्त थे। उनका स्पष्ट मानना था कि आधुनिकीकरण किसी भी रूप में पश्चिमीकरण नहीं है। वे इस बात से भी सहमत थे कि पश्चिम में होनेवाले बदलाव उन्नति और विकास के वैश्विक मॉडल नहीं हैं। भारत जैसे अति प्राचीन देश की सांस्कृतिक विरासत बहुत ही समृद्ध है। अत: यह बात शर्मनाक होगी कि हम अपने अंतिम लक्ष्य को प्राप्त करने के लिए किसी पश्चिमी सिद्धांत का सहारा लें। सभी संस्कृतियों के विकास के अपने मॉडल होते हैं। विकास का वर्तमान पश्चिमी विचार यद्यपि आकर्षक है, लेकिन वह विनाशक है।

'टुवडर्स ए हिस्टी ऑफ नीड्स', 'मेडिकल नेमेसिस टूल्स फॉर कनवायविलिटी और स्कूलिंग' के प्रसिद्ध लेखक इवान इलियच अपने मैक्सिको के अनुभव को साझा करते हुए विकास के मिथकों के विषय में कहते हैं कि उन्होंने ग्रामीण क्षेत्रों में रहने वाले गरीबों और शहर की झोपड़पट्टियों में रहनेवालों के जीवन पर विकास के प्रभाव को देखा है, जिसके कारण उनके जीवन निर्वाह के साधन और पारंपरिक कौशल नष्ट हो गए हैं। उनकी आत्मनिर्भरताएँ समाप्त हो गई हैं तथा समुदाय के प्रति उनकी निष्ठाएँ और प्रतिबद्धताएँ भी प्रभावित हुई हैं। इसके अलावा प्रकृति का संहार हुआ है, पारंपरिक वायुमंडल बदला है, बेरोजगारी बढ़ी है, आत्मनिर्भर पारंपरिक समुदाय नष्ट होकर नकद अर्थव्यवस्था बन चुके हैं, सांस्कृतिक जड़ें उखड़ गई हैं और राजनीतिक भ्रष्टाचार जड़ें जमा चुका है। वे पूछते हैं कि क्या यह विकास है या विकास के ब्लूप्रिंट के लिए जो कीमत चुकाई जा रही है, उसका उस समुदाय की स्थितियों और उनके उद्देश्यों से कोई संबंध

नहीं है, जिसके लिए विकास के ये सभी मार्ग अपनाए जा रहे हैं।

वे व्यंग्यपूर्वक कहते हैं, "विकास एक कीचड़ से सना हुआ शब्द बन चुका है, जिसे वर्तमान में गृह निर्माण योजनाओं में तर्कसंगत विचारों, किसी बच्चे को समझाने या नवयुवाओं की छातियों के संबंध में प्रयुक्त किया जाता है। लेकिन विकास सदैव एक संकेत देता है। किसी व्यक्ति की अनिश्चित, न बताने योग्य, असम्मानजनक परिस्थितियों से बाहर निकलने की क्षमता, जिसे सब-डिसेरोलो या विकास क्रम को जारी रखना भी कहा जाता है, जैसा कि हैरी टूमेन ने 10 जनवरी, 1949 को खोजा था।" (दत्तोपंत ठेंगड़ी, थर्ड वे, पृष्ठ 55)

इसके साथ ही वे कहते हैं, "विकास उस मार्ग पर चलना है, जिसके बारे में दूसरे लोग हमसे बेहतर जानते हैं। उस लक्ष्य की तरफ बढ़ना है, जहाँ पर दूसरे पहुँच चुके हैं, किसी एकमार्गी रास्ते पर दौड़ लगानी है। विकास का अर्थ वातावरण, प्रतिबद्धताओं, पारंपरिक मान्यताओं और रीति-रिवाजों को किसी विशेषज्ञ की हमेशा बदलनेवाली सलाह पर विनष्ट करना है। विकास आर्थिक समृद्धि का वचन देता है और हमेशा बहुमत की गरीबी का लगातार आधुनिकीकरण करने में लगा रहता है।"

इवान इलियच इस निष्कर्ष पर पहुँचे हैं कि अब समय आ गया है कि विकास की सही तरह पहचान की जाए, जो अब घातक मिथक की तरह स्पष्ट हो चुका है और उन लोगों के पीछे लगा है, जिनके बीच मैक्सिको में मैं रहता था। मैक्सिको का संकट हमें संकेत देता है कि हम विकास का लक्ष्य मानकर पीछा करना छोड़ दें। पाश्चात्य विचार उन्नति और विकास की हिंदू मान्यताओं के एकदम विपरीत है। उदाहरण के लिए सन् 1972 में श्रीगुरुजी ने ठाणे में आर्थिक समस्याओं के विषय में प्राथमिक हिंदू दृष्टिकोण के विषय में बताया था। उनके द्वारा बताए गए मुख्य बिंदु इस प्रकार हैं—

1. प्रत्येक नागरिक को जीवन की मूलभूत आवश्यकताओं की आपूर्ति मिलनी चाहिए।
2. समाज की सेवा करने के उद्देश्य से भौतिक धन, जो ईश्वर द्वारा

ही बनाया गया है, नैतिक तरीकों से अर्जित करना चाहिए। उस धन में से सिर्फ न्यूनतम अपनी आवश्यकताओं की पूर्ति हेतु हो, ताकि आप समाज की सेवा करने की स्थिति में स्वयं को बनाकर रख सकें। उससे अधिक धन का अपने लिए उपयोग समाज के धन की चोरी माना जाएगा।

3. हम समाज के न्यासी मात्र हैं। हम समाज की सच्ची सेवा तभी कर पाएँगे, जब हम सही अर्थों में समाज के न्यासी बन सकें।
4. व्यक्तिगत संपत्ति की सीमा निर्धारित की जानी चाहिए। किसी भी व्यक्ति को अपने लाभ के लिए दूसरे का शोषण करने का अधिकार नहीं होना चाहिए।
5. जिस देश और समाज में लाखों लोग भूख से मर रहे हों, विलासिता तथा आडंबरपूर्ण खर्च करना पाप है। सभी प्रकार के उपभोगों पर युक्तिसंगत प्रतिबंध लगने चाहिए। उपभोगवाद और हिंदू संस्कृति की आत्मा में कोई संबंध नहीं है।
6. हमारा ध्येय अधिकतम उत्पादन, समान वितरण होना चाहिए। राष्ट्र को आत्मनिर्भर बनाना हमारा त्वरित ध्येय होना चाहिए।
7. बेरोजगारी और अर्धरोजगारी की समस्या से युद्धस्तर पर निपटना चाहिए।
8. औद्योगीकरण आवश्यक होने पर भी पश्चिमी देशों की तरफ देखकर इसका अंधानुकरण नहीं किया जाना चाहिए। प्रकृति का शोषण नहीं, दोहन किया जाना चाहिए। पर्यावरणीय कारण, प्राकृतिक संतुलन तथा आनेवाली पीढ़ियों की आवश्यकताओं का ध्यान कभी भी हमारी दृष्टि से ओझल नहीं होना चाहिए। शिक्षा, पर्यावरण अर्थशास्त्र तथा नीतिशास्त्र का संपूर्ण विचार होना चाहिए।
9. हमें अधिक बल श्रमोन्मुखी परियोजनाओं पर देना चाहिए, न कि प्रचंड पूँजीवाले उद्योगों पर।
10. हमारे तकनीकविदों को पारंपरिक उत्पादन तकनीकों में सुधार

लानेवाले तंत्रज्ञान को विकसित करना चाहिए। इस बात का ध्यान रखते हुए कि इन सुधारों से श्रमिकों की बेरोजगारी न बढ़े। उपलब्ध व्यवस्थापकीय या तकनीकी कौशल बरबाद न हो। वर्तमान उत्पादन साधन पूँजी के प्रभाव से पूर्ण मुक्त हों। इस कार्य के लिए उत्पादन के केंद्र कारखाने न होकर ऊर्जा की सहायता से गृह उद्योगों की मौलिक तकनीक का विकास किया जाए।

11. उत्पादकता तथा रोजगार वृद्धि का आकलन करते रहना चाहिए।
12. श्रमिक भी उद्योग की पूँजी का एक प्रकार है। प्रत्येक श्रमिक के श्रम का मूल्यांकन कंपनी के अंश के रूप में किया जाना चाहिए। श्रमिकों के स्तर को उठाकर उन्हें अंशधारक का स्वरूप उनके श्रम को पूँजी मानकर दिया जाना चाहिए।
13. ग्राहक हित राष्ट्रीय आर्थिक हित का समतुल्य है। सभी प्रकार के औद्योगिक संबंधों में समाज सबसे अधिक महत्त्वपूर्ण तीसरा पक्ष है। सामूहिक सौदेबाजी का वर्तमान पश्चिमी विचार इसके अनुरूप नहीं है। इसे किसी दूसरी जैसे राष्ट्रीय वचनबद्धता से संबोधित किया जाना चाहिए। मालिक तथा कर्मचारी दोनों की वचनबद्धता राष्ट्र से हो।
14. श्रम का अतिरिक्त मूल्य राष्ट्र को समर्पित किया जाना चाहिए।
15. औद्योगिक स्वामित्व के संबंध में हम किसी कठोर नीति के समर्थक नहीं हैं। अलग-अलग स्वरूप जैसे निजी उद्योग, राज्य के उद्योग, सहकारी, स्थानीय निकायों के उद्योग, स्वरोजगार, संयुक्त स्वामित्व राज्य व निजी आदि। प्रत्येक उद्योग के स्वामित्व का निर्धारण उसके चरित्र तथा राष्ट्रीय अर्थव्यवस्था में योगदान के अनुरूप निर्धारित किया जाना चाहिए।
16. हम किसी भी स्वरूप की आर्थिक, सामाजिक नीति विकसित करने के लिए स्वतंत्र हैं। अनिवार्य है कि वह धर्म के मूल चरित्र के अनुरूप हो।

17. तब तक सामाजिक ढाँचे में किसी भी प्रकार के परिवर्तन का कोई उपयोग नहीं, जब तक प्रत्येक नागरिक के विचारों को उपयुक्त दिशा न दी जाए। व्यवस्था का अच्छा या बुरा संचालन उन व्यक्तियों पर निर्भर होता है, जो उसे संचालित करते हैं।
18. सामाजिक तथा व्यक्तिगत संबंधों के बारे में हमारा दृष्टिकोण संघर्षात्मक नहीं, बल्कि सहिष्णुतावाला हो। जो इस भाव से उत्पन्न हो कि सभी प्राणियों में एक ही तत्त्व विद्यमान है। व्यक्ति सामूहिक सामाजिक व्यक्तित्व का जीवित प्रतिबिंब है।
19. किसी भी राष्ट्र के सामाजिक, आर्थिक काम के वास्तविक बुनियादी ढाँचे को गढ़ने के लिए उसका संस्कारित होना आवश्यक है। (दत्तोपंत ठेंगड़ी, थर्ड वे, पृष्ठ 56-57 व 58)

'सभ्यता की बिल्कुल प्रारंभिक अवस्था में मनुष्य मूलतः सृष्टि का विचार टुकड़ों में नहीं करता था, बल्कि वह समग्रता में ही सोचता था। पूर्व की ओर विशेषतः भारत में यह विचार आज भी जीवित है। वह इस अर्थ में है कि वहाँ पर तत्त्वज्ञान और धर्म का समग्रता पर बल देता है, उसमें विश्व के स्वरूप का टुकड़ों में विश्लेषण करने की निरर्थकता व्यक्त होती है।' (डेविड बोम, होलनेस एंड द इंप्लीकेट ऑर्डर, रौटलेज एंड केगन पाल 1980)

बाद में स्कोडिंजर ने 'जीवन क्या है' विषय पर लिखा। उन्होंने क्वांटम फिजिक्स और जीव विज्ञान का मेल अपने दो लंबे लेखों के द्वारा रखने का प्रयास किया। उन्होंने विश्व के बारे में 'मेरी धारणा' नामक लेख में जो विचार व्यक्त किए हैं, उनमें पूर्व के गूढ़ विचारों का प्रभाव नजर आता है। अपने प्रसिद्ध समीकरण के कारण तत्त्ववादी विचारोंवाले वैज्ञानिक होने की प्रतिष्ठा पाने के पूर्व वर्ष 1925 में ही उन्होंने लिखा था, 'आप जिस जीवन को जी रहे हैं, वह संपूर्ण अस्तित्व का केवल एक भाग मात्र है, इतना कहना ही पर्याप्त नहीं है। एक विशिष्ट अर्थ में वह भी संपूर्ण अंश ही है। यह संपूर्णता इस प्रकार की नहीं कि उसे एक ही दृष्टिक्षेप में देखा जा सके। इसी सत्य को ब्राह्मण 'तत्त्वमसि' के पवित्र एवं रहस्यमय सूत्र के द्वारा व्यक्त करते हैं। वास्तव में

यह सूत्र कितना सरल एवं सुस्पष्ट है, इसी सत्य की अभिव्यक्ति इन शब्दों में भी व्यक्त होती है कि मैं पूर्व में हूँ और पश्चिम में भी, मैं ऊपर भी हूँ और नीचे भी, मैं ही संपूर्ण विश्व हूँ।' स्कोडिंजर वास्तव में सत्यशोधक थे। उनकी यह दृष्टि अपने ही उद्गारों की पूर्ति करनेवाली हो सकती है, क्योंकि उन्होंने गणित का साधन इसलिए बनाया, जिससे क्वांटम पदार्थ विज्ञान के विद्वान् विश्व को इस दृष्टि से देख सकें। क्वांटम विचार प्रणाली के द्वारा इस बात को सिद्ध करना कि 'मैं ही संपूर्ण विश्व हूँ' उसका आधारभूत समीकरण है। उसमें यही दिखाई देता है कि एक ही मन अपना निरीक्षण करता है और अपने अंदर विभिन्न अवस्थाओं के विरोधाभासों को भी स्वीकार करता है। जो कुछ भी अस्तित्व में है, उसका क्वांटम की उड़ान के साथ समन्वय किया जाता है।

इसके संबंध में आइंस्टीन ने भी कहा है, "हम जिसे विश्व कहते हैं, मनुष्य उस संपूर्णता का आकाश एवं काल के द्वारा सीमित एक अंश होता है। वह अन्य लोगों के साथ भिन्न विचार एवं भावनाओं के कारण 'मैं' के नाते अपने बारे में जो अनुभव करता है, वास्तव में वह उसके बोध को हुआ एक प्रकार का विश्राम होता है, जो एक प्रकार से हमारे लिए कारागार होता है। वह हमें अपनी व्यक्तिगत इच्छाओं के कारण और निकट प्रतीत होनेवाले कुछ लोगों के प्रति ममता के साथ हमें बाँधे रखता है। सभी जीवों और प्राणियों, सुंदरता से सजी प्रकृति तक अपनी सहानुभूति की कक्षाओं का विस्तार करते हुए अपने आप को इस कारागार से मुक्त करवाना ही हमारा कर्तव्य होना चाहिए। यह पूर्णतः साध्य होनेवाला नहीं है, किंतु इस उद्देश्य के लिए प्रयत्नशील रहना ही मुक्ति का एक भाग एवं आंतरिक अमरता के आश्वासन का आधार होता है। (प्रस्तावना, दत्तोपंत ठेंगड़ी, पृष्ठ 230) दीनदयाल उपध्याय के एकात्म मानवदर्शन का संदेश भी इसी स्वरूप का है।

हिंदू तत्त्व चिंतन पर आधारित राष्ट्रीय स्वयंसेवक संघ का मानव जीवन के विषय में विचार भी समग्रता का है। उसमें सामाजिक, तात्त्विक, राजनीतिक और आर्थिक सभी विचारों का समागम है। वह अपने प्रारंभिक कालखंड से ही 'परमवैभवम नेतु मेतत स्वराष्ट्म' का लक्ष्य लेकर चला है। अपने देश को

परम् वैभव के लक्ष्य तक पहुँचाने के लिए लोगों की आर्थिक संपन्नता का विचार आवश्यक है। यही वजह है कि मूल चिंतन का स्वभाव होने के कारण संघ के आर्थिक चिंतन में ग्राहक का विचार अपने आप आ गया।

कंज्यूमर्स फोरम की स्थापना

ग्राहक आंदोलन का विचार बीज के रूप में राष्ट्रीय स्वयंसेवक संघ के स्वयंसेवकों में अंकुरित हो चुका था। दत्तोपंत ठेंगड़ी ने अपनी अगली बैठक में नागपुर के कार्यकर्ताओं के समक्ष ग्राहक आंदोलन की पूरी विवेचना करते हुए ग्राहक संगठन बनाने की ओर इशारा भी कर दिया था। दत्तोपंत ठेंगड़ी के इस प्रकार विवेचन करने से सभी स्वयंसेवक बहुत प्रभावित हुए थे। राजाभाऊ पोफली; जो मराठी के लोकप्रिय समाचार-पत्र 'तरुण भारत' में पत्रकार थे तथा टोपन के छद्म नाम से अपना स्तंभ चला रहे थे, ने 'तरुण भारत' समाचार-पत्र के ही दो अन्य पत्रकारों बापू महाशब्दे और तात्या साहब करकरे के आग्रह करने पर 'कामगार व ग्राहक जागरूकता' विषय पर एक लेख अपने स्तंभ में लिखने की हामी भर दी। राजाभाऊ को गोवंदि राव गोखले और तात्या साहब करकरे ने भी आग्रह करके वह स्तंभ अपने नाम से लिखने के लिए कहा और राजाभाऊ उसे अपने नाम से लिखने भी लगे।

बापू महाशब्दे के साथ राजाभाऊ की ग्राहक विषयक विस्तार से चर्चा हुई और उन्होंने 'नागपुर कंज्यूमर्स फोरम' की स्थापना करने का निश्चय किया। बापू महाशब्दे के मार्गदर्शन में उन्हीं के घर के पते पर नागपुर कंज्यूमर्स फोरम संगठन काम करने लगा। बापू महाशब्दे संगठन के पत्र-व्यवहार से लेकर अन्य सभी कार्य सँभालते थे। इन पर आनेवाले खर्च की चिंता भी बापू ही किया करते थे। इस प्रकार बापू महाशब्दे ने ग्राहक संरक्षण के काम को आगे बढ़ाने का दायित्व अपने कंधों पर ले लिया। उनके मार्गदर्शन में राजाभाऊ की पत्रकारिता को ग्राहक हित संरक्षण का एक समाजोन्मुख आयाम मिल गया। बापू महाशब्दे ने ग्राहक संरक्षण के कार्य को प्रमुखता देने का विचार बनाया। वे लोगों से समाचार-पत्रों के माध्यम से ग्राहक संबंधी शिकायतें भेजने का

आग्रह करते तथा आनेवाली शिकायतों के निराकरण के लिए ग्राहकों का मार्गदर्शन करते। जो शिकायतें सरकारी विभागों से संबंधित होती थीं, उनके लिए सरकारी विभागों से संपर्क कर उनका निवारण करवाते। इस प्रकार ग्राहक आंदोलन के लिए विभिन्न तरीके अपनाकर लोगों की शिकायतों का हल निकलवाने का प्रयास प्रारंभ हुआ।

बापू महाशब्दे ने यह विचार किया कि विभिन्न स्थानों पर संपर्क करने के लिए अंतरदेशीय पत्र का उपयोग किया जाए। उन्होंने राजाभाऊ से आग्रह किया कि वे समाचार-पत्र के संवाददाता के रूप में सभी सरकारी विभागों जैसे वजन माप, खद्यान्न मिलावट, अनावश्यक मूल्य वृद्धि नियंत्रण, राशनिंग आदि से संपर्क कर उनके कार्य करने के तरीके, नियम व कानून आदि की जानकारी प्राप्त करें, उनके पते और संपर्क सूत्र आदि की जानकारी भी लें। उसके बाद अंतरदेशीय पत्र पर यह सभी जानकारी लिखकर उसको पत्र के रूप में प्रचारित किया जाए। बापू महाशब्दे ने इस कार्य के लिए एक स्टेंसिल का डेढ़ हिस्सा तैयार कर लिया। इसी के साथ तीन फोल्डवाला एक पत्रक; जिसके दो भागों में सभी विभागों से संबंधित जानकारी छपी होती थी तथा तीसरे भाग में शिकायत करनेवाला अपनी शिकायत लिखकर, चवन्नी का डाक टिकट लगाकर अपना नाम व पता लिखित लिफाफे के साथ नागपुर कंज्यूमर्स फोरम के कार्यालय में भेज देता था। उस समय नागपुर कंज्यूमर्स फोरम के कार्यालय का पता, बापू महाशब्दे का निवास आनंद भवन, रुईकर पथ, नागपुर 2 था। इस प्रकार उक्त ग्राहक संगठन का कार्य शुरू हुआ, जिसे वर्तमान में अखिल भारतीय ग्राहक पंचायत के नाम से ख्याति प्राप्त है।

ग्राहक संगठन का प्रारंभिक कार्य समाचार-पत्रों में छपनेवाली शिकायतों को लेकर शुरू किया गया। धीरे-धीरे लोग संपर्क में आने लगे। बापू महाशब्दे ने एक रजिस्टर तैयार करवाया, जिसमें शिकायत करनेआनेवालों का क्रमांक, नाम, पता, उनसे मिले पत्र की तारीख, संक्षेप में शिकायत लिखना आदि प्रारंभ किया गया। जब काफी पत्र एकत्र हो जाते तो उनको बुक पोस्ट से भेज दिया जाता। राजाभाऊ पत्रकार थे और समाचार प्राप्त करने के लिए माह में

एक बार सभी सरकारी कार्यालयों, महापालिका, अस्पताल, राज्य परिवहन महामंडल, न्यायालय, राज्य परिवहन स्थानक, डी. एंड पी.टी, ऑडिट, कमिश्नर, जिला परिषद् कार्यालय, जिनिंग प्रेस, ग्रेन उद्योग, श्रमिक यूनियन के कार्यालय के लोगों से मिला करते थे। इस कार्य के कारण उनके संपर्कों को एक नई दिशा मिल गई थी। वे विभिन्न स्थानों पर लोगों से मिलकर उनसे उनकी समस्याओं के बारे में भी पूछते रहते थे। इससे उन्हें ऐसा अनुभव हुआ कि लोगों की मुख्य समस्या अन्न, धान्य आदि वस्तुओं की आपूर्ति अनियमित रहने के कारण होती थी। लोगों को राशन की दुकानों की लाइनों में लंबे समय तक खड़ा रहना पड़ता था। नौकरी करनेवाले कर्मचारियों के लिए यह संभव नहीं था। ऐसे में सगंठन द्वारा विचार कर लोगों से कहा कि एक साथ अधिकारियों से जाकर मिलो और कहो कि हमें पूरे माह के राशन का कोटा एक साथ दिया जाए अथवा एक बस्ती में रहनेवाले कर्मचारियों का समूह बनाकर उन्हें सभी वस्तुएँ एक साथ दी जाएँ। संगठन के विचार से प्रेरित होकर लोग अधिकारियों से जाकर मिलने लगे और यह जानकारी नागपुर कंज्यूमर्स फोरम को भी देने लगे। इसका परिणाम यह हुआ कि अलग-अलग बस्तियों में रहने वाले कर्मचारियों को अन्न, धान्य आदि सामग्री सुचारु रूप से मिलने लगी और ग्राहक आंदोलन गति पकड़ने लगा। संगठन ने प्रमुख लोगों के पते प्राप्त कर उन्हें भी संबंधित सूचनाएँ भेजनी प्रारंभ कर दीं। राजाभाऊ प्राप्त की गई सभी जानकारियाँ बापू महाशब्दे को बताते थे। बापू महाशब्दे का लगभग सभी श्रमिक संगठनों के प्रमुखों से संपर्क था। वे राजाभाऊ द्वारा दी गई सभी जानकारियाँ अपनी डायरी में लिख लेते थे और बाद में एक पत्रक के माध्यम से सभी जानकारियाँ सबको पहुँचाते थे। इस प्रकार बापू महाशब्दे के नेतृत्व में ग्राहक आंदोलन को विस्तार और आकार मिलने लगा था।

इसी बीच 'तरुण भारत' समाचार-पत्र के सहयोगी पत्र 'युगधर्म' में संपादक मंडल के गंगाधर ढोबले ने पी-एच.डी. के लिए 'संगठित ग्राहक शक्ति व ग्राहक संरक्षण' विषय का चयन किया। उनके गाइड डॉ. जैन गो.से. वाणिज्य महाविद्यालय में अर्थशास्त्र विभाग के प्रमुख थे। तरुण भारत का

श्रमिक स्तंभ अंक प्रमुख ट्रेड यूनियनों के मुख्यालयों व राज्य मुख्यालयों को भेजा जाता था। यह सभी यूनियनें भी अपने अंक भेंटस्वरूप 'तरुण भारत' में भेजती थीं और उक्त सभी अंक राजाभाऊ को दे दिए जाते थे। वे उन सभी अंकों को गंगाधर राव ढोबले को दे देते थे।

इधर बापू महाशब्दे ने अब एक अन्य नया कार्य भी शुरू कर दिया था। राजाभाऊ के लगातार प्रवास करने से तथा उनके द्वारा जो ग्राहक संबंधी जानकारी एकत्र की जाती थी, वे उस जानकारी के बारे में ग्राहक समस्याओं पर नागपुर कंज्यूमर्स फोरम की प्रतिक्रिया और उसके द्वारा किए कार्यों के लेख बनाकर समाचार-पत्रों में प्रकाशन के लिए भेजने लगे थे, जिसके चलते ग्राहक जागरण को गति मिली और सकारात्मक वातावरण बनने लगा। इसका नतीजा यह हुआ कि शासन के वजन माप, अन्न मिलावट प्रतिबंधक विभाग, जमाखोरी, राशन वितरण विभाग सावधान रहने लगे। बाजार में इन सरकारी विभागों द्वारा काररवाई की जाने लगी। थोक विक्रेता बचने के लिए गड़बड़ी की जिम्मेदारी छोटे दुकानदारों पर डालने लगे, जिसके कारण बस्तियों के छोटे दुकानदारों पर काररवाई की जाने लगी।

प्रवासी संघ का उदय

एक दिन राज्य परिवहन के एक कर्मचारी सदाशिव महाजन फोरम के कार्यालय में आए। वे रोज राज्य परिवहन की बस से सिविल लाइंस स्थित अपने कार्यालय जाया करते थे, परंतु बस हमेशा अनियमित रहती थी। यह समस्या शहर के आयाचित मंदिर स्टैंड से चलनेवाली बसों के बारे में थी। वे चाहते थे कि इस समस्या पर ध्यान दिया जाए। उनके कहने पर आयाचित मंदिर प्रवासी संघ बनाया गया। इस संघ के नाम की रबर-मुहर भी बनवाई गई। इसके साथ ही नागपुर कंज्यूमर्स फोरम के एक सहायक संगठन की स्थापना हो गई। चूँकि राजाभाऊ भी बस से यात्रा किया करते थे, अतः उन्हें बस के प्रवासियों को होनेवाली तकलीफों की जानकारी थी। एक दिन सुबह दस-साढ़े दस बजे के लगभग राजाभाऊ आयाचित मंदिर बस स्टैंड पहुँचे।

वे बस स्टॉप के पास होटल में बैठे थे। ड्राइवर और कंडक्टर भी चायपान कर रहे थे। बसों का स्टार्टिंग पॉइंट होने के कारण सड़क पर लोगों की भीड़ थी कि तभी जिला कार्यालय की तरफ जानेवाली बस आई। बस के आते ही यात्रियों का झुंड बस में घुसने लगा। बस को देर न हो, इसलिए ड्राइवर और कंडक्टर दोनों ही बस से नहीं उतरे थे। उसी समय एक युवक ने झपटकर बस कंडक्टर का कॉलर पकड़ लिया। उसका कहना था कि वह रोज-रोज बस देर से लाता है, जिसके कारण कार्यालय में कई बार उसकी छुट्टी लग जाती है। विवाद शुरू हो गया, मारपीट शुरू होने ही वाली थी कि राजाभाऊ बीच में आए और उस युवक को पकड़कर एक किनारे कर दिया। उन्होंने युवक को समझाया कि इस बस कंडक्टर का कॉलर पकड़ने से क्या लाभ? वह डिवीजनल कंट्रोलर थोड़े ही है।

राजाभाऊ ने युवक से कहा—"ठंडे दिमाग से विचार करो। उसका कॉलर पकड़ने के बाद यदि बात पुलिस तक गई तो उसके बाद तुम्हारी नौकरी का क्या होगा? तुम अकेले इस तरह का काम करने के बजाय चार-पाँच लोग मिलकर जाओ और डिपो मैनेजर से मिलो।"

युवक ने पलटकर राजाभाऊ से प्रश्न किया—"तुम ड्राइवर और कंडक्टर का पक्ष क्यों ले रहे हो?"

राजाभाऊ ने कहा—"नहीं। यह बात नहीं है। मैं भी बस से रोज बर्डी तक जाता हूँ और बस की देरी से मुझे भी बहुत परेशानी होती है। यदि हम शांति से विचार करें तो कोई रास्ता अवश्य निकलेगा।"

अब तक वह युवक थोड़ा शांत हो चुका था।

उसने राजाभाऊ से पूछा—"तुम मेरे साथ आओगे?"

राजाभाऊ ने उससे कहा—"आज शाम छुट्टी होने के बाद तुम 'तरुण भारत' में आओ। हम बात करेंगे और तय करेंगे।"

बस चली गई। 'तरुण भारत' पहुँचकर राजाभाऊ ने यह घटना बापू महाशब्दे को बताई। उसी शाम वह युवक 'तरुण भारत' कार्यालय आया। पहली बार उसका नाम पता चला—अशोक पात्रीकर। आगे चलकर अशोक

पात्रीकर ग्राहक पंचायत नागपुर के अध्यक्ष बने।

अशोक पात्रीकर ने राजाभाऊ से कहा—"तुमने शाम को मिलने के लिए बुलाया था, इसलिए मैं आया हूँ।"

राजाभाऊ ने पूछा—"तो तुमने विचार कर लिया?"

अशोक पात्रीकर ने कहा—"तुम्हारा लड़का कोई काम करता है। बिल्कुल नहीं करता होगा। हमें घर-परिवार को सँभालने की जिम्मेदारी निभानी पड़ती है, इसलिए पूछ लिया। जाने दो, मैं मुख्य बात पर आता हूँ। बाद में मुझे विचार आया कि यदि मैं जेल में होता तो किसे अपने घर का पता बताकर कहता कि जाकर जरा देख लो। इसी वर्ष मेरी शादी हुई है। मेरी माँ नहीं है, जो कुछ कहती। मुझे कौन समझाता? हमारे परिवार में एक भाई, एक बहन और पिता हैं। जिसका मतलब है परिवार की पूरी जिम्मेदारी मुझ पर है।

राजाभाऊ ने उससे पूछा—"तुम्हारे साथ बस में यात्रा करनेवाले दूसरे लोग भी होंगे, जो तुम्हारे या फिर दूसरे स्टॉपों पर उतरते होंगे। तुम उन सबसे मिलो। एक दिन उन सभी को साथ में बुलाओ, मैं आकर उनसे मिलता हूँ। उसके बाद हम सब डिवीजनल कंट्रोलर के पास प्रतिनिधिमंडल लेकर जाएँगे।"

युवक अशोक पात्रीकर बोला कि यह तो किया जा सकता है। आनेवाले रविवार को हम एक बैठक बुला लेते हैं। उसने पूछा—"दोपहर का समय ठीक रहेगा।"

बापू महाशब्दे 6 बजे के करीब काम पर आते थे। जब बापू आए तो राजाभाऊ ने उन्हें पूरी बात बताई। उन्हें उस युवक के घर का पता भी दिया। बापू ने पता अपनी डायरी में लिख लिया। दूसरे दिन बापू उस युवक के घर गए। कहने की आवश्यकता नहीं कि बापू ने उस युवक को अपने तरीके से अपने परिवार का सदस्य बना लिया और उससे रविवार की बैठक की तैयारी करने के लिए कहा और शुक्रवार की बैठक सुनिश्चित की।

फुटकर दुकानदारों से समन्वय

एक दिन संगठन के कार्यालय में बापू महाशब्दे के पास चिल्लर किराना

दुकानदार संघ के अध्यक्ष कृष्णराव वाघमारे व सचिव हरिराम केवलरामानी आए। बापू ने राजाभाऊ को भी बुला लिया। वाघमारे और केवलरामानी बता रहे थे कि बाजार में नकली जीरा, नकली पेस्ट और मिलावटी सामान बेचा जा रहा है और मजबूरी में हमें भी वही सामान बेचना पड़ रहा है। यह माल नागपुरी चलन के नाम से बाजार में बिकता है। राजाभाऊ ने उनसे कहा कि मोहल्ले के सभी ग्राहक विश्वास के आधार पर आप लोगों से माल खरीदते हैं। आप लोग यह माल लेने से मना क्यों नहीं करते?

वे बोले—"हम मना कैसे कर सकते हैं? हमें अपनी दुकानदारी चलानी है। हम कुछ माल नकद व कुछ उधार खरीदते हैं। यदि हमने मना कर दिया तो हमें माल ही नहीं दिया जाएगा। फिर दुकानदारी कैसे चलाएँगे? आपकी फोरम हमें संरक्षण दे।"

राजाभाऊ ने कहा—"आपको फोरम संरक्षण अवश्य देगी, किंतु अपने व्यापार को उचित बनाने का काम आप लोगों को ही करना पड़ेगा। आप एक मीटिंग बुलाइए। वहाँ पर थोक बाजार में होनेवाले अनुचित व्यापार पर हम चर्चा करेंगे और चर्चा के बाद हम सभी से उचित व्यापार करने का वचन लेंगे। इसके साथ ही आप हमें समय-समय पर इस व्यवहार की जानकारी दें।"

वाघमारे और केवलरामानी ने सभा बुलाने की सहमति दे दी और कंज्यूमर्स फोरम का काम एक कदम और आगे बढ़ गया।

दुग्ध संघ व विद्युत संघ की नींव

सुरेश बहिराट नाम के एक सज्जन समाचार-पत्रों में शासकीय दूध योजना से संबंधित ग्राहकों की समस्याओं के बारे में लिखा करते थे। उनसे संपर्क किया गया और वह दूध योजना के ग्राहकों की समस्याओं को सुलझाने लगे। मार्गदर्शन तथा दूध से संबंधित शिकायतें एकत्र करने के लिए एक केंद्र प्रारंभ किया गया और इस तरह दूध ग्राहकों का संगठन भी तैयार हो गया। अब तक अशोक पात्रीकर बापू के नियमित संपर्क में रहने लगे थे। उसने

मार्गदर्शन में प्रवासी मंडल भी तैयार हो गया। विद्युत ग्राहकों की समस्याओं को लेकर भी अशोक पात्रीकर ने काम किया। उन्होंने समाचार-पत्रों के माध्यम से ग्राहकों को अपनी शिकायतें फोरम को भेजने का आह्वान किया। इस प्रकार धीरे-धीरे समस्याओं से संबंधित ग्राहक समूह तैयार होते गए। लोग बढ़ती महँगाई, जीवन के लिए आवश्यक वस्तुओं की कमी, जमाखोरी कर की जानेवाली भाववृद्धि, मिलावट, वजन में गड़बड़ आदि समस्याओं के कारण परेशान थे। राजनीतिक दलों का आंदोलन और सत्ताधारी दल के विरुद्ध जनता को भड़काना चालू था। श्रमिक संगठन भी इस आंदोलन में राजनीतिक दलों के नेतृत्व में भाग ले रहे थे। इस वातावरण में नागपुर कंज्यूमर्स की क्या भूमिका होनी चाहिए, बापू महाशब्दे ने सबके समक्ष इस विषय में स्पष्ट विचार रखा। ग्राहक हित के विषय में कौन किस विचार का है ? क्या व्यापार कर रहा है ? खरीदार है या विक्रेता है ? इन बातों पर ध्यान न देकर, सभी विचारों के राजनीतिक दलों, गैर-राजनीतिक संगठनों को ग्राहक के नाम पर एक साथ जोड़ने का काम हमें करना चाहिए, ऐसी सोच से कार्य प्रारंभ कर दिया गया था। बापू महाशब्दे का साफ मत था कि फोरम का स्वरूप समाजव्यापी होना चाहिए।

बाजारों की लूट

नागपुर में जुलाहों 'बुनकर' की संख्या काफी अधिक है, अतः यहाँ कृषि के साथ हैंडलूम का व्यवसाय भी काफी बड़ा है। जुलाहे दो-दो दिन तक कपड़े बुनकर उन्हें बाजार में बेचकर अपने परिवार का काम चलाया करते थे। महँगाई उन्हें भी परेशान कर रही थी। अचानक ही उनके प्रयोग में आनेवाले सूत के दाम बेहताशा बढ़ गए। माल की कमी भी थी, जिसके कारण उनमें असंतोष फैल गया था। उन्होंने सी.पी.आई. के नेता ए.बी. बर्धन के नेतृत्व में नागपुर में हथकरघा महामंडल के कार्यालय के सामने धरना-आंदोलन शुरू कर दिया था। नागपुर के विभिन्न समाचार-पत्रों में उस समय संवाददाता के पद पर अधिकतर नवयुवक ही कार्य कर रहे थे। वे सभी सूत

के अचानक बढ़े हुए दामों के बारे में सही जानकारी प्राप्त कर उसे लोगों के सामने लाने के काम में लग गए। सभी अपने-अपने सूत्रों को खँगाल रहे थे। पत्रकारों को पता चला कि नागपुर में जो भी व्यापारी माल बाहर से खरीदकर लाते हैं, उसका विवरण महापालिका की चुंगी चुकाते समय चुंगी नाकों पर लिखा जाता है। यह चुंगी नाके नागपुर में सभी दिशाओं से आनेवाले मार्गों पर थे। कुछ पत्रकारों ने सोचा कि इन चुंगी नाकों की इंद्रियों को खँगाला जाए, जिससे जानकारी मिलेगी कि नागपुर में कब और किस भाव से सूत आया था तथा उसे किस भाव पर कितना लाभ लेकर बेचा जा रहा है? कहीं यह कृत्रिम कमी निर्माण कर भाव बढ़ाने का मामला तो नहीं है? बस फिर क्या था, दो-तीन पत्रकार नागपुर महानगर पालिका का रिकॉर्ड खँगालने में जुट गए। पता चला कि नागपुर में दिसंबर माह में दक्षिण भारत से सूत मँगाया गया था, जिस पर 15 रुपए प्रति तोड़ के हिसाब से चुंगी चुकाई गई थी। 15 रुपए प्रति तोड़ के भाव से खरीदे गए उसी सूत को मई माह में व्यापारी 4 से 5 गुना लाभ लेकर 40 से 50 रुपए प्रति तोड़ के हिसाब से बेच रहे थे। सूत का स्टॉक भरपूर था, लेकिन कृत्रिम कमी निर्माण कर जुलाहों को लूटा जा रहा था। जैसे ही समाचार-पत्रों ने यह जानकारी प्रकाशित की, नागपुर में भूचाल आ गया।

समाचार छपने के बाद ए.बी. बर्धन ने सभा बुलाई और समाचार-पत्रों में छपी रिपोर्ट का हवाला देते हुए जुलाहों से कहा कि आप लोग सूत का भाव 25 रुपए प्रति तोड़ दीजिए। यदि जुलाहा 25 रुपए दुकान के सामने रखकर सूत का तोडा उठाकर चल दे तो उसे चोर नहीं समझा जाए। व्यापारियों की इस लूट को रोका जाना चाहिए। इस भाषण का परिणाम यह हुआ कि सभा समाप्त होने के बाद कुछ लोग सूत की दुकानों की तरफ गए और वहाँ 25 रुपए रखकर सूत का तोड़ा उठाने लगे। आनन-फानन में पूरे बाजार में अफरा-तफरी फैल गई। कुछ लोग बिना पैसे रखे भी सूत उठाने लगे। इस घटना ने यह रंग ले लिया कि लोग सूत के अलावा अन्य सामानों की भी लूट करने लगे। दो दिन तक बाजार में यह लूट चली।

बापू इन घटनाओं से दुःखी हो गए। उन्होंने कहा कि राजनीतिक दल

असंतोष को अलग रूप देकर समस्या को अलग रंग दे देते हैं। इससे समस्या की गंभीरता ही समाप्त हो जाती है। हमें सावधानी से आगे बढ़ना चाहिए। उस समय नरेंद्र तिडके नागपुर के पालक मंत्री थे। उन्होंने पत्रकारों के माध्यम से शांति बनाने की अपील की। इस घटना के कारण व्यापारी वर्ग भी समझ गया और कहने लगा कि भाई, हम भी तो ग्राहक हैं।

व्यापारी-ग्राहक समन्वय

नागपुर कंज्यूमर्स के संपर्क में नाग विदर्भ चेंबर ऑफ कॉमर्स के पदाधिकारी तथा सरकार व व्यापारियों के संपर्क में रहनेवाले रतनचंद डागा आए। उनसे बापू महाशब्दे और राजाभाऊ की चर्चा होने के बाद व्यापारी वर्ग के बीच ग्राहक संरक्षण कार्यक्रम करने की बात सामने आई। उधर गंगाधर राव डोबले के गाइड डॉ. शिखर चंद जैन के भी नागपुर चेंबर ऑफ कॉमर्स के साथ अच्छे संबंध थे। बापू महाशब्दे ने गंगाधर राव से ग्राहक संरक्षण, ग्राहक संगठन, सरकार और व्यापारी विषय, परिसंवाद में रखने के लिए कहा। यह कार्यक्रम ढोबले के शोध प्रबंध के लिए भी अनुकूल था। परिसंवाद का सफल आयोजन हुआ। इस कार्यक्रम की पूरी जिम्मेदारी बापू के कंधों पर थी। उन्होंने कार्यकम में रखे जानेवाले विषयों के चुनाव से लेकर, कार्यक्रम की पत्रिका आदि तैयार करके दी। नागपुर कंज्यूमर्स फोरम की ओर से समाचार-पत्रों में इन लूट की घटनाओं के संबंध में लेख लिखे गए; यथा यह लूट नहीं, ग्राहकों का जागरण है।

नागपुर चेंबर ऑफ कॉमर्स, नाग विदर्भ चेंबर ऑफ कॉमर्स और नागपुर कंज्यूमर्स फोरम द्वारा आयोजित परिचर्चा में व्यापारी संघों के प्रतिनिधि, महाविद्यालयों के आर्थिक, वाणिज्यिक विषयों के प्राध्यापक और सामाजिक कार्यकर्ताओं को बुलाया गया था। गंगाधर राव ढोबले ने उचित मूल्य, वस्तुओं के गुणधर्म को लेकर की जानेवाली ठगी, वस्तु की बिक्री के बाद दी जानेवाली सेवाओं में टालमटोल व विश्व के ग्राहक आंदोलन की विस्तृत विवेचना की। ग्राहक सहकारी भंडारों को ग्राहक आंदोलन मानने की भी

समीक्षा की गई, जिसके बाद ग्राहकों के सीधे सहभाग वाले आंदोलन की आवश्यकता बताई गई।

नागपुर के धनंजय राव गाडगिल सहकारी महाविद्यालय ने सहाकारी ग्राहक भंडार के द्वारा ग्राहक संरक्षण पर एक परिचर्चा आयोजित की, जिसमें महाराष्ट्र के आपूर्ति सचिव, सहकार विभाग के सचिव भी उपस्थित थे। चर्चा सत्रों में बापू महाशब्दे के साथ अशोक पात्रीकर, सुरेश बहिराट ने भी अपने विचार रखे। यहाँ हुई परिचर्चा में यह बात उभरकर सामने आई कि लाभांश कमाने का मुख्य उद्देश्य रखनेवाले सहकारी भंडारों के द्वारा ग्राहक संरक्षण का कार्य करना संभव नहीं है। इन कार्यक्रमों के कारण देश भर से ग्राहकों की जागरूकता के संबंध में प्रतिक्रियाएँ आने लगीं। ग्राहक विषयों पर चर्चा सत्रों की शुरुआत हुई।

नागपुर कंज्यूमर्स फोरम को मुंबई के एक ग्राहक संगठन 'कंज्यूमर्स गाइडेंस सोसायटी' का एक चर्चा सत्र के लिए निमंत्रण मिला। उन्होंने अंतरराष्ट्रीय ग्राहक परिषद् आयोजित की थी, जिसमें देश-विदेश के 267 ग्राहक प्रतिनिधि उपस्थित होनेवाले थे। परिषद् का उद्घाटन महाराष्ट्र के राज्यपाल अली यावर जंग के द्वारा किया जाना था। बापू महाशब्दे ने गंगाधर राव ढोबले को नागपुर कंज्यूमर्स फोरम के प्रतिनिधि के रूप में मुंबई परिषद् में भेजा। उन्होंने वहाँ पर देश में ग्राहक संरक्षण कानून की आवश्यकता की बात रखी। मुंबई व पुणे के ग्राहक प्रतिनिधियों का पूरा जोर देश भर में सहकारी ग्राहक भंडार खोले जाने पर था। पुणे के एक ग्राहक प्रतिनिधि ने ग्राहक वस्तु खरीद गुट की कल्पना लोगों के सामने रखी। इस कल्पना को मुंबई ग्राहक पंचायत ने अपना आधार बनाकर कार्य शुरू किया, जो आज भी चल रहा है।

ग्राहकों के सामूहिक खरीद गुट

समाचार-पत्रों में पुणे के सहकारी ग्राहक भंडारों के बारे में काफी समाचार प्रकाशित होकर आते थे। वहाँ बस्ती-बस्ती में ग्राहक संरक्षण भंडार

खुल गए थे। बापू महाशब्दे नागपुर के लिए एक विचार लेकर सामने आए। ग्राहक प्रतिमाह जो सामान खरीदते हैं, उन वस्तुओं को खरीदने के लिए ग्राहकों के गुट बनाए जाएँ। चिल्लर किराना दुकानदार संघ के वाघमारे व केवलरामानी का इस कार्य में मार्गदर्शन मिला। इन खरीद गुटों के कारण थोक बाजार में चलने वाली अनुचित व्यापार गतिविधियाँ ग्राहक के संज्ञान में आएँगी तथा फोरम को अधिकारिक स्तर पर बाजार में चलनेवाली अनियमितताओं से सीधे लड़ने का अवसर मिलेगा। इस योजना के अनुसार पहला ग्राहक गुट नागपुर के हनुमान नगर में बना। कार्यकर्ताओं ने प्रत्येक माह घर में लगनेवाले किराना सामान यथा अनाज, तेल, गुड़, शक्कर, चाय, साबुन व चावल आदि खरीदनेवाले परिवार एकत्र किए तथा उनके लिए सामूहिक खरीद-वितरण का कार्य प्रारंभ किया। इस कार्य को करते हुए ध्यान आया कि थोक बाजार से सामान खरीदने से ग्राहक को लाभ मिलता है। यह बात सामने आते ही ग्राहकों के खरीद गुट बनाने की योजना पर तेजी से कार्य करने का विचार बना। इन गुटों की रचना किस प्रकार की हो, उनकी कार्य पद्धति क्या हो आदि कई बातों पर विचार करके बापू महाशब्दे ने ग्राहक खरीद गुटों के लिए एक नियमावली बनाई। बाद में इन सामूहिक खरीद गुटों में होनेवाली बैठकों में बिजली, पानी, दूध आदि व्यवस्थाओं के बारे में भी चर्चा होने लगी। इस सफल प्रयोग के कारण कार्यकर्ताओं के गुट बढ़ने लगे।

दत्तोपंत ठेंगड़ी समय-समय पर इन सभी कार्यों की जानकारी लेते रहते थे और समय-समय पर हम लोगों का मार्गदर्शन भी किया करते थे। दत्तोपंत ने मुंबई में 30 दिसंबर, 1973 को एक परिसंवाद में ग्राहक आंदोलन विषय पर विस्तृत विचार व्यक्त किए। इसके बाद नागपुर कंज्यूमर्स फोरम में समस्याओं के अनुसार समूह बनने लगे और सामूहिक खरीदी करनेवाले गुटों के कार्यकर्ता प्रतिमाह बैठक करने लगे। इन बैठकों में कार्य करने में आनेवाले अनुभवों के बारे में भी चर्चा होती थी। इस प्रकार धीरे-धीरे संगठन का स्वरूप बनता गया।

बालासाहब देवरस का बुलावा

नागपुर कंज्यूमर्स फोरम के ग्राहक संगठन संबंधी कार्यों की जानकारी सरसंघचालक मा. बालासाहब देवरस को मिली। उन्होंने एक दिन राजाभाऊ को मिलने के लिए बुलाया। बालासाहब ने ग्राहक संगठन के कार्यों के विषय में संपूर्ण जानकारी ली। जैसे ही बालासाहब को पता चला कि फोरम का कार्यालय बापू महाशब्दे का निवास स्थान ही है तो वे बोले कि इसका अर्थ यह है कि ग्राहक संगठन योग्य हाथों में है। बालासाहब ने राजाभाऊ से कहा कि इसी प्रकार के सहकारी ग्राहक भंडार का काम पुणे में बिंदुमाधव जोशी भी कर रहे हैं। तुम उनसे मिलो और वह किस प्रकार और क्या कार्य चला रहे हैं, इसे समझो और दोनों मिलकर काम करो। इसी बीच मोरोपंत पिंगले ने सहकार भारती की एक बैठक ली, जिसमें राजाभाऊ और सुरेश बहिराट सम्मिलित हुए।

अब तक के ग्राहक संगठन के विस्तार में प्रवासी मंडल, दूध योजना ग्राहक संघ की तर्ज पर ही राशनकार्ड धारक संघ, कुकिंग गैस आदि से संबंधित कार्य भी शुरू हो गए थे। फोरम के स्तर पर वजन, माप, अन्न मिलावट प्रतिबंधक कानून, आवश्यक वस्तु व भाव वृद्धि नियंत्रण आदि कानूनों की सही जानकारी हो, यह आग्रह भी होने लगा था। उनके पालन के लिए जिलाधिकारी से संपर्क कर प्रत्येक माह सभी संबंधित विभाग प्रमुखों व फोरम के कार्यकर्ताओं की बैठक होने लगी थी।

उपभोक्ता पत्र का प्रकाशन

बापू महाशब्दे ग्राहक संरक्षण के संबंध में साइक्लोस्टाइल पत्र द्वारा जो सूचना पत्र भेजते थे, उनकी संख्या काफी अधिक बढ़ गई थी तथा उसका डाक खर्च भी काफी आने लगा था, अतः यह विचार किया गया कि 'उपभोक्ता' नाम का पत्र 15 दिनों में एक बार निकाला जाए। उसका पंजीकरण करवाया गया और पत्र का प्रकाशन प्रारंभ हो गया। इसका सबसे बड़ा लाभ यह हुआ कि अब 2 पैसे के डाक टिकट से ही काम चलने लगा।

बापू ने उपभोक्ता-पत्र का पंजीकरण छाया चित्रकार/पत्रकार जयंत हरकरे के नाम पर करने के लिए कहा। बापू महाशब्दे के मार्गदर्शन में 'उपभोक्ता' प्रेस में छपकर तैयार होने लगा। इस पत्र की मुद्रण, वितरण और आर्थिक व्यवस्था की पूरी जिम्मेदारी बापू ने स्वयं ली थी। चिल्लर किराना संघ के सभी सदस्य 20 रुपए मासिक शुल्क देकर इस पत्र के सदस्य बन गए। उनकी दुकानों के विज्ञापन भी बीच-बीच में छाप दिए जाते थे। 'उपभोक्ता' के प्रत्येक अंक में वस्तुओं के थोक मूल्य और बाजार में उनके मूल्यों की तालिका भी छापी जाने लगी। बाद में वस्तुओं के वे मूल्य भी छापे जाने लगे, जिन पर व्यापारी चुंगी चुकाते थे। इस कदम से ग्राहकों में जागरूकता का निर्माण होने लगा।

छोटे दुकानदार 'उपभोक्ता' का अंक पुराना हो जाने पर उसका उपयोग पुड़िया बाँधने में करते थे। कृष्णराव वाघमारे का ग्राहक धंतोली में रहनेवाला एक परिवार था। उनके घर पुड़िया के रूप में उपभोक्ता का एक टुकड़ा गया। स्वाति शहाणे व शरद शहाणे ने उस पत्र को पढ़ा। स्वाति ताई ने नागपुर कंज्यूमर्स फोरम के पते पर एक पोस्टकार्ड डाला। बापू और राजाभाऊ के बीच उस पत्र के संदर्भ में चर्चा हुई और उन्होंने उनके पते पर 'उपभोक्ता' का अंक भेजना शुरू कर दिया। उनके यहाँ सप्ताह में दो बार 'उपभोक्ता' का अंक जाने लगा। कुछ दिनों बाद शरदराव व स्वाती शहाणे का हस्ताक्षरयुक्त पत्र बापू को मिला। पत्र में लिखा था—'आप सिर्फ पत्र चलाना चाहते हैं या फिर कुछ कार्य भी करना चाहते हैं? आप हमसे मिले क्यों नहीं?'

पत्र मिलते ही बापू और राजाभाऊ उनसे मिलने रविवार सुबह 9 बजे उनके घर पहुँचे। उनके घर पर श्री शहाणे से चर्चा हुई। उन्होंने अपने परिचितों के साथ अगले रविवार को बैठक बुलाने तथा उस बैठक में संपूर्ण कार्य विस्तार से बताने के लिए कहा। रविवार को बैठक हुई। बैठक में धंतोली क्षेत्र के प्रसिद्ध वकील, प्राध्यापक और उद्योगपति आदि उपस्थित थे। बैठक के लिए बापू ने राजाभाऊ की तैयारी करवाई।

बैठक में राजाभाऊ ने कहा—"अब आप सभी एकत्र होकर अपनी समस्याओं को हल कर सकते हैं।"

राजाभाऊ के यह कहते ही प्रश्न पूछा गया—"आप सभी अर्थात् कौन?"

राजाभाऊ का उत्तर था—"आप सब।"

राजाभाऊ ने इसे और स्पष्ट किया। उन्होंने कहा कि आपमें से जो भी संबंधित विषय के जानकार हैं, उनके नेतृत्व में सुविधा के अनुसार संबंधित अधिकारी या व्यापारी से चर्चा कर, समस्या का समाधान करने का प्रयास हम करेंगे और इस प्रकार संगठन के कार्य करने की एक पद्धति बनेगी।

एक अन्य व्यक्ति ने राजाभाऊ से पूछा—"इसका यह अर्थ है कि संगठन भी नहीं है और सदस्यता भी नहीं है।"

राजाभाऊ ने उत्तर देते हुए कहा—"सदस्य हैं। जिन्हें यह कार्य उचित लगता है, वह अपनी क्षमता के अनुसार धन देते हैं। उस धन से संगठन का आवश्यक खर्च चलता है। उसका बराबर हिसाब रखा जाता है। अभी जो उपभोक्ता के सदस्य हैं, वे सभी संगठन के सदस्य हैं। इस संगठन में कृष्णराव वाघमारे जैसे दुकानदार भी हैं। बस्ती के दुकानदार भी ग्राहकों के ही प्रतिनिधि होते हैं। हम यह समझें कि वे भी अन्य वस्तुओं के तो ग्राहक ही होते हैं।"

इतनी चर्चा के पश्चात् बैठक समाप्त हो गई। बैठक के पश्चात् नागपुर की धंतोली बस्ती, जो उच्च-मध्यम वर्ग की थी, का फोरम को सहयोग मिलने लगा जिससे बापू महाशब्दे संतुष्ट हुए।

नागपुर और पुणे के ग्राहक आंदोलन का मिलन

इसी वर्ष पुणे से बिंदु माधव जोशी नागपुर आए। महाल स्थित संघ कार्यालय से एक स्वयंसेवक प्रमोद मजूमदार उन्हें लेकर राजाभाऊ के घर पहुँचे। दोनों की बात हुई और जब राजाभाऊ ने बापू को यह बताया तो उन्होंने शाम को अन्य कार्यकर्ताओं के साथ परिचय और चर्चा का कार्यक्रम रखने की बात कही। शाम को चर्चा का कार्यक्रम हुआ। चर्चा में शरद राव शहाणे, स्वाति शहाणे, वरिष्ठ कांग्रेस नेता शंकरराव पाध्ये, सुरेश बहिराट, अशोक पात्रीकर आदि कार्यकर्ता उपस्थित थे। बैठक नागपुर कंज्यूमर्स फोरम के कार्यालय अर्थात् बापू के घर पर बुलाई गई थी। बिंदु माधव के साथ कार्यकर्ताओं की

चर्चा में मालूम हुआ कि पुणे में ग्राहक सहकारी स्टोर्स का काम चल रहा है, जबकि नागपुर में ग्राहक जागरण और ग्राहक संगठन का काम किया जा रहा है। बैठक के अंत में निष्कर्ष निकला कि पुणे और नागपुर के काम में बहुत अंतर है, अतः इस बारे में विस्तृत विचार करके ही कोई निर्णय लिया जाएगा। कार्यकर्ताओं से भी इस संबंध में काफी चर्चा करनी पड़ेगी। यह भी तय हुआ कि सभी कार्यकर्ता रविवार को इस विषय पर बैठक करेंगे।

अगले दिन राजाभाऊ और बिंदु माधव दोनों मा. बालासाहब देवरसजी से मिले। बालासाहब ने बिंदु माधव से सहज भाव से पूछा—"चर्चा कैसी हुई? राजाभाऊ के विषय में आपके क्या विचार हैं?"

बिंदु माधव बोले—"राजाभाऊ पक्के स्वयंसेवक हैं। प्रारंभिक चर्चा हो गई है। सभी कार्यकर्ताओं के साथ पुनः बैठक होनी है।"

इस भेंट के बाद बिंदु माधव पुणे वापस चले गए।

पुणे का कार्य

उधर पुणे में सन् 1972-73 के दौरान अकाल जैसी परिस्थितियों के बनने से लोगों को भयंकर कठिनाइयों का सामना करना पड़ रहा था। बाजार में जीवन के लिए अत्यावश्यक वस्तुओं की कमी के कारण स्वार्थी व्यापारियों के समूहों द्वारा जमाखोरी, काला बाजारी और निरंतर वस्तुओं की कीमतें बढ़ाकर लोगों को लूटने की प्रक्रिया अबाध रूप से चल रही थी। इन विकट परिस्थितियों में कुछ संवेदनशील कार्यकर्ताओं के मन में लोगों को इस भयंकर कष्ट से निजात दिलाने के लिए उपाय योजना करने का संकल्प जाग्रत् हुआ। इससे पूर्व नागपुर में एक राजनीतिक दल के नेता द्वारा लोगों को बाजार लूटने के लिए उकसाने की खबर महाराष्ट्र के सभी समाचार-पत्रों में आ चुकी थी। यह खबर कार्यकर्ताओं को एक संगठन बनाकर आंदोलन करने के लिए प्रेरित कर रही थी। पुणे के संघ अधिकारी बाबा भिडे के पास जब लोग अपनी कठिनाइयाँ बताने के लिए आते तो वे उनको यह कहकर सांत्वना दिया करते थे कि असुविधा ही सबसे बड़ी सुविधा है।

कुछ कार्यकर्ताओं को लोगों को एकत्र कर कुछ तैयारी करना आवश्यक लग रहा था, ताकि इन कठिनाइयों का कुछ स्थायी समाधान निकाला जा सके। पुणे के बिंदु माधव जोशी ने इस विषय पर गंभीरता से सोचना शुरू किया और उन्होंने पुणे में विभिन्न राजनीतिक दलों में कार्य करनेवाले युवा नेताओं को एकत्र कर 'युवक महामंडल' का गठन किया। इस महामंडल ने सबसे पहले एक पोस्टर छपवाया जिस पर लिखा था—युवा शक्ति 440 वोल्ट। पूरे पुणे शहर में इन पोस्टरों को लगाया गया। उन्हीं दिनों पुणे शहर में प्रधानमंत्री इंदिरा गांधी का एक कार्यक्रम होना था। सुरक्षा अधिकारियों को संदेह हुआ कि ये लोग अराजक होकर कार्यक्रम में कुछ गड़बड़ कर सकते हैं, अतः सुरक्षा की दृष्टि से बिंदु माधव जोशी व कुछ अन्य कार्यकर्ताओं को गिरफ्तार कर पुणे की यरवड़ा जेल भेज दिया गया। इंदिरा गांधी का कार्यक्रम समाप्त होने के बाद ही इन सभी को रिहा किया गया।

परिस्थितियाँ इतनी विकट हो चली थीं कि युवक महामंडल के कार्यकर्ता बेचैन थे। उन्हें बार-बार लग रहा था कि कुछ करना चाहिए, किंतु कुछ समझ में नहीं आ रहा था। कार्यकर्ताओं ने पुणे नगर के अनेक प्रबुद्धजनों से भेंट की। वरिष्ठ समाजवादी नेता एस.एम. जोशी ने उन्हें सलाह दी कि वर्तमान परिस्थितियों का विरोध करने के लिए मंडई नाम के स्थान पर स्थापित तिलक की मूर्ति के पास से शनिवार वाडा तक एक मौन जुलूस निकाला जाना चाहिए तथा एक दिन की सांकेतिक भूख हड़ताल की जानी चाहिए। एस.एम. जोशी की सलाह पर कार्यकर्ताओं ने मौन जुलूस निकालने की तैयारियाँ प्रारंभ कर दीं। 1 अगस्त, 1974 को मौन जुलूस निकाला गया। इस जुलूस में एस.एम. जोशी, रामभाऊ म्हालगी, 'सकाल पत्र' के संपादक नाना साहब पारुलकर, ग.वा. बेहरे, माणुसचे माजगावकर, अर्थशास्त्री वि.भ. दांडेकर और मुकुंद राव किर्लोस्कर जैसे पुणे के अति-प्रतिष्ठित लोग सम्मिलित हुए। मौन जुलूस और एक दिन के सांकेतिक उपवास के बाद आगे की योजना बनाने के लिए पुणे के शिवाजी मंदिर में अगस्त क्रांति के दिन बैठक बुलाना निर्धारित किया गया। बैठक में वि.भ. दांडेकर कुछ कठिनाई के कारण नहीं पहुँच पाए।

अन्य जो भी लोग वहाँ पहुँचे, उन्हें लेकर बिंदु माधव अपने मित्र संगीतकार सुधीर फड़के के निवास चित्रकुटी पहुँचे। मौन जुलूस के कार्यक्रम के बाद मिलनेवाले प्रतिसाद से कार्यकर्ता निरुत्साहित थे। उनकी निराशा दूर करने के लिए बिंदु माधव ने अपने विचार व्यक्त करते हुए कहा कि यदि सही अर्थों में लोगों की मदद करनी है तो उसका एकमेव मार्ग उत्पादक और ग्राहक के बीच सीधा संपर्क स्थापित करना है। बैठक में सभी ने युवक महामंडल ग्राहक संघ स्थापित करने का निर्णय लिया। इसके साथ ही संगठन की आगे की कार्य पद्धति पर भी विस्तार से विचार किया गया।

समाचार-पत्रों के माध्यम से प्रेस नोट जारी कर लोगों तक 25 ग्राहकों का एक ग्राहक संघ स्थापित करने के विचार को रखा गया। ग्राहक संघ के लिए लोगों के नामों का पंजीयन करने के लिए तिथि निर्धारित की गई। निश्चित दिन फॉर्म की बिक्री कर 25 ग्राहकों के एक ग्राहक संघ के आधार पर 250 ग्राहक संघों का पंजीयन किया गया। अब आगे का कार्य उत्पादक से वस्तु खरीदकर उसे सीधे ग्राहक तक पहुँचाना था। हालाँकि किसी भी कार्यकर्ता को इस कार्य का अनुभव नहीं था। इसके साथ ही इस कार्य के लिए लगनेवाला धन भी एक विकट समस्या थी। किसी प्रकार कुछ व्यवस्था की गई। सूर्यकांत पाठक एक कार्यकर्ता को साथ लेकर थोक में मीठा तेल खरीदकर लाए। फुटपाथ पर ही ग्राहकों की पंक्ति लगाकर ग्राहकों को तेल का वितरण किया गया। इसके बाद चितले बंधुओं के सहयोग से एक ट्रक नारियल मँगाए गए। इन नारियलों को 6 रुपए प्रति के भाव से बेचा गया। उस समय बाजार में नारियल 11 रुपए की दर से बेचे जा रहे थे।

चावल का जुलूस

सरकार ने अकाल के दिनों में आदेश जारी किया कि एक किसान को सिर्फ 5 किलो चावल बेचने का ही अधिकार है। वह इससे अधिक चावल नहीं बेच सकता। सरकार का फरमान बड़ा ही विचित्र था। यह ग्राहक और किसान दोनों के लिए ही अन्यायकारी था। ग्राहक पंचायत के कार्यकर्ताओं

ने इसका विरोध एक नायाब तरीके से किया। उन्होंने पुणे की मावल तहसील और ठाणे से एक ट्रक चावल खरीदे। इस चावल के भंडार को ग्राहकों को बेचने के लिए प्रति 5 किलो चावल के हिसाब से एक किसान की व्यवस्था की गई। उसके बाद एक ट्रक में चावल और दूसरे ट्रक में किसानों को भरकर पुणे की सड़कों पर जुलूस निकाला गया।

ऑपरेशन लक्ष्मी रोड

सन् 1974 में दीपावली के अवसर पर पुणे के सबसे बड़े कपड़े के बाजार लक्ष्मी रोड के दुकानदारों ने अचानक कपड़ों के भाव 17 प्रतिशत तक बढ़ा दिए। समाचार-पत्रों के माध्यम से ग्राहकों का इस संबंध में जागरण किया गया। योजना बनी कि बाजार में कपड़े खरीदने का बहिष्कार आंदोलन छेड़ा जाए। गांधी जयंती के दिन 2 अक्तूबर को इस हेतु से आंदोलन प्रारंभ हुआ। आंदोलन के समापन कार्यक्रम में सर्वोदय संघ के अन्ना साहब सहस्रबुद्धे को बुलाने की योजना थी, परंतु उसके पूर्व ही पुलिस बाजार में दल-बल के साथ पहुँची और उसने कार्यकर्ताओं पर लाठीचार्ज कर दिया। पुलिस के लाठीचार्ज में ग.वा. बेहरे, माणुसचे माजगाँवकर, 'टाइम्स' के पत्रकार दी.वी. गोखले के साथ अन्य बहुत से लोग घायल हुए। लाठी चार्ज के बाद लक्ष्मी रोड पर धारा 144 लगा दी गई। इसके बाद भी ग्राहक पंचायत के कार्यकर्ताओं ने आंदोलन को जारी रखा। धारा 144 लगी होने के कारण उन्होंने चतुराई से 5-5 कार्यकर्ताओं को गुटों में बाँटा और हाथ में तख्ती लेकर अलग-अलग दुकानों के सामने खड़े होकर ग्राहकों को खरीद न करने के लिए समझाने लगे। आंदोलन के कारण बनते जा रहे वातावरण को देखकर व्यापारी अपने आप बढ़ाए गए दामों को बहुत अधिक मात्रा में कम करने लगे।

□

ग्राहक पंचायत की स्थापना एवं क्रमिक विकास

पुणे में युवक महामंडल जनता ग्राहक संघ के नाम से ग्राहक आंदोलन का कार्य जारी था। कार्यकर्ताओं ने निर्धारित किया कि विधिवत् संगठन स्थापित कर कार्य किया जाए। कार्यकर्ताओं के साथ पूर्ण रूप से विचार-विमर्श कर तय किया गया कि युवक महामंडल जनता महासंघ का नाम अखिल भारतीय ग्राहक पंचायत कर दिया जाए। अत: 26 जनवरी, 1975 को जयप्रकाश नारायण के द्वारा विधिवत् संगठन का उद्घाटन करने की योजना बनी, परंतु पुणे के राजनीतिक दलों के कार्यकर्ताओं ने उस कार्यक्रम में अपने-अपने दलों को सहभागी करने के लिए दबाव बनाना शुरू कर दिया। इसके कारण उस कार्यक्रम को रद्द करना पड़ा। बाद में 22 फरवरी, 1975 को सर्वोच्च न्यायालय के पूर्व न्यायाधीश और पूर्व केंद्रीय शिक्षामंत्री एम.सी. छागला के हाथों संगठन का विधिवत् उद्घाटन करवाया गया। हालाँकि 25 जून, 1975 से 21 मार्च, 1977 तक आपातकाल के चलते ग्राहक संघों के विरोध में बोलना शासन के विरोध में बोलना माना जाता था, किंतु इसके चलते जिलाधिकारी कार्यालय में होनेवाली मासिक चर्चा शासन व ग्राहक दोनों के लिए उपयोगी सिद्ध हुई। इंदिरा गांधी सरकार ने राज्य स्तर पर ग्राहक संरक्षण के लिए राज्य आपूर्ति विभाग व जिला आपूर्ति विभाग को जिम्मेदारी सौंपी थी। 21 मार्च, 1977 को जब आपातकाल समाप्त हुआ, तब ग्राहक आंदोलन के कार्य को एक नया आयाम मिला।

पंजीकरण के बाद विधिवत कार्य प्रारंभ

वर्ष 1974 में अखिल भारतीय ग्राहक पंचायत के पंजीकरण के बाद ग्राहक जागरण का कार्य नागपुर में बापू महाशब्दे व राजाभाऊ पोफली, मुंबई में मधु मंत्री व गोविलकर तथा पुणे में बिंदु माधव जोशी के नेतृत्व में चल रहा था। वर्ष 1991 में इस कार्य को राष्ट्रीय स्वरूप देने तथा विधिवत् पंजीकृत संगठन के रूप में चलाने का निर्णय लिया गया। अखिल भारतीय ग्राहक पंचायत की राष्ट्रीय कार्यकरणी का गठन किया गया तथा मा. दत्तोपंत ठेंगड़ी की अध्यक्षता में नागपुर के स्मृति भवन में एक बैठक आयोजित की गई। इस बैठक में गोविंददास मूँदड़ा को अध्यक्ष चुना गया तथा अखिल भारतीय ग्राहक पंचायत ने केंद्रीय स्तर पर विधिवत् कार्य प्रारंभ किया। संपूर्ण देश के कार्य में समन्वय स्थापित करने के लिए नागपुर में बापू महाशब्दे के घर बैठक बुलाई गई, जिसमें पुणे से बिंदु माधव जोशी, दिल्ली के चरणजीत कालरा व सतीश पुंशी, बिहार के जगदीश प्रसाद तथा तमिलनाडु से के. रामचंद्रराव उपस्थित थे। संघ की ओर से मार्गदर्शन करने के लिए राष्ट्रीय स्वयंसेवक संघ के तत्कालीन प्रचारक प्रमुख मा. मदनदास देवी को भेजा गया। बैठक में अखिल भारतीय ग्राहक पंचायत का राष्ट्रीय कार्यालय खोलने के बारे में चर्चा की गई। मा. मदनदास देवी ने चर्चा के बाद कहा कि ग्राहक पंचायत का राष्ट्रीय कार्यालय नागपुर में बापू महाशब्दे के घर श्रमश्री, रुईकर पथ, महाल नागपुर में खुलेगा। उन्होंने बोर्ड बनवाने के लिए कहा। बोर्ड बनकर आया और अखिल भारतीय ग्राहक पंचायत के प्रथम राष्ट्रीय कार्यालय का उद्घाटन मा. मदनदास देवी के हाथों हुआ। वहीं अखिल भारतीय ग्राहक पंचायत का पंजीकृत कार्यालय दिल्ली में सतीश कुमार पुंशीजी के घर पर C 4, A 37C जनकपुरी में खोला गया। अखिल भारतीय ग्राहक पंचायत का वर्तमान राष्ट्रीय कार्यालय गली न. 21, जोशी रोड, करोल बाग, नई दिल्ली में है। संगठन का निजी प्रकल्प ग्राहक शक्ति शोध एवं प्रशिक्षण संस्थान श्री लक्ष्मी नारायण मंदिर, फैज रोड, करोल बाग, नई दिल्ली में कार्यरत है।

आदर्श व्यापार मॉडल/ग्राहक पेठ

सन् 1974 में जनता सहकारी मध्यवर्ती ग्राहक संघ का कार्य प्रारंभ हुआ। मराठा चेंबर ऑफ कॉमर्स के सचिव डॉ. भ.र. सावडे को इसका अध्यक्ष बनाया गया। इस सहकारी भंडार के माध्यम से विभिन्न ग्राहक संघों के द्वारा वस्तुओं के वितरण का कार्य प्रारंभ हुआ। आपातकाल के दौरान भी वितरण का यह कार्य अबाध रूप से चलता रहा। उस समय तक यह कल्पना नहीं थी कि ग्राहक पंचायत सीधे व्यापार करे, किंतु बाद में निर्णय लिया गया कि बाजार पर नियंत्रण रखने के लिए एक आदर्श व्यापार मॉडल खड़ा किया जाए, ताकि बाजार पर नियंत्रण रखा जा सके। आपातकाल समाप्त होने के बाद बाजार पर नियंत्रण रखने तथा ग्राहकों को योग्य व सस्ती कीमतों पर वस्तुएँ उपलब्ध कराने के लिए को-ऑपरेटिव कानून के तहत एक दुकान प्रारंभ करने का निर्णय लिया गया। चैत्र शुदी नवमी अर्थात् रामनवमी के दिन 7 अप्रैल, 1977 को केंद्र की जनता सरकार में खाद्य एवं नागरिक आपूर्ति मंत्री मोहन धारिया के हाथों जनता ग्राहक मध्यवर्ती सहकारी संस्था की ग्राहक पेठ नाम की सहकारी दुकान का उद्घाटन हुआ। उस दौर में दुकान का नाम सहकारी ग्राहक भंडार या सहकारी बाजार के रूप में लिखना प्रचलन में था, अतः दुकान का नाम ग्राहक पंचायत नहीं रखा गया। जनता ग्राहक मध्यवर्ती सहकारी संघ के एक निदेशक वरिष्ठ पत्रकार ग.वा. बेहरे ने सुझाव दिया कि पुणे शहर में पेठ के नाम से बस्तियों की भरमार है, अतः दुकान का नाम ग्राहक पेठ रखा जाए। इस सुझाव को सभी ने सहर्ष स्वीकार कर लिया और दुकान का नाम ग्राहक पेठ रख दिया गया।

नागपुर के कार्यकर्ताओं में पुणे के कार्य की चर्चा

कार्यकर्ताओं के साथ बैठक में चर्चा करने से पहले बापू महाशब्दे और राजाभाऊ ने इस कार्य के मार्गदर्शक दत्तोपंत ठेंगड़ी, शंकर राव पाध्ये, अण्णा साहब भिसिकर, शरद राव शहाणे, स्वाति शहाणे, डॉ. म.गो. बोकरे आदि से मिलकर उनके विचार जाने। इन चर्चाओं में जो बातें उभरकर सामने आईं, वह यह थीं।

1. ग्राहक संगठन बनाने का उद्‌देश्य ध्यान में रखें। मात्र आवश्यक वस्तुओं की कमी व वितरण पर ध्यान देकर किसी भी निष्कर्ष पर पहुँचना ठीक नहीं होगा, क्योंकि कमी का वातावरण समाप्त होने के बाद यह प्रश्न सामने आएगा कि अब क्या करें? यह प्रश्न ग्राहक संगठन को कमजोर करेगा।
2. जिस प्रकार उद्योग में मालिक व मजदूर नाम के दो वर्ग हैं, इसी प्रकार ग्राहक-व्यापारी को अलग-अलग वर्ग मानकर संगठन बनाना उचित नहीं है। सभी ग्राहक हैं। सिर्फ अपनी जीविका चलाने के लिए कुछ लोग वस्तुओं या सेवाओं की बिक्री करते हैं।
3. कृषि माल के उत्पादक किसान और जीवन के लिए अत्यावश्यक वस्तुओं के उत्पादकों के लिए विक्रेता व मध्यस्थों की शृंखला आवश्यक है। उत्पादक तथा ग्राहकवाली व्यवस्था में विविध जीवन प्रणाली, वातावरण, उत्पादन क्षमता आदि पर ध्यान देना आवश्यक है।
4. ग्राहक सहकारी संस्थाओं की शृंखला का उपयोग राजनीतिक स्वार्थों को पूरा करने के लिए किया जानेवाला है, अत: यह मार्ग अल्पकालिक व अविश्वसनीय है। जब कभी भी वस्तुओं की आपूर्ति बाधित होगी, वस्तुओं की कमी होगी, तब सरकार इन सहकारी भंडारों की मदद करने के लिए आगे अवश्य आएगी, परंतु जब बाजार में वस्तुओं की कमी नहीं होगी, तब इन भंडारों के दिवाले निकलेंगे।

उपरोक्त सभी बातों को ध्यान में रखते हुए ग्राहक आंदोलन व ग्राहक संगठन के जिस भावी स्वरूप की सभी ने मिलकर कल्पना की, उसके अनुसार—

1. ग्राहक संगठनों का स्वरूप सरकार द्वारा ग्राहक संरक्षण की व्यवस्था लागू करवानेवाला तथा जागरूक ग्राहक शक्ति को निर्मित करनेवाला हो।
2. ग्राहक संगठन का स्वरूप न तो राजनीतिक हो, न ही शासन पर आश्रित हो।
3. संगठन का कार्य ग्राहकों से प्राप्त आर्थिक सहभाग के आधार पर

ही चलाया जाए। सरकारी अनुदान, उद्योगपतियों, पूँजीपतियों, व्यापारी संगठनों से ली गई आर्थिक सहायता के आधार पर नहीं।

4. बस्तियों में चलने वाले सामूहिक खरीद गुटों को बाजार व्यवस्था को देखने, समझने के लिए ग्राहक शिक्षण के रूप में देखा जाए तथा उनके इसी स्वरूप को विकसित किया जाए। वस्तुओं की आपूर्ति बाधित होने या थोक में वस्तुओं के थोड़ा कम मूल्य पर मिल जाने के कारण आज जो प्रतिसाद मिल सकता है, संभवत: वह कल न मिले। अत: इस व्यवस्था का उपयोग जागरूक ग्राहक संगठन बनाने के लिए किया जाए। इसी पक्ष पर पूरा ध्यान केंद्रित किया जाए।
5. श्रमिक कानून व न्याय व्यवस्था की तरह ग्राहक संरक्षण की कानूनी व्यवस्था स्थापित करवाने पर सर्वाधिक जोर दिया जाए। संगठन का पूरा जोर ग्राहक संगठन कानून बनवाने पर हो।
6. संगठन का उद्‌देश्य उत्पादक, विक्रेता और ग्राहक में सामंजस्य स्थापित करवानेवाला हो, न कि संघर्ष को बढ़ावा देनेवाला।

जैसा कि पूर्व निर्धारित था, रविवार को सभी कार्यकर्ताओं की बैठक हुई, जिसमें पुणे से बिंदु माधव भी सहभागी हुए और उन्होंने अपने विचार रखे। उनका कहना था कि ग्राहकों को ग्राहकों के लिए ग्राहक सहकारी भंडारों की शृंखला चलाकर बाजार पर दबाव निर्माण करने के उद्‌देश्यवाली कार्यपद्धति न अपनाकर, अपने तरीके से ही कार्य किया जाए। बापू और राजाभाऊ यह देखें कि दोनों पद्धतियों में संपर्क व सामंजस्य किस प्रकार रखा जा सकता है, ऐसा निर्णय लिया गया।

बापू ने इन सब प्रयासों के बाद कहा कि ग्राहक जागरण के कार्य के लिए बिंदु माधव के व्यक्तित्व, वक्तृत्व का उपयोग किया जा सकता है। हम अपनी पद्धति से ही कार्य शुरू रखें। हमने इसी के अनुरूप चलने का निर्णय लिया है।

नागपुर के न्यू इंग्लिश स्कूल में बैठक

उधर बिंदु माधव ने पुणे पहुँचते ही एक पोस्टकार्ड लिखा, जो दो दिनों के बाद बापू को मिला। उसमें उन्होंने अगले सप्ताह फिर आने की

बात लिखी। अत: रविवार को नागपुर के सभी कार्यकर्ताओं की न्यू इंग्लिश हाईस्कूल के हॉल में बैठक बुलाने का निर्णय लिया गया। उस समय तक नागपुर में पाँच सामूहिक ग्राहक संघ बनाए जा चुके थे। प्रवासी मंडल, बिजली ग्राहक संघ, दूध योजना ग्राहक संघ तथा छोटे दुकानदारों को भी इस सभा में बुलाया गया। बिंदु माधव को जिस दिन नागपुर आना था, उसके दो दिन पहले मा. बालासाहब ने राजाभाऊ को बुलाया। उन्होंने राजाभाऊ से बिंदु माधव जोशी के साथ हुई बातचीत और उस संबंध में प्रमुख कार्यकर्ताओं की प्रतिक्रिया पूछी। जब राजाभाऊ संघ कार्यालय में बालासाहब से मिलने पहुँचे तो बालासाहब वरिष्ठ प्रचारक वसंतराव कसबेकर से बात कर रहे थे। जब राजाभाऊ की मा. बालासाहब से बात हो रही थी तो वसंतराव कसबेकर भी वहाँ उपस्थित थे। राजाभाऊ ने यह बात बापू को बताई तो उन्होंने उनसे कहा—"धीरे-धीरे चलते हैं।"

इसके पश्चात् न्यू इंग्लिश हाईस्कूल की बैठक में वसंतराव कसबेकर भी उपस्थित थे। दो दिनों के बाद ही वसंतराव बापू के पास आए और बोले कि विदर्भ में प्रवास पर चलना है। प्रत्येक जिले में ग्राहक संगठन के लिए कार्यकर्ता की योजना करनी है। आप प्रवास की तैयारी करो।

बापू ने कहा—"मैं प्रवास नहीं कर सकूँगा, क्योंकि मेरे पास अभी बहुत काम हैं, लेकिन मैं राजाभाऊ को प्रवास पर भेजने के लिए तैयार करूँगा। उन्हें इस विषय की अच्छी जानकारी भी है। बापू ने तुरंत अपने सहायक को राजाभाऊ के घर भेजा। राजाभाऊ उस समय कॉलेज से घर ही पहुँचे थे। बुलावा मिलने पर वे शीघ्र ही बापू के पास पहुँचे और उन्हें प्रवास की योजना का पता चला। विदर्भ का प्रवास करने के लिए राजाभाऊ को 8 दिनों की छुट्टी लेकर वसंतराव के साथ जाना था। वसंतराव उम्र में राजाभाऊ से बड़े थे। राजाभाऊ ने 8 दिनों के प्रवास की तैयारी कर ली।"

विदर्भ में कार्यकर्ताओं की योजना

राजाभाऊ और वसंतराव दोनों विदर्भ के प्रवास पर निकले। वसंतराव के

दोनों हाथों में थैले थे। दोनों सरकारी बस से प्रवास कर रहे थे। वसंतराव अपनी और राजाभाऊ की टिकट लेते। उन्हें जिस शहर में जाना होता, वहाँ पहुँचकर एक घर में सिर्फ पानी पीकर कहते—दोपहर 12 बजे हम दोनों आपके यहाँ भोजन करेंगे। इसी प्रकार दूसरे घर में जाकर स्नान करते व जलपान लेते। तीसरे घर में रात की बैठक की योजना बताते और बैठक करवाने की जिम्मेदारी सौंपते। चौथे घर में रात्रि के भोजन और विश्राम की व्यवस्था के लिए कहते। इस प्रकार प्रत्येक स्थान पर बैठक से पहले राजाभाऊ का उस शहर में चार परिवारों से संपर्क हो रहा था। रात्रि की बैठक में राजाभाऊ ग्राहक संगठन के कार्य का स्वरूप बताते थे। वसंतराव कसबेकर उपस्थित कार्यकर्ताओं में से किसी एक पर संगठन की जिम्मेदारी सौंपकर राजाभाऊ व उन्हें परस्पर संपर्क करते रहने के लिए कहते। इस प्रकार राजाभाऊ का आठ दिनों का प्रवास चला। दोनों ने 10 स्थानों के प्रवास किए।

राजाभाऊ ने प्रवास से वापस आकर पूरे प्रवास की जानकारी विस्तार से बापू महाशब्दे को बताई। सभी स्थानों पर बनाए गए संगठन मंत्रियों को बापू महाशब्दे ने पत्र भेजे। अशोक खेकाले—बुलढाणा, अण्णा साहब देशपांडे—अकोला, खापर्ड—अमरावती, गोविंदराव शेवडे—यवतमाल, महादेवराव मिलाने—चंद्रपुर, शरद देशपांडे—भंडारा, आकांत, गोंदिया, लाखनी आदि लोगों की विदर्भ में प्रारंभिक योजना की गई। राजाभाऊ प्रत्येक शनिवार और रविवार प्रवास पर जाकर उनसे मिलते थे।

वस्तु खरीद ग्राहक संघ

नागपुर शहर में हनुमान नगर, महाल, धंतोली, बजाज नगर, लक्ष्मीनगर, रामनगर, काटोल रोड, रामदासपेठ, रामेश्वरी, भगवान नगर आदि स्थानों पर ग्राहक संघ अस्तित्व में आ चुके थे। इन ग्राहक संघों को बनाने में बापू महाशब्दे के उन बस्तियों में संपर्कों का भरपूर उपयोग हुआ था। इन ग्राहक संघों को कृष्णराव वाघमारे ने थोक बाजार में चलनेवाली अनुचित व्यापार प्रथाओं के बारे में जागरूक किया। साथ ही थोक बाजार में होनेवाले उतार-चढ़ाव के

बारे में भी उन्हें जानकारी दी। थोक बाजार में 15 तारीख के आसपास व्यापारी अधिकतम खरीद करते हैं, अत: उस समय वस्तुओं के भाव कम होते हैं। इसलिए अपने खरीद गुट 15 तारीख के बाद ही बाजार जाएँ, ऐसा तय हुआ। चावल, गेहूँ, दाल आदि की खरीद करने के बारे में भी उन्होंने गुट प्रमुखों को महत्त्वपूर्ण सूचनाएँ दीं।

यह जो खरीद गुट बनाए गए थे, इनमें से प्रत्येक गुट में 15 से 20 परिवार होते थे। उनमें नंबर के अनुसार दो परिवार प्रत्येक माह बाजार में जाकर सभी वस्तुओं की थोक मूल्य के अनुसार खरीद किया करते थे। इस बात का ध्यान रखा जाता था कि हमेशा एक ही व्यक्ति खरीदारी करने न जाए। गुट की एक बैठक 15 तारीख से पहले करके सभी खरीदी जानेवाली वस्तुओं की सूची तैयार कर ली जाती थी। इसके साथ ही धन संग्रह की व्यवस्था भी हो जाती थी। खरीद के बाद वस्तुओं के थोक मूल्य और फुटकर मूल्य के अंतर का कम-से-कम 1 प्रतिशत ग्राहक संघ में जमा कर लिया जाता था। इसी प्रकार भाव में अंतर की रकम को परिवार से धीरे-धीरे जमा कर, उधार खरीदारी करने के स्थान पर नकद खरीदारी की तरफ परिवारों को बढ़ने की प्रेरणा भी ग्राहक संघ देता था।

प्रत्येक माह वस्तुएँ खरीदनेवाले तथा उनका वितरण करनेवाले ग्राहक प्रमुखों की बैठक की जाती थी, जिसमें वस्तुओं को खरीदने में आनेवाले अनुभवों का आदान-प्रदान होता था। इसका सीधा और स्पष्ट अर्थ यह है कि ग्राहक संघों के द्वारा प्रत्येक माह बाजारों का सर्वेक्षण हो जाया करता था, जिसके आधार पर नागपुर कंज्यूमर्स फोरम थोक बाजार के व्यापारी संगठनों के साथ चर्चा करती थी। इन गुटों की बैठकों में बापू और कृष्णराव वाघमारे उपस्थित रहते थे। गुटों की बैठकों में बिजली, प्रवासी, दूध और गैस आदि विषयों पर भी चर्चा करके, उस गुट प्रमुख द्वारा गुट तथा नगर स्तर पर समस्याओं के निराकरण का प्रयास किया जाता था। राजाभाऊ तथा स्वाती शहाणे ने विदर्भ में प्रवास कर संगठन को विकसित किया जिससे विदर्भ में ग्राहक आंदोलन का विकास हुआ। दूसरी ओर, बापू विदर्भ स्तर पर प्रवासियों की समस्याओं से संबंधित जानकारी एकत्र कर रहे थे और वे उस जानकारी को उपभोक्ता-पत्र में प्रकाशित भी किया करते

थे। नागपुर शहर की मासिक बैठकें रोटेशन पद्धति से अलग-अलग ग्राहक संघों में की जाने लगी। इस प्रकार इसी तरह की रचना विदर्भ के अन्य शहरों में भी बनी और इन शहर प्रमुखों की विदर्भ के स्तर पर बैठकें भी होने लगीं।

महाराष्ट्र विधान परिषद् अध्यक्ष रा.सु. गवई का मार्गदर्शन

जिस समय ग्राहक संगठन का कार्य चल रहा था, महाराष्ट्र में पुलोद सरकार थी। महाराष्ट्र राज्य विधानसभा का एक अधिवेशन नागपुर में भी होता था। इस अवसर का लाभ उठाने के लिए सरकारी विभागों से संपर्क साधने का कार्य शुरू किया गया। इसी क्रम में विधान परिषद् के अध्यक्ष रा.सु. गवई से संपर्क किया गया। चर्चा में यह बात सामने आई कि ग्राहक का संबंध किसी एक दल या घटक से नहीं होता है। इसमें सभी दल, समाज के सभी घटक सम्मिलित रहते हैं, अत: इस आंदोलन की संघर्षात्मक भूमिका नहीं हो सकती। इसलिए ग्राहकों का जेल भरो जैसे आंदोलन करना कठिन कार्य है। गवई ने कहा कि ग्राहक संसदीय मार्ग का अनुसरण करें। उनसे कहा गया कि कार्यकर्ताओं को यह जानकारी मिल सके कि संसदीय मार्ग कौन से हैं, अत: आवश्यक है कि कार्यकर्ताओं के समक्ष ही यह विषय रखा जाए। उसी समय विषय रखने के लिए गवई से वक्ता बताने का अनुरोध किया गया। गवई ने कहा कि मैं कार्यकर्ताओं को उस मार्ग की जानकारी दूँगा।

गवई से 4 जनवरी, 1980 को समय देने का अनुरोध किया गया और वे आने के लिए तैयार हो गए। बापू के मार्गदर्शन में विदर्भ साहित्य संघ के सभागृह में रा.सु. गवई के भाषण का आयोजन किया गया। इस कार्यक्रम में यह बात सामने आई कि ग्राहक संरक्षण के लिए एक सर्वसमावेशक कानून बनाया जाना चाहिए। इस पर गवई ने कहा कि आप लोग कानून का प्रारूप तैयार करो तथा उसे सदन में निजी विधेयक के रूप में चर्चा के लिए रखवाओ।

बिजली आपूर्ति की अनियमितता का विरोध

नागपुर में बिजली की आपूर्ति, नागपुर इलेक्ट्रिक लाइट एंड पावर कंपनी करती थी। वह उस समय तक एक ही दर से विद्युत के बिल वसूला करती थी।

बाद में कंपनी ने अपनी नीति बदलकर दो तरह की विद्युत दरें लागू कर दीं—घरेलू और व्यावसायिक। इस प्रकार कंपनी अपने ग्राहकों को इन दो आधारों पर विभक्त कर रही थी। ग्राहकों का यह विभाजन करते समय कंपनी के लोग किसी भी घर पर, घर से काम करनेवालों की छोटी-छोटी संपर्क पट्टिकाओं को देखकर उनके नाम व्यावसायिक दरोंवाली सूची में डाल रहे थे, जिसके कारण ग्राहकों के एक बहुत बड़े वर्ग को परेशानी हो रही थी। वैसे बिजली की आपूर्ति बराबर न मिलने, गलत बिजली बिल संबंधी ग्राहकों की अतिरिक्त शिकायतें भी थीं।

फोरम ने ग्राहकों से समाचार-पत्रों के माध्यम से उनके पास शिकायतें भेजने के लिए कहा। फोरम के कार्यालय में बहुत अधिक शिकायतें आने लगीं तो कार्यकर्ताओं को भी लगने लगा कि अपना काम काफी बढ़ गया है। उन्होंने योजना बनाई कि शिकायतकर्ताओं की सभा बुलाकर, उनमें से भी कुछ लोगों को साथ लेकर आगे का कार्य किया जाए। बापू को इस बारे में बताया गया तो उन्होंने भी अपनी सहमति दे दी। इसके बाद रानी झाँसी चौक पर गडकरी सभागृह में विद्युत ग्राहक संघ ने सभा बुलाई। बापू महाशब्दे, राजाभाऊ, सुरेश बहिराट तथा अशोक पात्रीकर के साथ दो-तीन अन्य कार्यकर्ता सभा स्थल पर थे। काफी विलंब से सभा शुरू की गई, फिर भी उसमें आयोजकों के अतिरिक्त सिर्फ चार शिकायतकर्ता ही आए थे। उन्हीं शिकायतकर्ताओं में से एक गोविंददास मूँदड़ा थे, जो आगे चलकर अखिल भारतीय ग्राहक पंचायत के राष्ट्रीय अध्यक्ष भी बने। उनकी शिकायत थी कि उनके घर पर एडवोकेट की नेमप्लेट, सामने ड्राइंगरूम में मुवक्किलों से मिलने का स्थान है और इसी कारण विद्युत मंडल ने उन पर व्यावसायिक विद्युत दरें लगा दी हैं। उन्हें इलेक्ट्रिक सप्लाई कानून की पूरी जानकारी थी। दूसरे सज्जन नागपुर के महेंद्र साड़ी स्टोर्स के मालिक थे, जो दो गलत बिल लेकर आए थे। इस समय अलग-अलग सेवाओं में ग्राहक संरक्षण की अलग-अलग व्यवस्थाओं और उनके अलग-अलग मोहल्लों में कार्यालय होने के कारण ग्राहकों को होनेवाली परेशानियों पर भी चर्चा हुई।

ग्राहक संरक्षण कानून का विचार

राजाभाऊ क्योंकि श्रमिक विषयों पर अखबार में लिखते थे, इसलिए उन्होंने श्रमिक कानून की ही तरह ग्राहक आयुक्त और ग्राहक शिकायत निवारण कानून बनाने के बारे में कहा। एडवोकेट मूँदड़ा भी इस विचार से सहमत हो गए। उन्हें ग्राहक कानून की कल्पना समझाने के लिए एक कागज पर सभी कुछ लिखकर बताया गया। मूँदड़ा ने श्रमिक कानून तथा ग्राहक संबंधी सभी कानूनों का अध्ययन करके, ग्राहक कानून का प्रारूप तैयार करने की इच्छा जताई। वह चार-पाँच दिन के बाद ग्राहक कानून का प्रारूप तैयार कर फोरम के कार्यालय में पहुँचे।

रामभाऊ म्हालगी सांसद थे। वे माह में एक बार नागपुर आया करते थे और स्थानीय नागरिकों से संवाद भी किया करते थे। राजाभाऊ उनसे मिले तथा ग्राहक कानून का मसौदा उन्हें देते हुए उनसे उसे संसद् में निजी विधेयक के रूप में रखने के लिए कहा। रामभाऊ ने उन्हें पुनः मिलने के लिए कहा और बोले कि वे इस बिल के प्रारूप को संसद् में रखने के तरीके से तैयार करवा लेंगे। रामभाऊ म्हालगी ने दिल्ली में उस मसौदे को संसद् में निजी विधेयक के रूप में रखने का सही प्रारूप देकर, ग्राहक संरक्षण विधेयक बनवाया। उन्होंने उसकी 10 प्रतियाँ बनवाईं तथा अगले माह के अपने नागपुर के टाइम टेबल का इंतजार न करते हुए उस विधेयक की प्रतियों को लेकर दिल्ली से सीधे नागपुर आए। रामभाऊ द्वारा तैयार करवाए ग्राहक विधेयक की प्रतियाँ उन्होंने बापू और राजभाऊ को दीं और पुणे के लिए निकल गए। उन्होंने प्रस्ताव की पाँच प्रतियाँ हस्ताक्षर कर राजाभाऊ को दीं और कहा कि अब इस पर अनुमोदक के रूप में किसी अन्य राजनीतिक दल के सांसद के हस्ताक्षर करवाकर, अगली बार जब मैं नागपुर आऊँ, तब मुझे दो।

बापू ने ग्राहक संरक्षण विधेयक के उस मसौदे की 4,100 प्रतियाँ तैयार कीं और राजाभाऊ से कहा कि सरकारी प्रचार विभाग से सांसदों की सूची, पते व फोन नंबर लेकर आएँ। वे स्वयं ग्राहक विधेयक को अपने एक शीर्ष पत्र के साथ सभी सांसदों को भेजेंगे। इस प्रकार ग्राहक कानून बनवाने की हलचल शुरू हुई।

जनसंघ और मुसलिम लीग के मिलन का ऐतिहासिक क्षण

नागपुर के मोमिनपुरा क्षेत्र में एक मदरसे के स्थापना महोत्सव में मुसलिम लीग के सांसद बनातवाला नागपुर आए थे। उन्होंने इस अवसर पर पत्र परिषद् बुलाई। पत्र परिषद् में पत्रकारों के साथ उनकी देश की राजनीति पर चर्चा शुरू हुई।

एक पत्रकार ने प्रश्न किया—"सभी सांसद चुनाव के समय जनता के साथ तरह-तरह के वादे करते हैं, परंतु चुनाव के बाद उन्हें जनता का हाल जानने तक की फुरसत नहीं होती। अन्न, धान्य आदि आवश्यक वस्तुओं की कमी तथा कालाबाजारी न हो, इसके लिए आपने क्या कुछ किया है, बताएँ?"

पत्रकार के इस प्रश्न से सांसद महोदय भड़क गए और बोले—"मैं क्या करूँ? आप आंदोलन करें, हम उसका आधार लेकर काम करेंगे। इसके अलावा हम और कर भी क्या सकते हैं?"

राजाभाऊ भी पत्र परिषद् में उपस्थित थे। उन्हें वह अवसर उपयुक्त लगा। तवा गरम था, इसलिए उन्होंने कहा—"बाजार में आम आदमी जो भी व्यवहार करता है, उसके हितों की रक्षा हो, इसके संबंध में देश में किसी भी तरह की कोई व्यवस्था नहीं है। इसके लिए आप कानून बनवा सकते हैं।"

यह कहते हुए राजाभाऊ ने अपने थैले से ग्राहक संरक्षण विधेयक की प्रतियाँ निकालीं और उनके सामने रखीं। सांसद बनातवाला ने ग्राहक संरक्षण विधेयक को पढ़ा। उन प्रतियों पर रामभाऊ म्हालगी के हस्ताक्षर देखकर बोले—"रामभाऊ जनसंघ के हैं तो क्या हुआ। लाओ, मैं हस्ताक्षर करता हूँ और बनातवाला ने पाँचों प्रतियों पर हस्ताक्षर कर दिए। एक असाध्य-सा दिखनेवाला महत्त्वपूर्ण काम हो गया था। इससे कार्यकर्ताओं का उत्साह बढ़ा और वे आगे के काम में लग गए।

इस घटना का उल्लेख करना इसलिए भी आवश्यक है, क्योंकि ग्राहक पंचायत आंदोलन किसी भी धर्म, जाति, लिंग, क्षेत्र से परे है और इस देश के समस्त ग्राहकों के हितों के संरक्षण हेतु ग्राहक पंचायत का प्रत्येक कार्यकर्ता प्रतिबद्ध है।

इस घटना के पश्चात् सदन में ऐसा कोई विधेयक प्रस्तुत किया जा सके और उसका स्वरूप कैसा हो, इसका कार्य एड. गोविंदराव आठवले ने किया तथा उनका सहयोग महाराष्ट्र राज्य विधि मंडल के अवकाश प्राप्त सचिव श्यामराव खदाके ने किया। तत्कालीन सांसद रामभाऊ म्हालगी ने विधेयक प्रस्तुत करवाने का कार्य अपने हाथ में लिया। अनेक विधानसभा व संसद् सदस्यों से संपर्क करने का प्रयास प्रारंभ हुआ। 1980 में महाराष्ट्र विधानसभा के सदस्य मान. मा.गो वैद्य, मनोहर जोशी, मधु देवले आदि के हस्ताक्षरों से विधानसभा में उक्त विधेयक प्रस्तुत किया गया। इन सबके बीच एक दुःखद प्रसंग हुआ। सांसद रामभाऊ का निधन हो गया और संसद् में चर्चा हेतु विधेयक को मंजूरी मिलने के बाद भी चर्चा नहीं हो सकी। हालाँकि तत्कालीन प्रधानमंत्री इंदिरा गांधी का विधेयक पर ध्यान था। उन्होंने उत्तर प्रदेश में एक ग्राहक सम्मेलन में बोलते हुए ग्राहक हितों की रक्षा हेतु विशेष उपाय करने की बात कही। ग्राहक पंचायत की विधि समिति ने इंदिरा गांधी को 29 जून, 1983 को पत्र लिखते हुए माँग की कि विधेयक संसद् में चर्चा हेतु जल्द लाया जाए।

इसी बीच मध्य प्रदेश सरकार ने 1983 में इसी विषय पर स्वतः एक विधेयक तैयार करने का निर्णय लिया और इसके क्रियान्वयन के लिए एक समिति गठित की गई। मध्य प्रदेश उपभोक्ता संरक्षण विधेयक 1984 बनाया गया। समिति ने ग्राहक पंचायत से संपर्क कर मुंबई सचिवालय में ग्राहक पंचायत विधि समिति के एड. गोविंददास मूँदड़ा और सुरेश बहिराट को आमंत्रित किया। चर्चा के बाद विधेयक में अपेक्षित सुधार किए गए और इसे विधानसभा के पटल पर रखा गया। प्रथम वाचन हुआ, सलेक्शन कमेटी द्वारा इस विधेयक को मंजूरी मिली तथा तीसरा वाचन होने की सीढ़ियाँ पार करता यह विधेयक कानून बन पाता कि भोपाल गैस कांड की त्रासदी होने से विधेयक लटक गया।

विदर्भ में कार्य विस्तार

इस समय तक विदर्भ के आठ जिलों के संगठन मंत्री माह में एक दिन नागपुर में इकट्ठे होते थे। बापू ने सभी को इस विधेयक के साथ एक पत्र

दिया। पत्र में बापू ने क्षेत्र के सभी विधायक, सांसद, वकील तथा अन्य विद्वानों के लिए संदेश लिखा था कि सभी अपने-अपने स्तर पर इस विधेयक के बारे में चर्चा करें तथा हमें अपनी प्रतिक्रिया बताएँ। उन्होंने देश के सभी सांसदों को भी विधेयक की प्रतियाँ भेजकर लिखा था कि इस अशासकीय विधेयक को वे संसद् में अपनी तरह से रखें। उस समय तक विदर्भ के 9 जिलों में काम प्रारंभ हो चुका था। इन सभी जिलों के कार्यकर्ताओं का पहला सम्मेलन नागपुर में 9 अगस्त, 1981 को किया गया। बापू ने सम्मेलन में कहा—"शहीद दिवस से प्रेरणा लेकर हम सभी कार्यकर्ता स्फूर्ति के साथ इस कार्य में लगें। विचार हुआ कि कार्यकर्ताओं के सामने प्रेरणा के लिए कोई प्रतिमा रखी जाए। न्यू इंग्लिश हाईस्कूल, जहाँ पर सम्मेलन हो रहा था, वहाँ के हॉल में यज्ञकुंड की एक प्रतिमा थी, जिसपर लिखा था—'जहाँ किसी प्रकार का दाग न हो, कोई दोष न हो, वहाँ मेरा हाथ लगे।' कार्यकर्ताओं की प्रेरणा हेतु प्रतीक के रूप में यह प्रतिमा ही उस समय वहाँ पर रखी गई। इस कार्यक्रम में नागपुर विश्वविद्यालय के राजनीतिशास्त्र प्रमुख डॉ. एन.आर. देशपांडे तथा कॉमर्स कॉलेज के डॉ. म.गो. बोकरे ने भी कार्यकर्ताओं का मार्गदर्शन किया। डॉ. देशपांडे का विचार था कि सामाजिक संगठन राजनीति से अलग हो। ग्राहकों को उत्पादन मूल्य आधारित ग्राहक मूल्य का आग्रह करना चाहिए," यह डॉ. बोकरे का कहना था।

इसके अलावा नागपुर के कार्यकर्ताओं के साथ एक अन्य बैठक में संगठन को मजबूत करने के लिए कुछ बातों पर विस्तृत चर्चा हुई। इस चर्चा में जो बातें निकलकर सामने आईं, वे निम्नलिखित थीं—

1. अखिल भारतीय ग्राहक पंचायत अब एक पंजीकृत संगठन है।
2. प्रभावी वक्तृत्व व नेतृत्ववाले बिंदु माधव जोशी हमारे साथ हैं। अभी विदर्भ उपभोक्ता संघ को उसी नाम से चलने दिया जाए। उसके नीचे अखिल भारतीय ग्राहक पंचायत भी लिखा जाए। आगे चलकर बाद में ऊपर अखिल भारतीय ग्राहक पंचायत लिखा जाए तथा उसके नीचे विदर्भ उपभोक्ता संघ लिखना शुरू किया जाए। धीरे-धीरे कार्यकर्ताओं में सामंजस्य स्थापित किया जाए।

3. पुणे व मुंबई का वातावरण औद्योगिक शहरोंवाला है और वह वामपंथी विचारधारा जैसा भी है। वहाँ पर वर्ग संघर्षवाली, ग्राहक विरुद्ध व्यापारी वाली भावना है, जबकि समाज का विचार बाजार प्रधान है। वहाँ के लोग सहकारी ग्राहक भंडार का आग्रह करते हैं। जबकि अन्य स्थानों पर वातावरण कृषि प्रधान है, जिसके कारण व्यक्ति विक्रेता की भूमिका में सिर्फ अपनी आजीविका चलाने के लिए आता है। वह बाजार में ग्राहक की भूमिका में भी होता है। अतः उसने सर्वसमावेशक ग्राहक की रचना स्वीकार की है। सभी महानगरों को भी धीरे-धीरे इसी भूमिका में आना पड़ेगा। वह इस दिशा में अनुभव के आधार पर ही आगे बढ़ेंगे।

बैठक में यज्ञकुंड के चित्र के बारे में बापू ने कहा कि हमें प्रेरणा चित्र और स्फूर्ति चित्र के रूप में विचार करना है। यज्ञकुंड का चित्र, स्वतंत्रता के लिए बलिदान की प्रेरणा देनेवाला चित्र है। अभी देश के विकास के लिए व वैचारिक स्फूर्ति की प्रेरणा देनेवाले व्यक्तित्व की प्रतिमा सामने रखनी चाहिए। इस दृष्टि से सभी सामाजिक, राजनीतिक विचारों का प्रतिबिंब स्वामी विवेकानंद हैं, अतः कार्यकर्ताओं के सामने उनकी प्रतिमा होनी चाहिए। उन्होंने यह भी कहा कि यह विचार कार्यकर्ताओं पर थोपना नहीं है। उन्हें धीरे-धीरे ही सही, परंतु यह विचार अपनाने दें। इसका विचार उन्हीं को करना है, अतः निर्णय सामंजस्य स्थापित कर सामूहिक रूप से लिया जाए।

विदर्भ उपभोक्ता संघ और अखिल भारतीय ग्राहक संघ में समन्वय साधने के लिए ग्राहक संरक्षण कानून बनवाने की व्यवस्था की जाए। यह कार्य एड. गोविंददास मूँदड़ा के नेतृत्व में हो। इसके लिए सन् 1979 में एक ग्राहक कानून समिति तैयार की गई। इस समिति की पहली बैठक 9 अप्रैल, 1980 को नागपुर में मूँदड़ाजी के बजाज नगर स्थित निवास स्थान पर हुई। इस समिति में बापू महाशब्दे, बिंदु माधव जोशी, राजाभाऊ पोफली, स्वाति शहाणे, शरद राव शहाणे, शंकर राव पाध्ये, एड. पी.सी. बढीये, मधुकर बढीये, एड. गोविंदराव आठवले थे। इस समिति के सचिव सुरेश बहिराट थे। इस समिति

का पूरा कार्यभार भी बापू सँभालते थे। बैठक में यह तय किया गया कि गीत के बारे में भी यही भूमिका अपनाई जाए। कोई भी गीत बैठक-सभा के प्रारंभ में कार्यकताओं के सामने आए। गीत अपने कार्य का ध्येय व्यक्त करनेवाला हो। इस दृष्टि से हम मजदूर संघ के गीत, 'मानवता के लिए उषा की किरण जगानेवाले हम' में ग्राहक शब्द डालकर इसका उपयोग कर सकते हैं। इसी निर्णय के अनुसार आगे चलकर यह गीत ग्राहक पंचायत का ध्येय गीत बना।

इसके बाद जब ग्राहक पंचायत का झंडा बनाने का विचार सामने आया तो बापू बोले, "पहले ही ग्राहक और विक्रेता में यह शक्ति विभाजित है। इसके साथ ही राजनीतिक कार्यकर्ताओं के साथ भी विभाजन रेखा खिंची हुई है। श्रमिक संगठनों के भी अलग-अलग झंडे हैं। अत: हमारी भूमिका सभी को एकत्र करनेवाली हो और इस सर्वसमावेशक भूमिका के लिए झंडे का आग्रह न किया जाए। ग्राहक संगठन की विशेषता सर्वसमावेशकतावाली हो।"

चीनी बहिष्कार आंदोलन

सन् 1980 में शक्कर के भावों में काफी वृद्धि हो रही थी। 6 रुपए प्रति किलो के भाव से मिलनेवाली चीनी के भाव 18 रुपए प्रति किलो हो गए थे। इस अप्रत्याशित मूल्यवृद्धि के विरोध में ग्राहक पंचायत ने चीनी के उपयोग का बहिष्कार करने के लिए आंदोलन छेड़ने का निर्णय लिया। आंदोलन शुरू करने से पहले, ग्राहक पंचायत के अध्यक्ष बिंदु माधव जोशी के नेतृत्व में विदर्भ के कार्यकर्ता वर्धा स्थित सेवाग्राम आश्रम में आचार्य विनोबा भावे से आशीर्वाद लेने गए। जब चर्चा में विनोबा भावे को पूरी बात बताई गई तो उन्होंने ग्राहक पंचायत के कार्यकर्ताओं को लोगों के लिए संदेश दिया कि 'चीनी मत खाओ, गुड़ खाओ'। ग्राहकों को यह बात समझाते हुए उनसे कहा गया कि आप लोग चीनी का बहिष्कार कीजिए। सरकारी उचित मूल्य की दुकानों से मिलनेवाली चीनी का उपयोग दीपावली का त्योहार मनाने के लिए कीजिए। लोगों की समझ में यह बात आ गई और उन्होंने बाजार से चीनी खरीदना बंद कर दिया। बाजार में चीनी का उठाव रुक जाने के कारण चीनी के दाम 10 रुपए प्रति किलो तक नीचे आ गए। ग्राहक आंदोलन के लिए उस समय यह बहुत बड़ी सफलता थी।

सेल विरोधी आंदोलन

दीपावली के अवसर पर देश के विभिन्न नगरों में कपड़ों की सेल करने की प्रदर्शनियाँ सज जाती हैं। इन प्रदर्शनियों में ग्राहकों को भारी छूट देने के नाम पर घटिया माल बेचकर फँसाया जाता है। एक व्यवसायी ने नागपुर में सेल लगाने के लिए 2 महीने की अवधि के लिए एक हॉल को किराए पर लिया। इस हॉल में व्यापारी ने गुप्ताजी सेल के नाम से कपड़े बेचना शुरू किया। ग्राहक पंचायत के कार्यकर्ताओं को लगा कि ग्राहकों को इस ठगी से बचाना चाहिए। ग्राहक पंचायत की स्वाति ताई शहाणे के नेतृत्व में ग्राहक पंचायत के कार्यकर्ता गुप्ताजी सेल स्थल के पास एकत्र हुए और बाहर सड़क पर खड़े होकर सेल विरोधी परचे बाँटने लगे। कार्यकर्ता ग्राहकों को समझा भी रहे थे। ग्राहक पंचायत कार्यकर्ताओं की इस गतिविधि के कारण गुप्ताजी सेल की बिक्री बाधित हो रही थी, अतः गुप्ताजी ने कार्यकर्ताओं के विरोध में पुलिस से शिकायत की। पुलिस आई और कार्यकर्ताओं को पुलिस स्टेशन लेकर गई। इस बात की सूचना राजाभाऊ को मिली। वे 'तरुण भारत' में पत्रकार थे तो उन्होंने पुलिस स्टेशन फोन करके पूछा कि क्या ग्राहक पंचायत के कार्यकर्ताओं की गिरफ्तारी की गई है ? पुलिस स्टेशन से कहा गया कि शिकायत मिली थी, अतः पूछताछ के लिए बुलाया है। कोई गिरफ्तारी नहीं की गई है। कार्यकर्ताओं के बयान पुलिस ने नोट किए और उन्हें छोड़ दिया। बाद में कार्यकर्ताओं ने राजाभाऊ को बताया कि उन्होंने पुलिस को क्या बयान दिए हैं ? राजाभाऊ ने एक प्रेस नोट बनाकर उसे सभी समाचार-पत्रों को भिजवाया। अगले दिन समाचार-पत्रों में बड़ा समाचार छपा। गुप्ताजी ने स्पष्टीकरण देने के लिए अगले दिन पत्र परिषद् बुलाई। साथ ही पत्रकारों के लिए बड़े-बड़े उपहारों की व्यवस्था भी की, परंतु पत्र परिषद् में पत्रकार ही नहीं पहुँचे। आखिरकार गुप्ताजी को एक सप्ताह में ही अपनी सेल नागपुर से समेटनी पड़ी।

□

संगठनात्मक विस्तार

राजाभाऊ का 'तरुण भारत' समाचार-पत्र के नागपुर कार्यालय से चंद्रपुर कार्यालय स्थानांतरण हो गया। चंद्रपुर में अपने 6 माह के निवास के दौरान उन्होंने वहाँ ग्राहक पंचायत के कार्य को गति दी और उसे आगे बढ़ाया। दो वर्षों के बाद राजाभाऊ पुनः नागपुर आ गए। प्रारंभ में चंद्रपुर की ग्राहक पंचायत का कार्य देखने के लिए वे प्रतिमाह चंद्रपुर जाया करते थे। बाद में वहाँ का कार्य देखने के लिए उपयुक्त कार्यकर्ता तैयार हो गए। चंद्रपुर में सभी बस्तियों में लगभग सभी विचारों के लोग रहते थे, अतः वहाँ संगठन में सभी विचारों के कार्यकर्ताओं का समावेश हो गया। चंद्रपुर में ग्राहक पंचायत के संगठन का स्वरूप विकसित हो गया। विदर्भ के विद्यमान कार्य को देखते हुए यह महसूस हुआ कि चंद्रपुर में कार्यकर्ताओं का दो दिन का सम्मेलन किया जाए। बापू ने कहा कि इस सम्मेलन में विदर्भ के सभी जिलों के कार्यकर्ताओं को बुलाया जाए। यही नहीं, चूँकि मुंबई और पुणे में केवल वितरण का कार्य चल रहा है, इसलिए वहाँ के कार्यकर्ताओं को निमंत्रण न भेजा जाए, ऐसा न हो। वहाँ के कार्यकर्ताओं का भी ग्राहक संरक्षण के कार्य से पूरा परिचय कराने के लिए उन्हें कार्यक्रम में निमंत्रित किया जाए। 25 व 26 नवंबर, 1983 सम्मेलन की तारीख तय की गई। बापू ने चंद्रपुर के लोकमान्य तिलक विद्यालय के अवकाश प्राप्त प्राध्यापक भैयाजी देशमुख को चंद्रपुर जिले का अध्यक्ष बनाने की योजना की और इसके लिए बापू चंद्रपुर जाकर उनसे मिले। बापू के आग्रह पर भैयाजी ने अध्यक्ष पद को स्वीकार

कर लिया। उस समय यह कार्यक्रम बनाया गया कि सम्मेलन से पहले चंद्रपुर के सभी ग्राहक संघों का एक दिवसीय पारिवारिक सम्मेलन किया जाए, जिसमें भद्रावती, घोटनिंबाडा, वरोडा, गड़चिरोली और ब्रह्मपुरी आदि स्थानों के अध्यक्ष, सचिव, संगठन मंत्री और कोषाध्यक्ष को एक दिन पूर्व रात्रि को चंद्रपुर पहुँचने के लिए कहा जाए। दूसरे दिन शाम तक कार्यक्रम का समापन किया जाए। इसके साथ ही विदर्भ के सभी जिलों के मुख्य पदाधिकारियों को भी सम्मेलन में चंद्रपुर बुलाया जाए। साथ ही इसमें मुंबई, पुणे और डोंबीवली के दो-दो कार्यकर्ताओं को भी निमंत्रित किया जाए। बापू का कहना था कि मुंबई और पुणे में काम का स्वरूप केवल वस्तुओं का वितरण करने वाला है। उनको विदर्भ के ग्राहक आंदोलन की सर्वसमावेशक जानकारी के विषय में बताया जाए। बापू, भैयाजी और राजाभाऊ ने चंद्रपुर में तीन दिनों का कार्यक्रम करने का निर्णय लिया। यह तय किया गया कि कार्यकर्ता शुक्रवार की रात तक चंद्रपुर पहुँच जाएँ।

चंद्रपुर के कार्यक्रम में बापू का यह निर्देशन मिला कि किसी भी कार्यक्रम को करने के लिए छोटे-बड़े कार्यकर्ताओं का सहयोग किस तरह लिया जाता है। कार्यक्रम निर्धारित करने के लिए चंद्रपुर में एक कार्यकर्ता सर्राफ के घर पर बैठक करना निर्धारित किया गया। सर्राफ की दुकान में रात्रि को बैठक होनी थी, अतः शाम तक राजाभाऊ और बापू चंद्रपुर पहुँच गए। पहले सभी की एक दिन का सम्मेलन करने की तैयारी थी, लेकिन अब दो दिन का सम्मेलन था। रविवार को नगर के सभी कार्यकर्ताओं का सहभोज भी होना था। उसके साथ ही सभी कार्यकर्ताओं की दो दिन के निवास व भोजन की व्यवस्था करनी थी। सभी के मन में चल रहा था कि यह सब कैसे हो पाएगा। बैठक में चर्चा शुरू हुई। एक प्रस्ताव आया कि नगर का प्रत्येक ग्राहक संघ पाँच लोगों के निवास व भोजन की व्यवस्था करे। ग्राहक संघ इन पाँच लोगों को सुबह स्नान और जलपान आदि के बाद सुबह 10 बजे तक बैठक स्थल पर लेकर आ जाए। इस पर यह बात कही गई कि आने और जाने में ही बहुत समय लग जाएगा, अतः सभी लोगों के निवास और भोजन की व्यवस्था एक

ही स्थान पर की जाए। पाँच लोगों का खर्च प्रत्येक ग्राहक संघ वहन करे। इस पर एक कार्यकर्ता ने कहा कि पाँच लोगों को लगनेवाली भोजन सामग्री प्रत्येक ग्राहक संघ दे दें तो किसी ने कहा कि प्रत्येक स्थान से भोजन सामग्री एकत्र करने से बेहतर है कि उस पर आनेवाले खर्च को सभी ग्राहक संघ आपस में बाँट लें। इस प्रकार चर्चा चल रही थी और कार्यकर्ताओं को कार्य करने के अलग-अलग स्वरूप ध्यान में आ रहे थे। अंत में सभी इस बात पर सहमत हो गए कि प्रत्येक परिवार से सहभोज के शुल्क के साथ व्यवस्था के शुल्क के रूप में भी कुछ राशि ले ली जाए। इसी के साथ नागरिकों से भी चंदा एकत्र किया जाए। इस प्रकार सभी कार्यकर्ताओं की सहमति के अनुसार कार्यक्रम करने का निर्णय लिया गया।

यह निर्णय भी लिया गया कि इस कार्य में सभी विचारों के लोग सहभागी हों। उस समय चंद्रपुर में कांग्रेस के दो गुट थे। उन दोनों को भी इस कार्य में सहभागी बनाने की बात स्वीकार की गई। अत: कार्यक्रम के उद्‌घाटन व समापन के लिए नरेश पुगलिया और विलास मुत्तेमवार को बुलाने का निर्णय लिया गया। कार्यक्रम में वर्तमान सरसंघचालक मोहन भागवत के पिता मधुकर राव भागवत का बौद्धिक रखने का भी निर्णय लिया गया। सभी के सहयोग और सहभाग से कार्यक्रम सफलतापूर्वक संपन्न हो गया।

मुंबई में कार्यकर्ता सम्मेलन

9 अगस्त, 1981 को नागपुर के सुयोग मंगल कार्यालय में विदर्भ के कार्यकर्ताओं का एक सम्मेलन आयोजित किया गया। उस सम्मेलन में नागपुर विश्वविद्यालय के राजनीतिशास्त्र प्रमुख डॉ. एन.आर. देशपांडे और प्रसिद्ध अर्थशास्त्री डॉ. म.गो. बोकरे आदि सहभागी हुए थे। इस कार्यक्रम से प्रभावित होकर 7 दिसंबर, 1981 को मुंबई ग्राहक पंचायत के द्वारा राष्ट्रीय कार्यकारिणी की एक सभा आयोजित की गई। उस समय मुंबई ग्राहक पंचायत भी ग्राहक पंचायत का ही अंग हुआ करती थी। उन्होंने उस कार्यक्रम के लिए विदर्भ के प्रमुख पदाधिकारियों को निमंत्रित किया था। इस समय तक मा. बालासाहब

देवरस ने भी बिंदु माधव जोशी को ग्राहक आंदोलन की कल्पना को विशद् करने के बारे में कहा था। इन कार्यक्रमों के माध्यम से देश के कई स्थानों पर ग्राहक पंचायत का संपर्क हुआ था। राजाभाऊ और स्वाती शहाणे उन स्थानों पर प्रवास के लिए भी गए थे।

इस बैठक में बिहार के जगदीश प्रसाद, मद्रास के रामचंद्रराव भी उपस्थित थे। मुंबई ग्राहक पंचायत के मधु मंत्री गोविलकर, हैदराबाद के एस.आर. कुलकर्णी, डोंबीवली के प्रभाकर लाडे और विदर्भ के एड. गोविंददास मूँदड़ा, बापू महाशब्दे, राजाभाऊ और स्वाती शहाणे आदि उपस्थित थे। इस बैठक में जो भी निवेदन किए गए, उनमें सहकारी संस्था कानून में सामूहिक खरीद कार्य करनेवाले गुटों को जोड़ने पर पूरा जोर था। विदर्भ ने कार्यक्रम में निवेदन किया कि ग्राहक की समस्याओं के अनुसार ग्राहक संघ बनाए जाएँ और प्रत्येक ग्राहक संघ द्वारा अपनी अपनी सामूहिक खरीद के विषय में निर्णय लिये जाएँ। इसके साथ ही सभी गुट आपस में चर्चा करें और इस चर्चा में ध्यान आनेवाले अनुचित व्यापार व्यवहार के विरुद्ध ग्राहक जागरण का कार्य किया जाए। एक प्रकार से हमें ग्राहक की ओर से संगठित रूप में अनुचित व्यापार व्यवहार के विरोध में काम करना है। शासकीय विभागों को काम करने के लिए लगाना है। ग्राहक आंदोलन के स्वरूप को इस प्रकार का बनाना होगा। एड. गोविंददास मूँदड़ा ने ग्राहक संरक्षण कानून का विषय छेड़ते हुए कहा कि महाराष्ट्र विधान परिषद् के अध्यक्ष रा.सु. गवई के द्वारा 31 जनवरी, 1980 को नागपुर ग्राहक पंचायत के कार्यकर्ताओं का संसदीय मार्ग से आंदोलन करने के विषय पर मार्गदर्शन किया गया था। उनके मार्गदर्शन के अनुसार ग्राहक संरक्षण विधेयक तैयार कर उसे संसद् में निजी विधेयक के रूप में रखने के लिए रामभाऊ म्हालगी से निवेदन किया गया और सांसद महोदय ने पूरी तरह सहयोग करने का वचन दिया।

इसी बैठक में मुंबई ग्राहक पंचायत तथा पुणे ग्राहक पंचायत के प्रतिनिधियों ने संगठन का संविधान बनाने की बात कही। यह निर्धारित किया गया कि एड. मूँदड़ा अध्ययन कर संगठन के संविधान का प्रारूप तैयार

करेंगे। अखिल भारतीय ग्राहक पंचायत की संगठनात्मक रचना किस प्रकार की हो, इस पर विशेष चर्चा की गई। ग्राहक पंचायत का संविधान फेडरल हो या केंद्रीय स्वरूप का हो, संगठन के वर्तमान संविधान के स्वरूप पर विस्तार से चर्चा कर गोविंददास मूँदड़ा से इस बारे में सही तरीके से अभ्यास कर एक अभ्यास-पत्र तैयार करने का निवेदन किया गया। इस निर्णय के अनुसार गोविंददास मूँदड़ा व बापू महाशब्दे ने एक अभ्यास-पत्र तैयार किया और उसे सभी कार्यकर्ताओं को भेजा। अभ्यास-पत्र में निम्न मुद्दे थे—

1. मुंबई, पुणे, मद्रास, डोंबीवली व टाटानगर में सहकारी ग्राहक भंडार के घटकों के रूप में सामूहिक ग्राहक संघों को तैयार करना है। इन घटकों की प्रवृत्ति विद्यमान कानून के अनुसार काम करने व शासन से संघर्ष टालनेवाली हो।
2. इस कार्य के लिए प्रत्येक स्थान पर स्वतंत्र रूप से ग्राहक भंडार व उससे संलग्न ग्राहक संघ बनाकर ग्राहकों को शासन से मिलनेवाले सभी लाभ दिलवाने का प्रयास करने के दृष्टिकोण को स्वीकार किया जाए। इसके लिए प्रत्येक शहर में स्वतंत्र रूप से संचालित संस्थाएँ हों, जो संघीय स्वरूपवाली न हों।
3. विदर्भ की कार्य दृष्टि भिन्न है। उसके अनुसार शासकीय स्तर तथा बाजार के स्वरूप के अनुसार ग्राहक संगठन खड़ा करना है। ग्राहक, उद्योजक, उत्पादक, व्यापारी, किसान, मजदूर, महिला-पुरुष सभी का ग्राहक संरक्षण प्रबोधन करनेवाले व सर्व समावेशक ग्राहक संघ हों।
4. प्रत्येक शहर में ग्राहक संघ धर्मदाय कानून के अंतर्गत पंजीकृत करवाए जाएँ, जिसके लिए एक समुचित ग्राहक कानून की आवश्यकता है। कुछ कार्यकर्ता इस काम में लगे हैं। ग्राहक कानून बनाने का अर्थ है, एक सर्वसमावेशक, सभी प्रकार की समस्याओं का निराकरण करनेवाली न्याय व्यवस्था को स्थापित करना, जिससे ग्राहक आंदोलन को शासन की मान्यता भी मिलेगी।

5. ग्राहक आंदोलन को विकसित करते हुए, अपनी ग्राहक शक्ति का उपयोग बाजार के अनुचित व्यापार से ग्राहक संरक्षण दिलवाने के लिए करना चाहिए। इस बात को ध्यान में रखना चाहिए और उसके लिए ग्राहक का प्रबोधन करना चाहिए। यह सब करते हुए राष्ट्रहित, देश की आर्थिक संरचना, समाज व देशहित के लिए ग्राहकों को तैयार करना है।

मूँदड़ा का यह निवेदन अच्छी तरह तैयार कर बापू ने संसद् में दाखिल किए जानेवाले विधेयक की प्रति के साथ सभी सदस्यों को भेजा। इस विधेयक पर प्रस्तावक के रूप में जनसंघ के सांसद रामभाऊ म्हालगी और अनुमोदक के रूप में मुसलिम लीग के सांसद बनातवाला के हस्ताक्षर थे।

मुंबई में कार्यशाला

पुणे और मुंबई के लोगों की रुचि ग्राहक कानून बनवाने से अधिक सहकारिता कानून के अनुसार ग्राहक संघ चलाने की थी। इसके लिए उन्होंने 24 फरवरी, 1982 को मुंबई में एक कार्यशाला का भी आयोजन किया, जिसमें मुंबई, पुणे के साथ विदर्भ, मद्रास, बिहार के कार्यकर्ता भी सहभागी हुए। बापू ने विदर्भ के कार्यकर्ताओं से कहा कि वे इस कार्यशाला का लाभ अपने सामूहिक खरीद गटों के लिए उठाएँ। कार्यकर्ताओं को गटों के उद्‌देश्य, कार्य व भूमिका पर तटस्थ रहना चाहिए। बापू ने पहले ही सभी कार्यकर्ताओं को यह बात स्पष्ट कर दी थी। उस समय तक मुंबई-पुणे में ग्राहक आंदोलन का कार्य खरीद-बिक्री गट व उनके ग्राहक पेठ तक ही सीमित था। नागपुर व विदर्भ का प्रयत्न मुंबई व पुणे की ग्राहक पंचायत में बदलाव लाकर ग्राहक संगठन की शक्ति को बढ़ाना था। मुंबई-पुणे के कार्यकर्ता संगठन का संविधान बनाने का आग्रह कर रहे थे। मुंबई के कार्यकर्ताओं में संघ विचार नहीं था। सूर्यकांत पाठक इस काम में बिंदु माधव के सहयोगी थे, अतः बैठक में ठकसेन पोरे, नंदकिशोर कोरे, प्रभाकर राव लाले, अशोक रावत, गोविलकर आदि की उपस्थिति में संगठन की कार्यपद्धति व संविधान के

विषय में विस्तार से चर्चा की गई। इसी समय बापू महाशब्दे के मार्गदर्शन में तैयार किए गए प्रस्ताव को भी पारित किया गया। प्रस्ताव के बारे में मुंबई-पुणे के कार्यकर्ताओं में मौन सहमति थी। ग्राहक पंचायत की आर्थिक भूमिका स्पष्ट करनेवाला एक प्रस्ताव भी इसी समय बैठक में पारित किया गया।

प्रस्ताव-1

ग्राहकों को नियमित जीवन में आनेवाली समस्याओं और बाजार में उनको फँसाने से संरक्षण देने की व्यवस्था प्रचलित कानूनों में नहीं है। इन कानूनों को लागू करवाने के लिए बनाई गई व्यवस्थाएँ भी ग्राहकों को संरक्षण दे पाने में असमर्थ हैं। न्याय प्राप्ति के लिए न्यायालय का दरवाजा खटखटानेवाला मार्ग महँगा व अत्यधिक समय लेनेवाला है। वर्तमान में ग्राहकों के सामने अपनी समस्याओं से निदान पाने का मार्ग केवल रास्ते पर आकर प्रदर्शन करने के अतिरिक्त दूसरा नहीं है, अतः ग्राहकों का यह सम्मेलन सरकार से यह माँग कर रहा है कि वह ग्राहकों को न्याय दिए जाने की समुचित व्यवस्था का निर्माण करे। सरकार ने ग्राहकों के लिए सिर्फ कंज्यूमर काउंसिल बनाई है, परंतु उसका स्वरूप भी सिर्फ अन्न-धान्य वितरण सलाहकार समिति जैसा है, अतः उसमें विस्तृत रूप में ग्राहकों को प्रतिनिधित्व दिया जाए। इस विषय में रामभाऊ म्हाल्गी ने संसद् में एक निजी विधेयक प्रस्तुत किया है। सरकार से माँग की जाती है कि वह उस विधेयक पर ध्यान देकर उसके अनुसार कानून बनाए। इस विधेयक के अनुसार ग्राहक के लिए आवश्यक अलग-अलग व्यवस्थाओं में समन्वय स्थापित कर ग्राहकों को संरक्षण देने के लिए श्रम आयुक्त की तरह ग्राहक आयुक्त की भी व्यवस्था ग्राहकों के संरक्षण के लिए की जाए। ग्राहक संरक्षण के कार्य ग्राहक, विक्रेता व उत्पादक से संपर्क कर किए जाएँ। राज्य सरकार आगे बढ़कर अपने अधिकारों के अंतर्गत इस प्रकार की व्यवस्था करे। केंद्र सरकार इस संबंध में न्याय व्यवस्था लाने का प्रयास कर रही है। राज्य सरकारें भी इस विषय पर विधान मंडल में चर्चा करेंगी, अतः उस दृष्टि को ध्यान में रखकर कार्य को आगे बढ़ाया जाए। प्रस्ताव में

महाराष्ट्र के सांसदों व विधायकों से यह आह्वान भी किया गया कि वे विधान मंडल व संसद् में इस संबंध में प्रयास करें। अखिल भारतीय स्तर पर ग्राहक आंदोलन के कार्यकर्ताओं को आगे आने के लिए उनको समर्थन देने की घोषणा भी सरकार करे।

प्रस्ताव–2

प्रत्येक वर्ष आनेवाला बजट ग्राहकों के लिए बहुत ही कष्टकारी होता है व इसका स्वरूप ग्राहकों के पारिवारिक बजट को फेल करनेवाला होता है। पिछले कुछ वर्षों से सरकार दो बार बजट ला रही है। वर्ष में कभी भी कोई नया टैक्स लगा देने व टैक्स की दरें बढ़ा देने का कार्य चल रहा है, जिससे ग्राहकों का जीवन अत्यधिक कष्टमय हो गया है, अतः वर्ष में एक बार ही बजट आए और उसमें प्रस्तावित निर्णय को लागू कर वर्ष भर वस्तुओं के मूल्य स्थिर रखे जाएँ। बजट ग्राहकाभिमुख हो, सभी टैक्सों की वसूली केंद्र सरकार उत्पादन स्तर पर करे। संपूर्ण देश में वस्तुओं के भाव एक ही रहें, ऐसी व्यवस्था की जाए।

प्रस्ताव–3

कृषि उत्पादनों की ही तरह औद्योगिक उत्पादनों के उत्पादन मूल्यों को भी सरकार पारदर्शी बनाए। वस्तु के पैकेट पर उत्पादन मूल्य, ग्राहक मूल्य का लिखना बंधनकारक हो। इससे अनुचित व्यापार व ग्राहक शोषण पर रोक लगेगी।

पश्चिम महाराष्ट्र में कार्ययोजना

राष्ट्रीय स्वयंसेवक संघ के वरिष्ठ अधिकारियों से बात करने के बाद देश भर में कार्यकर्ताओं की योजना करने की अनुमति मिल गई। पुणे का कार्य ग्राहक सहकारी भंडार के इर्द-गिर्द घूम रहा था, अतः बापू और राजाभाऊ प्रवास पर पुणे पहुँचे। पुणे में संघ के अधिकारियों के साथ बैठक हुई। उस बैठक में बिंदु माधव जोशी नहीं थे। पूरे पश्चिम महाराष्ट्र के प्रत्येक जिले के

कार्यकर्ताओं का नाम संघ के अधिकारियों ने उस बैठक में तय किया। वहाँ की कार्यकारिणी भी बनाई गई, लेकिन किसी कारणवश यह कार्यकारिणी वास्तविकता का रूप नहीं ले सकी। बापू ने कहा कि मुंबई और पुणे के बीच नासिक में यदि कार्य की शुरुआत हो जाए तो दोनों स्थानों पर कार्य को व्यवस्थित करने गें मदद मिलेगी। उन्हीं दिनों नासिक से वहाँ के समाजवादी कार्यकर्ता जंगम का पत्र आया कि मैं भी नासिक में ग्राहक पंचायत का काम शुरू करना चाहता हूँ। बापू ने उनसे कहा कि हम नासिक आकर आपसे मिलते हैं। बापू और राजाभाऊ दोनों नासिक गए और जंगम से मिले, किंतु उन्हें कुछ ठीक नहीं लगा। उसके बाद दोनों संघ कार्यालय गए और वहाँ संघ प्रमुख से किसी कार्यकर्ता के नाम की योजना करने के लिए कहा। वहाँ बताया गया कि अखिल भारतीय विद्यार्थी परिषद् के कार्यकर्ता दिलीप फडके और विलास देवले हैं और आजकल वे किसी कार्य में संलग्न नहीं हैं, अतः आप उनसे मिलिए। दोनों फडके से जाकर मिले और इस तरह फडके और विलास देवले ग्राहक पंचायत के साथ जुड़ गए। औरंगाबाद में स्वाती ताई की बहन ओक रहती थीं। दोनों ने उनसे संपर्क कर उन्हें भी ग्राहक पंचायत के काम से जोड़ा। इसी प्रकार भंडारा के सुरेश खानापुरकर उन दिनों परभणी में नियुक्त थे। वे ग्राहक पंचायत के काम से जुड़े और परभणी में भी ग्राहक पंचायत का काम शुरू हो गया।

मुंबई ग्राहक पंचायत से मतभेद

सन् 1983 के चंद्रपुर सम्मेलन के बाद मुंबई ग्राहक पंचायत और पुणे की ग्राहक पंचायत में कुछ मतभेद हो गए, जिसके कारण मुंबई ग्राहक पंचायत ने अपना रास्ता अलग कर लिया। जनता पार्टी के शासनकाल में पुणे की ग्राहक पंचायत गतिविधियों को संगठन का स्वरूप नहीं मिल पा रहा था। बापू ने बिंदु माधव जोशी को एक पत्र लिखा कि विदर्भ में कार्यक्रम रखा गया है और आप उसमें निमंत्रित हैं। बिंदु माधव नागपुर आए तो उन्हें बताया गया कि कोई कार्यक्रम नहीं है। काफी समय से आपसे मिलना नहीं हो रहा

था, अतः आपको बुलाने के लिए इस प्रकार का पत्र भेजा गया। बिंदु माधव का कहना था कि मुंबई और महाराष्ट्र से उपयुक्त प्रतिसाद नहीं मिल रहा है। स्थितियों को समझने के बाद बापू ने कहा कि आप चिंता न करें। हम सब अभी विदर्भ में काम करेंगे और पूरे देश में काम बढ़ाएँगे। उसके बाद महाराष्ट्र का विचार करेंगे।

कार्यकर्ता समन्वय बैठक

देश के विभिन्न भागों में कार्यकर्ताओं की योजना होने के बाद यह अनुभव हुआ कि देश भर के सभी नए-पुराने कार्यकर्ताओं को एकत्र कर ग्राहक पंचायत के सभी कार्यों की जानकारी दी जाए। इसके लिए नागपुर में एक दिवसीय बैठक करने की योजना बनी। यह विचार भी किया गया कि इस बैठक में बिंदु माधव भी रहें। उस समय संगठन की आर्थिक व्यवस्था अत्यधिक कमजोर थी, अतः कार्यकर्ताओं के द्वारा इस बैठक का भार सामूहिक रूप से वहन करने का निर्णय लिया गया। 28-29 अप्रैल, 1984 को नागपुर में आयोजित इस बैठक में विदर्भ, महाराष्ट्र, आंध्र प्रदेश, तमिलनाडु, राजस्थान, उत्तर प्रदेश, बिहार व गुजरात से 30 कार्यकर्ता आए। जगदीश प्रसाद व दीपक पुरंदरे बिहार से, खेमचंद्र खत्री गुजरात से, राजाभाऊ पोफली विदर्भ से, एस.आर. कुलकर्णी आंध्र प्रदेश से, रामचंद्र राव तमिलनाडु से, प्रभाकर लाले महाराष्ट्र से, गणेश नारायण व्यास जयपुर से, संजय अग्रवाल गोरखपुर से बैठक में सम्मिलित हुए। इस बैठक का समापन विदर्भ ग्राहक पंचायत के अध्यक्ष, सहकारिता और राजनीति क्षेत्र के प्रसिद्ध व्यक्तित्व विदर्भ कांग्रेस अध्यक्ष शंकरराव पाध्ये ने किया।

बापू के द्वारा शासन से किए पत्र-व्यवहार के कारण इंदिरा गांधी के नेतृत्व वाली सरकार ने ग्राहकों से संबंधित इस हलचल पर केंद्र सरकार के गुप्तचर विभाग से निगरानी करवानी शुरू कर दी थी। ग्राहक संरक्षण के इस कार्य में सरकारी कर्मचारी भी थे, अतः बैठकों का कार्य अत्यधिक सावधानी से चलाना पड़ता था। विदर्भ आंदोलन व पत्रकार के रूप में केंद्रीय गुप्तचर

अधिकारियों से संगठन का संपर्क था। संगठन ने उन्हें बैठक का संपूर्ण विवरण देने के लिए आश्वस्त किया और उन्हें दिया भी। उन्होंने वह विवरण सरकार को भेजा, जिसके परिणामस्वरूप केंद्र सरकार के ग्राहक विभाग से संगठन का संपर्क हो गया। ग्राहक पंचायत को सरकारी स्तर पर किए जानेवाले कार्यों की जानकारियाँ प्राप्त होने लगीं तथा संगठन की गतिविधियों की जानकारी केंद्र सरकार तक पहुँचने लगी। इसके परिणामस्वरूप ग्राहकों की समस्यायों का निराकरण तेजी से होने लगा। ग्राहक भी अपनी समस्याएँ लेकर ग्राहक पंचायत के पास आने लगे।

बापू महाशब्दे षष्ठपूर्ति समारोह

नागपुर के विदर्भ प्रीमियर के सभागार में बापू महाशब्दे का षष्ठपूर्ति समारोह मनाया गया। इस समारोह में तत्कालीन सरसंघचालक बालासाहब देवरस प्रमुख अतिथि थे। बापू ने वहाँ अपने संबोधन में अपना आगे का जीवन ग्राहक जागरण कार्य के लिए देने की घोषणा की और इसी के अनुरूप वे जीवनपर्यंत ग्राहक आंदोलन के कार्य में लगे रहे। बापू इस कार्यक्रम के पहले भी अघोषित रूप से ग्राहक पंचायत के अखिल भारतीय कार्यालय मंत्री के रूप में कार्य सँभालते थे। कार्यक्रम के बाद वे अधिकृत रूप से पूर्णकालिक कार्यकर्ता के रूप में काम करने लगे। राज्य स्तर की शासकीय कंज्यूमर काउंसिल की तर्ज पर ही केंद्र स्तर पर कंज्यूमर काउंसिल तैयार करवाने का प्रयास बापू ने किया, जिससे कार्य को गति मिली और शासन और संगठन में संपर्क स्थापित हुआ। ग्राहकों की शिकायतें संबंधित विभागों में भिजवाई जाने लगीं।

एम.आर.टी.पी. के अध्यक्ष से भेंट

एक दिन यवतमाल के एक व्यापारी बजरंग लाल अग्रवाल ग्राहक पंचायत के कार्यालय, जो वास्तव में बापू का निवास स्थान ही था, आए। उस समय स्कूटर, मोटरसाइकिल, कार और ट्रक आदि वाहनों की खरीद के

लिए पहले से ही कुछ रकम जमा कर नंबर लगाना पड़ता था। बजरंग लाल ने औरंगाबाद के हिंदुस्तान मोटर्स में तीन कारें खरीदने के लिए बुकिंग की थी, परंतु तीन वर्ष बीत जाने के बाद भी उन्हें कारें नहीं मिली थीं। इसके विपरीत जिन लोगों ने बुकिंग नहीं की थी, उनसे अधिक रकम लेकर कारें दी जा रही थीं। बजरंग लाल अग्रवाल द्वारा कंपनी तथा पुलिस में शिकायत करने के बाद भी कुछ नहीं हुआ था, अत: वे ग्राहक पंचायत के पास आए थे। बापू ने पत्र का मसौदा तैयार करके टाइपराइटर पर उसकी तीन-चार प्रतियाँ बनाईं व उन्हें हिंदुस्तान मोटर्स दिल्ली, हिंदुस्तान मोटर्स औरंगाबाद डायरेक्टर ऑफ कंज्यूमर्स कंप्लेंट इन्वेस्टीगेशन एंड रजिस्ट्रेशन को भेजने के लिए बजरंग लाल को देते हुए, उनसे उन पत्रों को रजिस्टर्ड डाक से भेजने के लिए कहा। यह काम हो जाने के बाद जब बजरंग लाल ने बापू से काम के पैसे पूछे तो बापू ने मुसकराते हुए कहा कि बाद में देखते हैं।

आठ दिनों के बाद डायरेक्टर ऑफ कंज्यूमर्स कंप्लेंट की तरफ से एक पत्र बजरंग लाल को और उसकी प्रति ग्राहक पंचायत को आई। पत्र में कार्यालय में आकर उपस्थित होने की तारीख और समय लिखा था। बजरंग लाल नागपुर आए और उनके आग्रह पर एड. मधुकरराव और ग्राहक पंचायत के अशोक पात्रीकर को दिल्ली भेजा गया। बजरंग लाल की शिकायत पर काररवाई हुई और उन्हें कारें मिल गईं। इस सफलता से ग्राहक पंचायत में उत्साह आया। दिल्ली में अशोक पात्रीकर ने डायरेक्टर एन.के. भट्ट से भेंट की जिसके कारण उनके साथ पत्र व्यवहार शुरू हो गया।

एम.आर.टी.पी. अध्यक्ष का नागपुर दौरा

नागपुर में यूनाइटेड एजेंसी नाम से एक व्यापारी संस्था आर्थिक व्यवहार में ग्राहकों को बड़े पैमाने पर फँसा रही थी। इसके साथ ही बंगाल से आए कुछ युवा डीटू के नाम से लोगों को घर बनाने का लालच दिखाकर फँसा रहे थे। ग्राहक पंचायत ने पीड़ित ग्राहकों की शिकायतें इकट्ठी कीं। इसके बाद एम.आर.टी.पी के एन.के. भट्ट से पत्र-व्यवहार से संगठन को यह जानकारी

मिली कि कमीशन ने ग्राहकों की शिकायतों के निवारण के लिए एक विशेष विभाग शुरू किया है। ग्राहक पंचायत ने सभी एकत्र की गई शिकायतों को स्वयं लेने के लिए एन.के. भट्ट को नागपुर आमंत्रित किया। कमीशन के अधिकारियों का नागपुर आने का कार्यक्रम बना और इस संबंध में कमीशन से एक पत्र आया। अधिकारियों को नागपुर में आने-जाने की सुविधा हो, इसलिए राष्ट्रीय स्वयंसेवक संघ के नगर संपर्क प्रमुख अनंत राव भिडे ने ग्राहक पंचायत के लिए पूरे दिन की कार की व्यवस्था कर दी। अधिकारियों के निवास की व्यवस्था रवि भवन में की गई। शाम के समय नागपुर के भगिनी मंडल हॉल के सामने मैदान में एक सार्वजनिक कार्यक्रम में अधिकारियों को सभी शिकायतें सौंपी गईं। अधिकारियों ने नागपुर के बाजार में अनुचित व्यापार को पकड़ने के लिए जाँच की व कई स्थानों पर छापे भी मारे। इस घटना के बाद नागपुर के बाजार पर ग्राहक पंचायत का दबदबा कायम हो गया।

ग्राहक पंचायत चिंतन बैठक

ग्राहक पंचायत ग्राहकों की समस्याएँ हल करवाने में तो प्रभावी थी, परंतु कार्यकर्ताओं में संगठन भाव, राष्ट्रहित व समाजहित की भावना ठीक प्रकार से नहीं उपज रही थी, अतः बापू ने कहा कि एक वैचारिक बैठक करनी आवश्यक है। इसके लिए दत्तोपंत ठेंगड़ी की उपस्थिति में एक चिंतन बैठक करने की योजना बनाई गई। बिंदु माधव जोशी को भी उसके लिए तैयार किया गया। 15 जुलाई, 1984 को पुणे में इस बैठक का आयोजन किया गया। ग्राहक पंचायत की वैचारिक बैठक होगी और दत्तोपंत इस बैठक में अपने विचार रखेंगे, यह जानकारी मिलने के बाद बिंदु माधव जोशी ने 'ग्राहक नीति' नामक पुस्तक तैयार की और उसके प्रकाशन के साथ बैठक के विधिवत् शुभारंभ की योजना बनाई। डॉ. ओंगले के हाथों उस पुस्तक का प्रकाशन हुआ। इस बैठक की व्यवस्था पुणे ग्राहक पंचायत के स्थान पर जोशी परिवार ने की थी। तदनुसार बिंदु माधव जोशी की पत्नी इस बैठक की व्यवस्था सँभाल रही थीं व उनकी मदद के लिए पुणे के दो कार्यकर्ता भालचंद्र वैद्य और ठकसेन

पोरे भी थे। बैठक में डोंबीवली के प्रभाकर लाले और बिहार के जगदीश प्रसाद, विदर्भ से श्री व श्रीमती शहाणे और अशोक पात्रीकर, जयपुर से गणेश नारायण व्यास उपस्थित थे। राजाभाऊ के प्रास्ताविक के बाद दत्तोपंत ने अपने संबोधन में ग्राहक पंचायत के वैचारिक अधिष्ठान की रूपरेखा समझाते हुए बताया कि कार्य करते समय कौन सी सावधानियाँ रखी जाएँ।

दत्तोपंत ने शुरू में ही कहा कि संगठन की वैचारिक व कार्यपद्धति का आधारभूत विचार करने के लिए अधिक संख्या में कार्यकर्ताओं का होना आवश्यक नहीं है। यह बैठक कुछ कार्यकर्ताओं के साथ पारिवारिक स्वरूपवाली हो, अतः इसके प्रचार की आवश्यकता नहीं है। हमारा काम राजनीतिक नहीं है। प्रचार की आवश्यकता उन्हें पड़ती है। हमें काम पूरा करने की जल्दी नहीं है। ग्राहक आंदोलन नवीन है, मजदूर आंदोलन की तरह पुराना नहीं है, इसलिए इसके काम करने के तरीके भी विश्व की स्थिति के अनुसार भिन्न हैं। अपने देश में 'ओरिएंटेशन एंग्लो सेक्शन अंग्रेजियत' पद्धति से सामाजिक कार्य का विचार नहीं होना चाहिए। सामाजिक आंदोलन इस देश की जमीन से संबंध रखनेवाला, लोगों की आवश्यकताओं और भावना से संबंधित होना चाहिए। उन्होंने कहा कि अमेरिका, कनाडा और ब्रिटेन में ग्राहकों ने अपनी माँगों के लिए आंदोलन किए। वहाँ की सरकारें जनभावना का सम्मान करनेवाली हैं। भारत की सरकार वैसी नहीं है। बाजार पर जनमानस का दबाव नहीं है। बाजार में उत्पादक व मजदूरों का शोषण करनेवाली प्रवृत्ति व मुनाफाखोरी चरम पर है। हमें तत्कालिक व दूरदृष्टि; दोनों ही प्रकार से आंदोलन का मूलभूत विचार करना होगा। आज की परिस्थितियों में शहरी क्षेत्रों में हमारा प्रभाव जल्दी स्थापित हो रहा है। हम अभी ग्रामीण भागों में नहीं पहुँचे हैं। ग्रामीण अंचल में रहनेवाले ग्राहकों का दोहरा शोषण होता है। आवश्यक वस्तुओं के उत्पादक के रूप में और बाजार में ग्राहक के रूप में, अतः उत्पादक, ग्राहक और व्यापारी इन तीनों तथा इसी प्रकार ग्राहक की भूमिका में पुरुष व महिलाओं, सभी की दृष्टि से विचार करना होगा। ग्राहक की परिवार के रूप में स्थापना ही हमारी विशेषता है।

उन्होंने आगे कहा, अपने संगठन की रचना इस प्रकार की होनी चाहिए, जिस प्रकार खड़े व समानांतर धागों से वस्त्र बनाया जाता है। हमें संगठन की रचना ठीक इसी प्रकार करनी पड़ेगी। हमें प्रदेशों की स्थिति के अनुसार सेवाओं और वस्तुओं की स्थितियों के अनुरूप अपनी रचना करनी होगी। कार्यकर्ता दो प्रकार के होते हैं। एक वे जो काम बताते हैं और दूसरे वे जो बताया हुआ काम करते हैं, अतः हमें स्थानीय कार्यों में आगे बढ़कर भाग लेनेवाले और केंद्र से प्राप्त निर्देश के अनुरूप काम करनेवाले कार्यकर्ताओं की रचना बनानी होगी। केंद्र तथा स्थानीय स्तर पर आगे बढ़नेवाले कार्यकर्ताओं का, केंद्र के साथ समन्वय रखते हुए प्रोत्साहन को प्रधानता देनेवाली रचना हमें बनानी होगी। सभी को विकेंद्रित केंद्रीय पद्धति का विचार करना पड़ेगा। अभी कार्य प्रारंभिक स्थिति में चल रहा है, अतः संविधान के बारे में जल्दी करना ठीक नहीं है। ग्राहक की भूमिका में प्रत्येक व्यक्ति है। यह व्यक्ति की व्यावसायिक व ग्राहक भूमिका के बीच का संघर्ष है, अतः प्रत्येक व्यक्ति में यह समझदारी बनाने का बड़ा काम है। इस दृष्टि से मनोवैज्ञानिक व उत्पादन प्रक्रिया का ज्ञान रखनेवाले के साथ ही व्यावसायिक आदि सभी प्रकार की जानकारियाँ हमें प्राप्त करनी पड़ेंगी। सामाजिक वातावरण उपयुक्त बनाने के लिए समाज में प्रतिष्ठित लोगों का मार्गदर्शन भी हमें इस कार्य के लिए लेना पड़ेगा। इन सभी भिन्न-भिन्न क्षेत्रों के मान्यवरों को नम्रता के साथ और कार्यकर्ताओं को उनके गुणों के अनुसार कार्य से जोड़नेवाले, सरकार के साथ समन्वय रखनेवाले संगठकों की आवश्यकता है। कार्य यदि व्यक्ति केंद्रित होगा तो वह राजनीति के मार्ग से जाएगा। उसके कारण संगठन को नुकसान होगा, इसका हमें ध्यान रखना चाहिए।

पहला ग्राहक पंचायत सम्मेलन

सन् 1985 में शासकीय स्तर पर ग्राहक आंदोलन के लिए अनुकूल वातावरण बनने लगा था। ग्राहकों की समस्याओं को हल करने के लिए शासन का भी भरपूर सहयोग मिलने लगा था। बापू के पत्र-व्यवहार के कारण

शासन से अच्छा संपर्क बन गया था। संपूर्ण देश के कार्य में समन्वय स्थापित करने के लिए यह आवश्यकता महसूस हुई कि कार्य को सही स्वरूप देने के लिए कार्यकारिणी का गठन किया जाए, अत: नियमित कार्यकारिणी के गठन के लिए एक बैठक बुलाने का निर्णय किया गया। बापू ने यह बात बिंदु माधव को बताते हुए नागपुर में एक राष्ट्रीय कार्यक्रम की तैयारी करने की बात कही। नागपुर में 20, 21 व 22 सितंबर, 1986 को ग्राहक सम्मेलन का आयोजन किया गया। बापू ने अनंतराव भिडे से प्रार्थना की कि वे नागपुर के कार्यकर्ताओं की सम्मेलन समिति बनवाएँ। नागपुर के पूर्व आयुक्त अ.न. गुप्ते की अध्यक्षता में कार्यक्रम के लिए सम्मेलन समिति बनाई गई। यह भी तय किया गया कि कार्यक्रम के लिए बाजार से धन एकत्र न किया जाए, बल्कि नागरिक जो ग्राहक भी हैं, उनसे ही धन का संग्रह किया जाए। सुधांशु दाणी के नेतृत्व में नागपुर ग्राहक पंचायत के कार्यकर्ता निधि संकलन के कार्य में लग गए। इस सम्मेलन में दत्तोपंत ने अपने भाषण में भारतीय ग्राहक आंदोलन का सिलसिलेवार ब्योरा रखा। उनके द्वारा ग्राहक आंदोलन पर अंग्रेजी में लिखी पुस्तक 'Consumer : A Sovereign without Sovereignty' का प्रकाशन भी इस अवसर पर किया गया। दत्तोपंत की एक अन्य पुस्तक 'कार्यकर्ता' का वितरण भी इस अवसर पर किया गया।

इस कार्यक्रम के बारे में एक समाचार-पत्र ने उल्लेखनीय विवरण छापा था—

ग्राहक जागरण की मशाल लेकर देश भर में अलख जगाने का संकल्प लेकर अखिल भारतीय ग्राहक पंचायत के कार्यकर्ता नागपुर से वापस लौटे। ग्राहक पंचायत के कार्य का एक तप पूरा करने के बाद इस कार्य में लगे कार्यकर्ता नागपुर में एक साथ जुटे थे। सम्मेलन के तीन दिनों में संगठनात्मक सुधार, विस्तार व विकास के साथ ही ग्राहक प्रबोधन पर चर्चा हुई। 13 प्रांतों के कार्यकर्ताओं का गोष्ठियों, विचार सत्र व संभाषण का सिलसिला लगातार चलता रहा। सम्मेलन का उद्घाटन प्रसिद्ध चिंतक दत्तोपंत ठेंगड़ी द्वारा किया गया। इस अवसर पर उन्होंने कहा, "विकसित देशों में भी

उपभोक्ता संरक्षण कानूनों के समुचित क्रियान्वयन के लिए उपभोक्ता संगठनों को सचेष्ट रहना पड़ता है। भारत जैसे विकासशील देश में ग्राहक संरक्षण की अत्यधिक आवश्यकता है। उपभोक्ता संगठनों का विस्तार ग्रामीण क्षेत्रों तक होना चाहिए। कार्यकर्ताओं को सभी तरह के स्वार्थ व राजनीति को छोड़कर इस कार्य में लगना चाहिए। विकसित देशों के ग्राहक आंदोलन का उपयोग भारत की नीति एवं रीति के अनुसार राष्ट्रीय हित में किया जाना चाहिए।" कार्यकर्ताओं को संकेत देते हुए उन्होंने कहा कि इसे सरकारी पैसे के प्रभाव से भी मुक्त रखना चाहिए।

इस कार्यक्रम में महाराष्ट्र विधान परिषद् के अध्यक्ष रा.सु. गवई, महाराष्ट्र के वित्त राज्य मंत्री श्रीकांत जिचकर, एम.आर.टी.पी के एन.के. भट्ट, महाराष्ट्र आपूर्ति विभाग के सहसचिव मनमोहन सिंह, अर्थशास्त्री म.गो. बोकरे, पूर्व सांसद वा. धाबे आदि ने भी ग्राहक पंचायत के कार्यकर्ताओं को संबोधित किया।

ग्राहक पंचायत की पहली कार्यकारिणी बैठक

नागपुर में अखिल भारतीय ग्राहक पंचायत की राष्ट्रीय कार्यकारिणी की बैठक बुलाई गई थी। इस बैठक में पुणे के बिंदु माधव जोशी, दिल्ली के चरनजीत सिंह कालरा व सतीश पुंशी, बिहार के जगदीश प्रसाद, तमिलनाडु के रामचंद्रराव व विदर्भ से स्वाति शहाणे उपस्थित थे। संघ की तरफ से मार्गदर्शन करने के लिए सह-सरकार्यवाह मदनदास देवी सहभागी हुए। बैठक बापू महाशब्दे के घर पर रखी गई थी। बैठक में विषय आया कि अखिल भारतीय ग्राहक पंचायत का राष्ट्रीय कार्यालय कहाँ पर हो ? बिंदु माधव जोशी का आग्रह था कि यह कार्यालय पुणे में होना चाहिए। कुछ कार्यकर्ता इसको नागपुर में रखने के पक्ष में थे। मदनदास देवी ने हस्तक्षेप करते हुए कहा कि अखिल भारतीय ग्राहक पंचायत का राष्ट्रीय कार्यालय नागपुर में बापू के घर पर ही रहेगा। उन्होंने तुरंत बोर्ड बनवाने का आग्रह किया। बोर्ड बनकर आया और सह-सरकार्यवाह मदनदास देवी के हाथों अखिल भारतीय ग्राहक

पंचायत के पहले राष्ट्रीय कार्यालय का उद्घाटन नागपुर के महाल क्षेत्र में बापू महाशब्दे के घर श्रमश्री, रुईकर रोड, महाल, में प्रारंभ हो गया।

ग्राहक कानून पर विज्ञान भवन में सभा

कांग्रेस में राजीव गांधी युवक कांग्रेस के नेता के रूप में उभर रहे थे। युवक कांग्रेस के एक अधिवेशन में सम्मिलित होने वे नागपुर आए। उनके नागपुर आने के समाचार से ग्राहक पंचायत से जुड़े कार्यकर्ताओं ने उनसे संपर्क किया और नागपुर में उनसे भेंट कर ग्राहक आंदोलन को युवाओं का आंदोलन बनाने की भावना राजीव गांधी के सामने प्रस्तुत की। सन् 1984 में इंदिरा गांधी की हत्या हो गई और राजीव गांधी प्रधानमंत्री बने। ग्राहक पंचायत के कार्यकर्ताओं ने उनसे पुन: संपर्क किया तथा उन्हें ग्राहक कानून से संबंधित विधेयक की याद दिलाई। सन् 1986 में राजीव गांधी के शासनकाल में ग्राहक कानून बनाने की हलचल काफी तेज हो चुकी थी। केंद्र सरकार ने ग्राहक कानून का एक प्रारूप तैयार किया था तथा उस पर चर्चा करने के लिए केंद्र सरकार के खाद्य एवं नागरिक आपूर्ति मंत्री के.पी. सिंहदेव के नेतृत्व में 29 जनवरी, 1986 को दिल्ली के विज्ञान भवन में देश भर के ग्राहक कार्यकर्ताओं की अखिल भारतीय संगोष्ठी सभा आमंत्रित की गई। इस सभा का निमंत्रण पुणे के बिंदु माधव जोशी व सूर्यकांत पाठक तथा नागपुर में ग्राहक पंचायत की कानून समिति के अध्यक्ष गोविंददास मूँदड़ा व स्वाति शहाणे को मिला था। ये चारों कार्यकर्ता तो आधिकारिक रूप से बैठक में जानेवाले ही थे, परंतु बापू ने तय किया कि वे स्वयं और राजाभाऊ भी दिल्ली जाएँगे। विज्ञान भवन में आयोजित बैठक में निमंत्रित कार्यकर्ता तो अंदर चले गए, किंतु बापू और राजाभाऊ वहीं विज्ञान भवन की सीढ़ियों पर बैठ गए। बापू विज्ञान भवन में अंदर जानेवाले सभी अधिकारियों व कार्यकर्ताओं को अखिल भारतीय ग्राहक पंचायत द्वारा तैयार किए गए कानून का प्रारूप और उसके साथ अपना निवेदन पत्र वितरित करने लगे। विज्ञान भवन के बाहर इन लोगों को नागपुर के एक पत्रकार सत्यपाल पटाइत के भाई ने देखा। वे दिल्ली में आपूर्ति विभाग

में काम करते थे। वे इनके पास आए और इनसे पूछताछ की। बाद में उन्होंने बापू और राजाभाऊ को भी विज्ञान भवन में प्रवेश की अनुमति दिला दी। बापू और राजाभाऊ गोविंददास मूँदड़ा के पीछे जाकर बैठ गए। जब बिल के प्रारूप पर चर्चा शुरू हुई तो प्रस्तावित बिल में यह देखा गया कि राज्य स्तर तक ही ग्राहक आयोग की व्यवस्था की गई है। बापू ने गोविंददास मूँदड़ा को चिट देकर जिला स्तर तक ग्राहक मंच बनाने की माँग करने के लिए कहा। गोविंददास मूँदड़ा ने यह बात विस्तार से समझाकर कही और मूँदड़ा की यह बात मान्य हुई तथा ग्राहक संरक्षण की व्यवस्था जिला स्तर तक करने की बात तय हो गई। इसके बाद सरकार ने विधेयक तैयार कर एक बार और ग्राहक पंचायत के प्रतिनिधियों से चर्चा करने के पश्चात् सरकारी विधेयक के रूप में उसे संसद् में प्रस्तुत किया, जिसे ग्राहक संरक्षण अधिनियम 1986 का नाम दिया गया।

ग्राहक संरक्षण अधिनियम 1986 संसद् से पारित तो हो गया, किंतु उसे लागू करने में तीन वर्ष लग गए। राज्य सरकारों ने इस कानून को लागू करने में रुचि नहीं ली। कानून को लागू कराने हेतु दिल्ली स्थित 'कॉमन काज' नामक संगठन ने माननीय सर्वोच्च न्यायालय में एक जनहित याचिका दाखिल की और अंतत: 1986 में नागपुर, मुंबई, पुणे, औरंगाबाद जिलों में सर्वप्रथम ग्राहक संरक्षण मंचों का गठन किया गया और बाद में देश के अन्य प्रांतों में भी यह रचना की गई।

राष्ट्रीय स्वयंसेवक संघ द्वारा संरक्षक की नियुक्ति

राष्ट्रीय स्वयंसेवक संघ ने आर्थिक क्षेत्र में स्वयंसेवकों के प्रयासों को गति देने के लिए तत्कालीन अखिल भारतीय प्रचारक प्रमुख डॉ. आबाजी थत्ते को अखिल भारतीय ग्राहक पंचायत का मार्गदर्शन करने के लिए मार्गदर्शक नियुक्त किया। डॉ. आबाजी के बाद संघ ने एक अन्य वरिष्ठ प्रचारक लक्ष्मण राव भिडे जी और उनके पश्चात् श्रीकांत जोशी को ग्राहक पंचायत के मार्गदर्शक के रूप में भेजा। इन दोनों वरिष्ठ प्रचारकों के मार्गदर्शन में

ग्राहक पंचायत के कार्य को गति मिली और यह कार्य तीव्र गति के साथ देश के अनेक प्रांतों तक फैला। जम्मू और कश्मीर प्रांत में कपिल देव शर्मा की नियुक्ति हुई तो पंजाब में सुनील दत्त और हंसराज गोयल ने ग्राहक आंदोलन के कार्य को शुरू किया। हरियाणा में डॉ. निर्मल खंडेलवाल, दिल्ली में चरणजीत सिंह कालरा व सतीश पुंशी, राजस्थान में गणेश नारायण व्यास, गुजरात में डॉ. आर.के. शाह, देवगिरि प्रांत में ओक, संयुक्त आंध्र प्रदेश में बी.माला. रेड्डी कार्य देखने लगे थे। आंध्र में ही सी. प्रदीप कुमार और ओ. श्रीनिवास रेड्डी को भी ग्राहक पंचायत का कार्य देखने के लिए कहा गया। अप्रैल, 1986 में कर्नाटक के बंगलौर में ग्राहक पंचायत की एक बैठक का आयोजन किया गया। इस बैठक के बाद मैसूर में अखिल भारतीय ग्राहक पंचायत के नाम से एक संगठन का पंजीकरण कराकर, ग्राहक संरक्षण के कार्य का प्रारंभ कर दिया गया। संगठन की जिम्मेदारी वी.के. वेंकटराम, एम.एन. सूर्यनारायण और टी.सी. रंगनाथ ने सँभाली। उड़ीसा में घनश्याम महापात्रा को कार्य सँभालने के लिए कहा गया। बाद में उन्होंने नलिनीकांत राय और लक्ष्मण पात्रा को भी ग्राहक पंचायत की जिम्मेदारी सँभालने के लिए साथ लिया। बिहार प्रांत में कार्य की जिम्मेदारी जगदीश प्रसाद, अश्विनी कुमार अवस्थी और दीपक पुरंदरे को दी गई।

उत्तर प्रदेश में उस समय चार प्रांत—काशी, अवध, ब्रज एवं मेरठ हुआ करते थे। उत्तरांचल भी उस समय मेरठ प्रांत का ही भाग था। वहाँ काशी प्रांत में प्रयाग के रहनेवाले प्रभुनारायण जायसवाल को जिम्मेदारी दी गई। वाराणसी के प्रदीप चौरसिया को भी ग्राहक पंचायत का कार्य करने के लिए कहा गया। अशोक त्रिवेदी को अवध प्रांत में भेजा गया और उन्होंने कानपुर के कार्य की जिम्मेदारी हरिभाऊ खांडेकर से सँभालने के लिए कहा। उत्तर प्रदेश में ब्रज प्रांत के बरेली के निकट फरीदपुर नामक स्थान पर राष्ट्रीय स्वयंसेवक संघ के ब्रज और मेरठ प्रांत के द्वितीय वर्ष के पाठ्यक्रम का संयुक्त आयोजन किया गया था। इस आयोजन में उस समय के ब्रज प्रांत के सह प्रांत प्रचारक रामलाल ने बिंदु माधव और अशोक त्रिवेदी को फरीदपुर के

वर्ग में आमंत्रित किया। दोनों वहाँ गए जहाँ पर उनका परिचय विभिन्न स्थानों से आए कार्यकर्ताओं से हुआ। बाद में अशोक त्रिवेदी ने ब्रज और मेरठ प्रांत का विस्तृत दौरा कर बरेली में रमेश जैन, आगरा में यतीश कुमार सिंह, फिरोजाबाद में श्रीनिवास गौतम के साथ ही मैनपुरी और फर्रुखाबाद में ग्राहक पंचायत के लिए कार्यकर्ताओं की योजना की। मेरठ प्रांत के हापुड़ में डॉ. राकेश अग्रवाल कार्य देख रहे थे, परंतु फरीदपुर के संघ शिक्षा वर्ग में परिचय के बाद अशोक त्रिवेदी मेरठ प्रांत के प्रवास पर भी निकले। मुजफ्फरनगर में अरुण खंडेलवाल और सहारनपुर में रघुनाथ दास ऐरन व बिजनौर में योगेंद्र गुरटू की ग्राहक पंचायत में कार्य करने की योजना की गई। देहरादून में उस समय के जिला प्रचारक विजयजी ने बैठक करवाई, परंतु उस समय कार्यकर्ता की योजना नहीं हो सकी, किंतु हरिद्वार में ब्रजभूषण सिंघल को ग्राहक पंचायत के कार्य से जोड़ दिया गया। इस प्रकार देश के अधिकतर प्रांतों में अखिल भारतीय ग्राहक पंचायत का कार्य प्रारंभ हो गया।

ग्राहक जागरण यात्रा

डॉ. आबाजी थत्ते के समय में ही जयपुर की राष्ट्रीय कार्यकारिणी कर बैठक में अखिल भारतीय ग्राहक पंचायत के कार्य को प्रचार-प्रसार देने के लिए अखिल भारतीय ग्राहक जागरण यात्रा निकालने का निर्णय लिया गया। 15 अगस्त से 2 अक्तूबर, 1994 तक 50 दिनों का कार्यक्रम बनाया गया। ग्राहक जागरण यात्रा को 10 राज्यों से होते हुए लगभग 10,000 किलोमीटर का सफर तय करना था। यात्रा की तैयारी की जिम्मेदारी अशोक त्रिवेदी का सौंपी गई, जो पूरे उत्तर भारत का प्रवास कर सभी नियत स्थानों पर कार्यक्रम के सफल आयोजन के कार्य में लगे हुए थे। यात्रा का प्रारंभ नागपुर से होना था। यात्रा का संयोजक राष्ट्रीय सचिव राजाभाऊ पोपली, सचिव विदर्भ के अध्यक्ष वासुदेव गणपत व्यास तथा कोषाध्यक्ष पत्रकार एवं छाया चित्रकार जयंत हरकरे को बनाया गया। नागपुर में यात्रा का उद्घाटन कार्यक्रम ईश्वर देशमुख शारीरिक शिक्षण महाविद्यालय के सभागार में हुआ, जिसमें महाराष्ट्र

के खाद्य एवं नागरिक आपूर्ति मंत्री श्रावण पराते मुख्य अतिथि एवं बंबई उच्च न्यायालय के न्यायाधीश भाऊ वहाणे अध्यक्ष के रूप में उपस्थित थे। अगले दिन ग्राहक जागरण यात्रा नागपुर के दीक्षा भूमि स्मारक से नागपुर विधान परिषद् के पूर्व अध्यक्ष रा.सु. गवई के द्वारा झंडी दिखाकर अपने अगले गंतव्य विदर्भ के लाखनी नाम के स्थान के लिए रवाना की गई। महाराष्ट्र, मध्य प्रदेश, उड़ीसा, बंगाल, बिहार, गुजरात, राजस्थान, चंडीगढ़, हरियाणा और उत्तर प्रदेश आदि राज्यों से होकर दिल्ली पहुँचनेवाली इस ग्राहक जागरण यात्रा का दिल्ली में कार्यक्रम नहीं हो सका, क्योंकि उन दिनों दिल्ली में प्लेग का खतरा बना हुआ था। बाद में कई माह बाद यह कार्यक्रम दिल्ली के हिमाचल भवन में, दिल्ली के तत्कालीन मुख्यमंत्री मदनलाल खुराना की अध्यक्षता में संपन्न हुआ।

रजत जयंती समारोह

सन् 1999 में ग्राहक पंचायत की स्थापना के 25 वर्ष पूरे हो रहे थे। कार्यकर्ताओं ने इस अवसर पर देश की राजधानी दिल्ली में एक बड़ा कार्यक्रम करने की योजना बनाई। दिल्ली में पूरे देश के कार्यकर्ताओं का तीन दिनों का सम्मेलन 23, 24 व 25 दिसंबर को बुलाया गया। इस सम्मेलन का उद्घाटन उस समय के सरसंघचालक रज्जू भैया के हाथों हुआ। कार्यक्रम का समापन समारोह दिल्ली के विज्ञान भवन में आयोजित किया गया, जिसमें तत्कालीन खाद्य एवं नागरिक आपूर्ति मंत्री शांता कुमार, राष्ट्रीय ग्राहक विवाद निवारण आयोग के अध्यक्ष वी. बालकृष्ण इराडी, राष्ट्रीय स्वयंसेवक संघ के बौद्धिक प्रमुख मा.गो. वैद्य, डॉ. बजरंगलाल गुप्ता आदि उपस्थित थे। ग्राहक पंचायत के कार्यकर्ताओं ने समारोह में खाद्य एवं नागरिक आपूर्ति मंत्री शांता कुमार के सामने माँग रखी कि पूरी दुनिया के साथ हम भी अंतरराष्ट्रीय ग्राहक दिवस मनाते हैं। यह दिवस अमेरिका में ग्राहक अधिकारों की माँग उठाने के उपलक्ष्य में विश्व संयुक्त राष्ट्र के कहने पर मनाता है। अपने देश में जिस दिन ग्राहक कानून बना, वह ग्राहकों को अधिकार देने का स्वर्णिम अवसर

है। अत: 26 दिसंबर को भारत में भारतीय ग्राहक दिवस मनाया जाना चाहिए। शांता कुमार ने ग्राहक पंचायत के कार्यकर्ताओं की इस माँग को तुरंत स्वीकार कर लिया। उनके आदेश से पूरे देश के जिलाधिकारियों को तुरंत फैक्स संदेश भेजे गए और 1 दिन बाद आनेवाले 26 दिसंबर से देश में भारतीय ग्राहक दिन को मनाना शुरू हो गया।

अखिल भारतीय ग्राहक पंचायत के पदाधिकारी

अध्यक्ष का कार्यकाल		
क्र.	**नाम**	**कार्यकाल**
1.	श्री गोविंददास मूँदड़ा	1991–1994
2.	श्री बिंदुमाधव जोशी	1994–2000
3.	डॉ. बजरंगलाल गुप्त	2000–2006
4.	श्री राजाभाऊ पोपली	2006–2012
5.	श्री अरुण देशपांडे	2012–2018
6.	श्री नारायण भाई शाह	2018–वर्तमान

सचिव का कार्यकाल		
क्र.	**नाम**	**कार्यकाल**
1.	श्री बिंदुमाधव जोशी	1991–1994
2	श्रीमती स्वाति शाहणे	1994–2000
3.	श्री राजाभाऊ पोपली	2000–2006
4.	श्री प्रभुनाथ जायसवाल	2006–2009
5.	श्री अरुण देशपांडे	2009–2012
6.	श्री अशोक त्रिवेदी	2012–2015
7.	श्री दुर्गा प्रसाद सैनी	2015–2018
8.	श्री अरुण देशपांडे	2018–वर्तमान

□

ग्राहक पंचायत का विचार

ग्राहक पंचायत की अपेक्षा है कि संपूर्ण अर्थव्यवस्था ग्राहकाभिमुख हो। यह ग्राहक संगठनों का कार्य है। ग्राहक पंचायत का ध्येय 'राष्ट्र देवो भव' है। राष्ट्र के हित एवं विकास के लिए, राष्ट्र को वैभव के उच्च शिखर पर ले जाने के लिए, जागरूकता, अपने आर्थिक, पारिवारिक एवं सामाजिक व्यवहार को निपुणता से करने वाले ग्राहक को तैयार करना ग्राहक पंचायत का कार्य है। ग्राहक पंचायत का मानना है कि ग्राहकाभिमुख अर्थव्यवस्था किसी वर्ग विशेष को प्रधानता देने वाली बिल्कुल नहीं है। ग्राहक पंचायत ने श्रीगुरुजी के विचारों से प्रेरणा लेकर अपना मार्ग निर्धारित किया है। ग्राहकों का हित राष्ट्रहित का निकटतम आर्थिक समतुल्य है। सभी औद्योगिक संबंधों में समाज तीसरा एवं महत्त्वपूर्ण पक्ष होता है। सामूहिक सौदेबाजी की प्रचलित पश्चिमी कल्पना, इस भूमिका के साथ सुसंगत नहीं है। सामूहिक सौदेबाजी के स्थान पर राष्ट्र हितबद्धता हो। श्रमिक, नियोक्ता, कर्मचारी, ग्राहक व विक्रेता राष्ट्र के प्रति वचनबद्ध हों। इन विचारों को सही अर्थों में समाज में प्रत्यारोपित करना ग्राहक पंचायत का उद्देश्य है।

आज आर्थिक विचारों पर पश्चिमी उपभोगवादी विचारों का आक्रमण हो रहा है। जो बाजार ग्राहक के व्यवहार से चलता है, जो बाजार ग्राहक पर अवलंबित है, उस बाजार पर ग्राहक को अवलंबित करने का नवीन प्रयोग चल रहा है। वासना उत्तेजित कर आराम, सुख-सुविधाओं की वस्तुओं का बाजार भारत में तैयार करने तथा आवश्यक वस्तुओं की कमी का माहौल बनाकर इन

वस्तुओं का उत्पादन अपने अधिकार में लेकर ग्राहकों की अधिक-से-अधिक लूट करने का प्रयास अबाध गति से जारी है। देश पर लंबे समय तक शासन करनेवाले अंग्रेज भी हाथ में तराजू लेकर ही आए थे। उसी समय से हमारे बाजारों पर यह आक्रमण हो रहा है। स्वराज्य की लड़ाई के एक अंग के रूप में लोकमान्य तिलक, पं. मदनमोहन मालवीय, महात्मा गांधी ने इसी आक्रमण के विरुद्ध स्वदेशी आंदोलन कर घोषणा की थी और उसी समय से भारत में ग्राहक आंदोलन का उदय हुआ था।

भारतीय अर्थव्यवस्था को 'अर्थायाम' का नाम दिया गया है। इस व्यवस्था में धन के अभाव व प्रभाव दोनों का ध्यान रखा गया है। 'अर्थायाम' का विचार भारतीय अर्थव्यवस्था की कल्पना है। इस विचार के आधार पर ही भारतीय समाज, बाजार व्यवस्था, ग्रामीण एवं शहरी पद्धतियों की कल्पना की गई है, परंतु इस भारतीय अर्थरचना को पश्चिम के आर्थिक विचार ने प्रभावित किया है, जो धन के अभाव व प्रभाव पर आधारित है। आज पूरे विश्व की अर्थसत्ता पर काबिज होने का षड्यंत्र चल रहा है। यदि उत्पादन अधिक हो गया तो उसको नष्ट कर अभाव की स्थिति बनाना, उत्पादन के बारे में जिज्ञासा पैदा करने के लिए भरपूर प्रचार करना तथा ग्राहकों को अभाव व प्रभाव के झूले में झुलाते हुए अपनी आर्थिक सत्ता स्थापित करने के लिए प्रयास करना, इस पश्चिमी विचार का मुख्य अंग है।

पश्चिमी विचार में अधिक उत्पादन चिंता का विषय है, जबकि भारतीय विचार में अधिक-से-अधिक लोगों की आवश्यकताओं को पूरा करने में समाधान माना गया है। भारतीय अर्थविचार असाधारण है। इसमें एक-दूसरे की आवश्यकताओं को पूरा करना व्यवसाय नहीं बल्कि कर्तव्य के रूप में देखा गया है। इसमें दूध, दही आदि मूलभूत आवश्यकताओं की वस्तुओं की बिक्री नहीं की जाती थी। लॉजिंग-बोर्डिंग के द्वारा आतिथ्य की बिक्री व्यवस्था नहीं थी, इनमें कर्तव्यबोध था। भारतीय व्यापारियों ने मूलभूत आवश्यकताओं का व्यवसाय कर धनी बनने का स्वप्न कभी नहीं देखा। उद्योजक तथा उत्पादक अधिकाधिक लोगों की आवश्यकताओं को पूरा

करने के लिए उत्पादन करते थे तथा इसमें उन्हें आनंद मिलता था।

गोलवलकर श्रीगुरुजी, पं दीनदयाल उपाध्याय, महात्मा गांधी, आचार्य विनोबा भावे आदि का आर्थिक एवं सामाजिक चिंतन शुक्राचार्य, कौटिल्य अर्थशास्त्र पर आधारित प्राचीन भारतीय अर्थव्यवहार की रचना को सपुष्ट करता है। प्राचीन अर्थशास्त्र तथा समाजशास्त्र के चिंतक दत्तोपंत ठेंगड़ी, डॉ. बजरंगलाल गुप्ता तथा स्वदेशी जागरण मंच के डॉ. म.गो. बोकरे ने हिंदू अर्थशास्त्र का चिंतन समाज के सामने रखा है। ग्राहक पंचायत उसी आधार पर अपना कार्य आगे बढ़ा रही है।

ग्राहक पंचायत पिछले अनेक वर्षों से ग्राहकों को जागरूक और संगठित करने का कार्य कर रही है। शासन के द्वारा ग्राहक संरक्षण अधिनियम बनवाकर उसे लागू करने की व्यवस्था बनवाने के बाद भी ग्राहक पंचायत इस बात से सावधान है कि उसकी शक्ति शासकीय नियम-कानून लागू करवानेवाली संस्था की भाँति न बनने में लग जाए। इसी पर विचार कर ग्राहक पंचायत अपनी स्थापना के समय से ही उत्पादन में वृद्धि, उपभोग पर संयम तथा स्वदेशी का पुनरुज्जीवन आदि धारणाएँ ग्रहण की हैं तथा इन्हीं पर आधरित अर्थ विचार व्यक्त किए हैं।

अर्थव्यवस्था और ग्राहक

अर्थ रचना के घटकों में सबसे महत्त्वपूर्ण स्थान ग्राहक का है। उत्पादक, वितरक व व्यापारी आदि घटकों की पूरी निर्भरता ग्राहक पर होती है। ग्राहक किसी भी अर्थ रचना को पोषित करनेवाला अनिवार्य तत्त्व है। वास्तव में ग्राहक अर्थ रचना में दोहरी भूमिका निभाता है। एक ओर तो वह उपभेक्ता के रूप में बाजार में वस्तुओं की माँग पैदा करता है, ताकि उत्पादक धनोपार्जन के लिए उत्पादन कर सकें वहीं दूसरी ओर ग्राहक उत्पादन उपक्रमों को सफलतापूर्वक चलाने के लिए आवश्यक धन की आपूर्ति के चक्र को पूरा करता है। अत: आवश्यकता इस बात की थी कि अर्थनीतियाँ ग्राहक को केंद्र में रखकर बनाई जाएँ तथा उनमें ग्राहक को सशक्त करने की पूरी व्यवस्था

रखी जाए, ताकि ग्राहक निरंतर सुदृढ़ता के साथ अर्थव्यवस्था को आगे बढ़ाने में सहायक हो सके, परंतु दुर्भाग्य से पूँजीवादियों के हाथ में निर्णायक भूमिका होने के कारण अर्थ रचना को पूँजी केंद्रित स्वरूप दे दिया गया। स्वाभाविक है कि पूँजी केंद्रित अर्थ रचना ने अपने सभी घटकों के बीच के संतुलन समीकरणों को ध्वस्त करना शुरू कर दिया, जिसके कारण अर्थ रचना के मूल आधार ग्राहक का जबरदस्त शोषण होने लगा।

ग्राहक अर्थ रचना की इतनी महत्त्वपूर्ण कड़ी होने के बावजूद आज तक उपेक्षित रहा है। आज भी उसकी उपेक्षा ही हो रही है, जबकि किसी भी अर्थव्यवस्था को मजबूत बनाने के लिए सर्वाधिक ध्यान ग्राहक को शक्तिशाली बनाने पर दिया जाना चाहिए था, ताकि ग्राहक बाजार में माँग के प्रवाह की निरंतरता को कायम रखकर अर्थव्यवस्था के मूल ढाँचे की सुदृढ़ता को बनाए रख सके। अर्थशास्त्रियों ने इस मूल बात पर ध्यान देने के स्थान पर बाजार में माँग घटने पर उसे बनाए रखने के लिए कृत्रिम उपाय योजना अपनाई। जब कभी भी बाजार में मंदी की छाया पड़ी तो उसके मूल कारणों का पता लगाकर उनको दूर करने के स्थान पर बाजार में कृत्रिम माँग बनाने के लिए विभिन्न मार्गों के द्वारा ग्राहकों को अतिरिक्त धन की आपूर्ति कर उसे बाजार में भेजा, ताकि वह प्राप्त अतिरिक्त धन का उपयोग विभिन्न वस्तुओं को खरीदने के लिए खर्च कर उत्पादकों के आय के गिरते चक्र को सँभाल सके। इस कृत्रिम प्रयोग से बाजार कुछ समय के लिए अवश्य सँभले, किंतु ग्राहक धीरे-धीरे कर्ज के चक्रव्यूह में फँसता चला गया। कर्ज का यह चक्रव्यूह अर्थव्यवस्था को अस्थाई गति तो दे सकता है, परंतु लंबे अंतराल में यह अर्थव्यवस्था पर बोझ ही सिद्ध होता है। वर्तमान में विश्व के विभिन्न देशों की अर्थव्यवस्थाएँ इसी बोझ के तले दबकर दम तोड़ रही हैं। अर्थव्यवस्था को सँभालने की इस कृत्रिम उपाय योजना ने अधिकतर वित्तीय संस्थानों का या तो दिवाला निकाल दिया या फिर उनको लगभग दिवाला निकलने की स्थिति में पहुँचा दिया।

वर्ष 2008 में अमेरिकी अर्थव्यवस्था में आई जबरदस्त गिरावट के समय अमेरिकी फेडरल रिजर्व के अध्यक्ष एलन ग्रीन स्पैन, जिन्होंने अपने

कार्यकाल में इन्हीं कृत्रिम उपाय योजनाओं को अपनाकर अर्थव्यवस्था में नई ऊँचाइयाँ नापी थीं और अति उत्साह में बाजार आधारित व्यवस्था को दिव्य बता दिया था, लेकिन फेडरल रिजर्व के अध्यक्ष के रूप में उनके द्वारा उठाए गए कदम अमेरिकी अर्थव्यवस्था के ध्वस्त होने का कारण बने। इसी के कारण अर्थ संकट वाल स्ट्रीट से निकलकर पूरे विश्व में फैला। सन् 2008 के अक्तूबर माह में उन्हें अमेरिकन सीनेट की एक कमेटी ने पूछताछ के लिए बुलाया और उनसे अमेरिकी अर्थव्यवस्था के घटनाक्रम का विवरण बताने के लिए कहा। वे मात्र इतना कह सके कि मैं गलत था। उनका कहना था कि बाजार आधारित अर्थव्यवस्था की संपूर्ण बुद्धिमत्ता का भवन ध्वस्त हो गया है। अमेरिकी नेताओं ने कहा कि आप जानते हैं, आपकी गलतियों के कारण अमेरिका को क्या कीमत वहन करनी पड़ी है? आज भी विश्व के विभिन्न देश वही रास्ता अपना रहे हैं, जो अमेरिका तथा अन्य विकसित देशों के वित्तीय संकट का कारण बना।

वर्तमान आर्थिक परिदृश्य चमक-दमक भरा हुआ है। ऊपरी तौर पर देखने पर हमें चारों तरफ प्रगति-ही-प्रगति दिखाई देती है। बहुत हद तक यह बात सत्य भी है, क्योंकि हमने काफी प्रगति की भी है। अनेक उपलब्धियाँ वैश्विक स्तर पर आसानी से गिनाई जा सकती हैं। हम पृथ्वी के अतिरिक्त अनेक ग्रहों के गूढ़ रहस्यों को जानने में सफल भी हुए हैं। जीवन के अनेक क्षेत्रों में हमने भरपूर सुविधाएँ जुटाने के लिए तरह-तरह के उत्पादन विकसित किए हैं। विज्ञान तथा तकनीक के क्षेत्र में अपरिमित विकास हुआ है। विकास के प्रचलित मानकों की गणना के आधार पर हम कहीं अधिक समृद्ध हुए हैं। इन सभी बातों को देखकर कोई कारण नहीं कि हम प्रचलित अर्थनीति पर प्रश्नचिह्न लगाएँ, परंतु जब हम विकास की हकीकत जानने के लिए देश-दुनिया के लोगों के बीच पहुँचते हैं तो हमें आज भी भुखमरी और गरीबी दिखाई देती है। विश्व में गरीबी और भुखमरी बढ़ने का कारण सिर्फ विश्व की जनसंख्या का बढ़ना नहीं है। इसका एक बड़ा और महत्त्वपूर्ण कारण यह है कि प्रगति की सीढ़ियाँ चढ़ते समय प्रभावशाली लोगों ने अन्य लोगों

से इतना अधिक छीना है कि उसके कारण गरीब तो और अधिक गरीब हुआ ही है, बहुत से समृद्ध लोग भी निरंतर अपनी संपत्ति खोते जा रहे हैं। वर्तमान अर्थनीति ने गरीब को अधिक गरीब तथा अमीर को अधिक अमीर बनाया है। यह अंतर भी इतना अधिक हो गया है कि दुनिया का आधा धन मात्र 62 लोगों के पास सिमट गया है। आज भी विश्व की अधिकांश आबादी अपनी न्यूनतम आवश्यकताओं को पूरा करने के लिए संसाधन जुटा पाने में असमर्थ है। इससे यह स्पष्ट है कि वर्तमान अर्थव्यवस्था में कहीं कुछ गलत हो रहा है। व्यक्ति के साथ, प्रकृति के साथ, वायुमंडल के साथ, पृथ्वी के साथ, इसलिए इस विषय में पुनर्विचार करना आवश्यक हो गया है। अल्विन टॉफलर अपनी पुस्तक 'फ्यूचर शॉक' में लिखते हैं—'आधुनिक अर्थ रचना दोषपूर्ण है, क्योंकि यह अत्यधिक अर्थ-केंद्रित है और इसमें पूरा जोर धन, उपयोगिता तथा मूल्य पर ही ध्यान केंद्रित करने में दिया गया है। इस एकांगी मार्ग के अनुसरण ने आर्थिक के साथ-साथ सामाजिक जीवन में भी अनेक समस्याएँ खड़ी कर दी हैं।' (पं. दीनदयाल उपाध्याय विचार दर्शन, खंड 4, एकात्म अर्थनीति, शरद अनंत कुलकर्णी, पृष्ठ 14)

भारतीय मूल्यों में सुख और समृद्धि को जिस तरह से परिभाषित किया गया है, वर्तमान आर्थिक संरचना मानव को उससे कोसों दूर ले गई है। इसी कारण पूरे विश्व में इस अर्थ रचना के दुष्परिणामों के व्यापक चिह्न दिखाई दे रहे हैं। सुख और समृद्धि को प्राप्त करने में आर्थिक के साथ-साथ अनेक अनार्थिक तत्त्वों की भी महत्त्वपूर्ण भूमिका होती है। पं. दीनदयाल उपाध्याय कहते हैं—'जिस अर्थशास्त्र को मानव के समग्र जीवन और उसके आर्थिक घटकों की ही तरह आर्थिकेतर घटकों का भान ही न हो, वह मानव जीवन को शाश्वत कल्याण की दिशा नहीं दे सकता।' (पं. दीनदयाल उपाध्याय विचार दर्शन, खंड 4, एकात्म अर्थनीति, शरद अनंत कुलकर्णी, पृष्ठ 14)

वर्तमान अर्थशास्त्र ने समृद्धि की जो भौतिकवादी परिभाषा निरूपित की है, उससे हमारे चारों ओर विभिन्न उत्पादनों के ढेर तो लग गए, लेकिन इस अंधी दौड़ ने यह विचार नहीं किया कि इन विभिन्न उत्पादनों को आकार

देने में उसने क्या-क्या विनष्ट कर दिया है। यह तथ्य उसको नजर ही नहीं आए या फिर आर्थिकेतर घटकों कों देखना-समझना, उसकी परिधि में ही नहीं आता है, जिसके कारण वह मानव जीवन से संबंधित अनेक महत्त्वपूर्ण घटकों की उपेक्षा करता चला गया, जिसके कारण हमारे जीवन में अनेक समस्याएँ पैदा होती चली गईं और हम उस सुख एवं समृद्धि से दूर होते चले गए, जिसकी कल्पना भारतीय विचार में थी। इसके संबंध में प्रा. गुन्नार मिर्डल ने भी लिखा है—'अर्थशास्त्रियों के द्वारा निरूपित उत्पादन के गुण-धर्म के साथ आर्थिकेतर घटकों का पर्याप्त संबंध रहता है, इसलिए आर्थिक घटकों के साथ-साथ आर्थिकेतर घटकों का विचार करनेवाले अर्थशास्त्र को हमें विकसित करना होगा।' (पं. दीनदयाल उपाध्याय विचार दर्शन, खंड 4, एकात्म अर्थनीति, शरद अनंत कुलकर्णी, पृष्ठ 14)

वर्तमान विश्व में उपस्थित अनेक आर्थिक प्रश्नों के सामने वर्तमान अर्थशास्त्री असहाय नजर आ रहे हैं। आज विश्व अनेक समस्याओं में उलझा हुआ है, जिनका निराकरण उसके पास नहीं है, क्योंकि हम पाश्चात्य के एकांगी विचार करनेवाले मार्ग का अनुसरण करते हुए यहाँ पर पहुँचे हैं, जिसने सिर्फ एकांगी विचार करना ही सिखाया है, जबकि आर्थिक विचारों को अनेक आर्थिकेतर घटनाएँ और विचार प्रभावित करते हैं। यही प्रमुख कारण है कि भारतीय विचार दर्शन जीवन के प्रत्येक घटक का पृथक्-पृथक् विचार न करते हुए संपूर्ण जीवन को एक मानकर, जीवन की विभिन्न व्यवस्थाओं में संतुलन स्थापित कर जीवन का सर्वांगीण विचार करता है। अर्थशास्त्री जे.एस. मिल का भी कहना है—'यह नहीं कहा जा सकता कि आर्थिक प्रश्नों का हल केवल अर्थशास्त्र में ही ढूँढ़ा जा सकता है। अनेक आर्थिक प्रश्न इस तरह के होते हैं, जिनके महत्त्वपूर्ण राजनीतिक और सामाजिक पक्ष भी होते हैं और उनकी उपेक्षा नहीं की जा सकती।' (दीनदयाल उपाध्याय विचार दर्शन, खंड 4, एकात्म अर्थनीति, शरद अनंत कुलकर्णी, पृष्ठ 14)

अधिकाधिक धन कमाने की लालसा में अधिकाधिक उत्पादन अधिक उत्पादन के लिए बड़े-बड़े उद्योगों की संरचना, उनका संगणकीकरण,

रॉबटीकरण हमने विश्व का आर्थिक पक्ष मजबूत कर अधिक समृद्धि प्राप्त करने के लिए किया था, परंतु विश्व में इसका अपेक्षित परिणाम कहीं भी दिखाई नहीं दे रहा है। अपितु इसके कारण अधिक लोग बेरोजगार हो रहे हैं। प्राकृतिक संसाधन समाप्त होते जा रहे हैं। पर्यावरण का संतुलन नष्ट होता जा रहा है। विश्व में गरीबों की संख्या निरंतर बढ़ रही है। विश्व की अधिकांश जनसंख्या को अपनी न्यूनतम आवश्यकताओं को पूरा करने के संसाधन जुटाने में ही अधिकांश समय लगना पड़ रहा है। डॉ. शूमाकर अपनी पुस्तक 'स्मॉल इज ब्यूटीफुल' में लिखते हैं—'अधिकाधिक बड़े उद्योग, स्वचलित मशीनों की भरमार के कारण उन लोगों की उपेक्षा हो रही है, जिनके पास केवल श्रम की ही पूँजी है। आर्थिक विकास के इस अर्थशास्त्र में निर्धन श्रमजीवी उपेक्षा के शिकार हो रहे हैं, जबकि अर्थशास्त्र को गरीब लोगों के विकास की कामधेनु बनना चाहिए था।' (पं. दीनदयाल उपाध्याय विचार दर्शन, खंड 4, एकात्म अर्थनीति, शरद अनंत कुलकर्णी, पृष्ठ 13) सर्वे भवन्तु सुखिनः की कल्पना तो कहीं दूर बहुत पीछे छूटती नजर आ रही है।

देश में स्वतंत्रता प्राप्ति के पश्चात् के कालखंड में जिन लोगों का वर्चस्व रहा वे यूरोप में ही पले-बढ़े थे और वहाँ की दिनचर्या और चमक-दमक से प्रभावित थे। अत: ये लोग मूल विचार न करते हुए वहाँ की नकल करते हुए यहाँ के जनजीवन को उसी साँचे में ढालने के प्रयास में लग गए। जिन्हें हमने अर्थशास्त्रियों के रूप में मान्यता दी, वे भी उसी परिवेश की उपज थे। देश में उस मौलिक सोच के लोग हुए ही नहीं, जिसकी नींव दादाभाई नौरोजी ने अपनी 'डेन थ्योरी' के द्वारा रखी थी और जिसे न्यायाधीश एम.जी. रानाडे, रमेशचंद्र दत्त और गोपालकृष्ण गोखले ने आगे बढ़ाया था, परंतु विदेशों में पले-बढ़े नेतृत्व के कारण यह विचारधारा शुष्क होती चली गई और हमारे देश के अर्थशास्त्रियों ने भी उसी पश्चिमी अर्थशास्त्र के विचार को अपने देश में भी आगे बढ़ाया। वे देश को मौलिक सोच दे पाने में असफल रहे। जिस अर्थशास्त्र को लेकर हम आगे बढ़े, उसके कारण पूरे विश्व के साथ ही हम भी आज संकट के मोड़ पर आकर खड़े हो गए हैं।

वर्तमान परिस्थितियों में असीमित उत्पादन संभव ही नहीं है। उसके लिए न तो हमारे पास प्रचुर मात्रा में कच्चा माल उपलब्ध है और न ही बाजार। आज इस बात की सर्वाधिक आवश्यकता है कि हमें उत्पादन को पृथ्वी के कल्याण तथा आने वाली पीढ़ियों के हितों का विचार करते हुए सीमा में बाँधना होगा। हमें विश्व में लगातार बढ़ते जा रहे जनसंख्या के बोझ को कम-से-कम न्यूनतम जीवनावश्यक वस्तुओं को उपलब्ध कराने की क्षमता को विकसित करने के विचार को प्रमुखता देनी होगी। अर्थ-केंद्रित अर्थव्यवस्था को मानव-केंद्रित अर्थव्यवस्था की दिशा देनी होगी। ग्राहक कल्याण से संबंधित अन्य बहुत से प्रश्न हैं, जिनका विचार करना और उत्तर खोजना ग्राहक आंदोलन का मुख्य कार्य है।

ग्राहक शक्ति एवं समाज शक्ति

ग्राहक संरक्षण अधिनियम आने के बाद जिस प्रकार देश में ग्राहक संगठनों का उदय हुआ तथा ग्राहक की शिकायत का निवारण करने के लिए जिस तरीके को अपनाया गया, उससे सहज ही मस्तिष्क में यह विचार उपजता है कि ग्राहक संगठनों का समाज के साथ कोई नाता है भी या नहीं? विशेषकर नई नीतियों के संदर्भ में जब लोग उपभोक्तावादवाली भाषा का प्रयोग करने लगे और यह कहने लगे कि विश्व में उपभोग के लिए जो भी वस्तु बनी है, वह ग्राहकों को बिना किसी बाधा के मिलनी चाहिए। देश व समाज की आर्थिक स्थिति का विचार न कर वस्तु पर ग्राहक का अधिकार बतानेवाली भाषा का प्रयोग करने लगे हैं। देशभक्त नागरिकों के मन में इससे बेचैनी आई है। भारतीय समाज की दृष्टि से यह चिंता का विषय है। आर्थिक घटकों का स्वार्थ जगाकर, उनका संगठन बनाने, इस संगठित शक्ति का उपयोग सत्ता प्राप्ति के लिए करने के प्रयोग भारत में स्वतंत्रता मिलने के बाद हुए हैं, जिसके परिणामस्वरूप श्रमिकों की शक्ति आज राजनीतिक गुटों में बँट चुकी है। सत्ता प्राप्ति की इच्छा से अनुचित लाभ प्राप्त करने की अपेक्षा के कारण आज वह समाज की सहानुभूति खो चुकी है। यह बात आज अनुभव

की जा रही है। ग्राहक हितों की आड़ में विदेशी शक्तियाँ भारतीय उद्योग, अर्थव्यवस्था तथा भारतीय संस्कृति पर आक्रमण कर रही हैं।

इन परिस्थितियों में सभी आर्थिक घटकों में समन्वय लाने का प्रयत्न, प्रत्येक व्यक्ति की ग्राहक के रूप में भूमिका तथा संगठित ग्राहक शक्ति को जाग्रत् करने का कार्य गंभीरता के साथ करने की आवश्यकता है। भारतीय ग्राहक आंदोलन के प्रणेता संगठन अखिल भारतीय ग्राहक पंचायत ने अपनी स्थापना से ही राष्ट्र तथा देश का विचार सदैव अपने सामने रखा है। राष्ट्रीय वैभव के लिए सभी आर्थिक व सामाजिक घटकों में समन्वय हो, इस मूल विचार को ग्राहक पंचायत के संस्थापक कार्यकर्ताओं ने हमेशा ग्राहकों के सामने ग्राहक आंदोलन को संगठित करते समय रखा है।

ग्राहक मंत्रालय की माँग

प्रारंभिक कालखंड में ग्राहक में विश्वास पैदा कर उसको उस पर होनेवाले आर्थिक अन्याय के विरुद्ध लड़ने के लिए तैयार करना था, अतः अधिकार पर जोर दिया गया। सामूहिक खरीद के द्वारा तथा सेवाओं के संदर्भ में ग्राहक अधिकारों की बात उठाकर, शासन के सामने ग्राहकों का पक्ष रखने के लिए ग्राहकों का संगठन तैयार करने का कार्य ग्राहक पंचायत पूरे देश में निरंतर कर रही है। ग्राहक संरक्षण अधिनियम बना, ग्राहकों की समस्याओं का निराकरण करने के लिए ग्राहक मंच एवं आयोग आदि समस्या निवारण व्यवस्था बनी। उसके बाद 'ग्राहक कल्याण और शासन' नामक श्वेत-पत्रिका के द्वारा ग्राहक संगठन ने स्वतंत्र ग्राहक कल्याण मंत्रालय की माँग की, जिसके फलस्वरूप केंद्र सरकार के द्वारा राज्य सरकारों को स्वतंत्र ग्राहक विभाग तैयार करने के निर्देश दिए थे। महाराष्ट्र सरकार द्वारा मंत्रीस्तरीय ग्राहक कल्याण उच्चाधिकार समिति गठित की गई थी। इस व्यवस्था के द्वारा शासन संरक्षण के कार्य में लगे, ग्राहक संगठनों का शासन पर नियंत्रण रहे, शासन के द्वारा दिए जानेवाले अनुदान का लाभ उठाने के लिए। एक नवीन तरह का ग्राहक आंदोलन प्रारंभ हो गया है। ग्राहक संरक्षण अधिनियम के

अस्तित्व में आने के बाद इस प्रकार के संगठनों की विशेष फसल पैदा हो गई है। शासन के द्वारा दिया अनुदान लेना, ग्राहक मंच के सामने ग्राहकों की व्यक्तिगत शिकायतें लेकर जाना तथा शासन के द्वारा नियुक्ति लेकर पदों की शोभा बढ़ाना ही विभिन्न संगठनों का कार्य हो गया है। इन संगठनों की सुलभ कार्य पद्धति, उन्हें मिलनेवाले प्रतिसाद तथा अन्य अनेक समितियों के पदों को सुशोभित करना देखकर ग्राहक पंचायत के कार्यकर्ताओं को शासन के द्वारा दिए अनुदान से दूर रहने का बंधन, शासकीय मशीनरी के द्वारा नहीं, अपितु शासन के सहयोग से संगठनात्मक स्तर पर समन्वय पद्धति के द्वारा ग्राहकों की समस्याएँ सुलझाने की तकनीक उनके कार्य करने का तरीका है।

शासन की बैसाखी किसलिए ?

ग्राहक आंदोलन चलाने के लिए, ग्राहक संरक्षण अधिनियम एवं शासन के अनुदान की व्यवस्था आज ग्राहक संरक्षण के कार्य में लगे विभिन्न संगठनों को इतनी आवश्यक लगने लगी है कि इन बैसाखियों का सहारा लिये बिना उन्हें ग्राहक आंदोलन का कार्य असंभव लगता है। साधन ही साध्य बन गए हैं। मूल साध्य कहीं दूर लुप्त हो गए हैं। समाज शक्ति के द्वारा प्रणीत ग्राहक आंदोलन की यह स्थिति चिंतनीय है। इसके बारे में ग्राहक पंचायत के कार्यकर्ता निरंतर विचार करते हैं। शासन की सहायता के बगैर, समाज शक्ति के जागरण ने पुणे में 'ऑपरेशन लक्ष्मी रोड आंदोलन' को जन्म दिया। उचित भाव के लिए तीन दिनों तक ग्राहकों ने बाजार में कोई खरीद व्यवहार नहीं किया। सेल की दुकान के सामने खड़े होकर, सेल को बंद कराए रखा। कपड़ा बाजार में आंदोलन कर कच्चे रंगों की साड़ी वापस लेने के लिए दुकानदार को बाध्य करनेवाली शक्ति की याद दिलाकर पुनः वह समाज शक्ति जाग्रत् करने के कार्य में ग्राहक पंचायत के कार्यकर्ता लगे हुए हैं, अतः ग्राहक पंचायत के कार्यकर्ता अपनी कार्य पद्धति का निरंतर मूल्यांकन करते रहते हैं। अपने कार्य की दिशा विचारपूर्वक इस प्रकार निर्धारित करते हैं, जिसमें शासन को दी गई श्वेत-पत्रिका के अनुसार शासन

की मदद के बिना, समाज शक्ति के सहयोग से इस आंदोलन को सफल बनाने का संकल्प ग्राहक पंचायत का है।

समाज शक्ति

ग्राहकों की सहायता से संगठित समाज शक्ति खड़ा करने का प्रयास ग्राहक पंचायत के कार्यकर्ता कर रहे हैं। अपने राजनीतिक मतभेदों को भुलाकर सभी सम्माननीय लोग ग्राहक पंचायत के साथ हमेशा से जुड़े रहे हैं। इसी प्रभाव के कारण रत्नाप्पा कुंभार जैसे नेताओं ने पुणे में ग्राहक पैठ खड़ा करने में सहायता की थी। संगठन सत्ता की राजनीति से दूर रहनेवाले राष्ट्रीय स्वयंसेवक संघ के पास गया। लोक नायक जयप्रकाश नारायण का वरदहस्त भी मिला। आपातकाल से पूर्व स्व. इंदिरा गांधी द्वारा घोषित 20 सूत्रीय कार्यक्रम में ग्राहक संरक्षण को रखा गया। निजी बिल के रूप में ग्राहक संरक्षण विधेयक लोकसभा में रखा गया। विधेयक के सूचक रामभाऊ म्हालगी तथा अनुमोदक बनातवाला थे। यह चमत्कार इसी प्रभाव के कारण संभव हो पाया। इसी प्रकार के प्रभाव को बनाना और कायम रखना चाहिए। हम आज के वातावरण में भी उचित शक्तियों को संगठित करके उनके साथ ग्राहक शक्ति, समाज शक्ति खड़ी करने के वृहद् कार्य में लगे हुए हैं।

दो विभाग

अखिल भारतीय ग्राहक पंचायत ने शासन को श्वेत पत्रिका देकर जो व्यवस्थाएँ माँगी हैं, उनको समाज शक्ति के सहयोग से किस प्रकार खड़ा किया जा सकता है, इसका विचार संगठन कर रहा है। इसका यह अर्थ कदापि नहीं कि संगठन सरकारी व्यवस्था को नकार देगा। अनुचित को प्रश्रय देनेवालों को सही मार्ग पर लाने के लिए संगठन को यह व्यवस्था भी चाहिए। संगठन इसका भी उपयोग करेगा। वर्तमान में हमारे स्थानीय संगठनों की कार्य पद्धति प्रमुख रूप से दो भागों में विभक्त है।

1. ग्राहक मंच तथा शासकीय व्यवस्थाओं के द्वारा शिकायत दूर करना।

2. समाज शक्ति की सहायता से संगठन स्तर पर प्रश्नों तथा समस्याओं का निराकरण करना।

ग्राहक मंच, आयोग आदि ग्राहक संरक्षण की विविध व्यवस्थाओं के द्वारा ग्राहक शिकायतों का निराकरण करने के लिए संगठन के मार्गदर्शन केंद्र चल रहे हैं। नवीन संगठन आज मंच के सामने केस चलानेवाले वकीलों के संगठन बन कर रह गए हैं। इसके अतिरिक्त शासन के द्वारा बनाई गई केंद्रीय ग्राहक परिषद्, राज्य ग्राहक परिषद्, जिला ग्राहक परिषद् व इसी प्रकार की समितियों पर संगठन का प्रतिनिधित्व कर समस्याओं का निराकरण करने का कार्य भी हो रहा है। यह कार्य पहले भाग के अंतर्गत है। ग्राहक पंचायत के कार्यकर्ताओं को यह भान रखना पड़ेगा कि हमें ग्राहकों की समस्याओं को हल करने के लिए विभिन्न कानून, ग्राहक मंच तथा प्रशासकीय कार्य पद्धति का अवलंबन नहीं चाहिए। संगठन का उद्देश्य शासनावलंबी समाज तैयार करना नहीं है।

संगठन के ध्येय का दूसरा भाग महत्त्वपूर्ण है, जिसके अनुसार समाज शक्ति की सहायता से ग्राहक समस्याओं का निराकरण करना है। इसके लिए कार्यकर्ताओं को लगन के साथ संयमित प्रयास में लगातार लगे रहना होगा। इस कार्य को करते हुए अनुचित व्यवहार पर भी प्रहार करना होगा, परंतु इस बात का ध्यान रहे कि प्रहार अनुचित व्यवहार करनेवाले को जड़-मूल से समाप्त करने का न होकर उसे उचित की तरफ ले जानेवाला होना चाहिए।

संगठन ने श्वेत पत्रिका में, जिसे ग्राहक कल्याण आयुक्त कहा है, स्थानीय ग्राहक पंचायत के अध्यक्ष व सचिव उनके समकक्ष सामाजिक प्रतिष्ठावाले हों, अपने प्रयासों से संगठन को इस प्रकार की स्थिति बनानी है। शासन के अधिकार पदों के समानांतर प्रतिष्ठा संगठन को समाज में अपने प्रयासों से बनानी है। यह स्थिति लाने के लिए स्थानीय व्यापारी संगठनों, शासकीय व्यवस्थाओं के अधिकारियों, शासकीय तथा निजी क्षेत्र के श्रमिक संगठनों, सामाजिक संगठनों के साथ सौहार्दपूर्ण व सम्मानजनक व्यवहार रखना पड़ेगा। सबमें इस विश्वास को जाग्रत् करना पड़ेगा कि जिस क्षेत्र में वे

हैं, उसे छोड़कर अन्य क्षेत्रों में वह भी ग्राहक हैं। श्वेत पत्रिका में हमने उचित व्यापार, उचित कार्य, उचित व्यवहार की जो कल्पना की है, उसके विषय में उन्हें बताना होगा। इस बात को समझना होगा कि उचित व्यापार व्यवहार करने में उनको क्या कठिनाइयाँ आ रही हैं तथा इन कठिनाइयों को हल करने में ग्राहक शक्ति किस प्रकार सहायक हो सकती है?

ग्राहक हितों के संरक्षण का यह अर्थ नहीं कि ग्राहक के अनुचित व्यवहार का समर्थन किया जाए। संगठन यह स्पष्ट भूमिका अपना रहा है। संगठन के प्रभाव की यही मूल शक्ति है। स्थानीय, राज्य तथा केंद्र स्तर पर व्यावसायिक संगठन सदैव अपने संगठनों के निर्देशों का पालन करेंगे, अतः इस संबंध में संगठनों को दोष देकर अपनी प्रतिक्रिया व्यक्त करके कटुता बढ़ाने से कार्य नहीं चलनेवाला है। यह बात भी सच नहीं है कि संगठन प्रत्येक समस्या को समाप्त करवाने में सफल ही होगा, अतः इन अवसरों पर कटुता बढ़ाने के स्थान पर समन्वयात्मक दृष्टिकोण रखते हुए रुकना पड़ेगा तथा ग्राहक को न्याय दिलाने के लिए शासकीय मार्ग का अनुसरण करना पड़ेगा। यदि संगठन को यह करना भी पड़ा तो पूर्व में किए गए प्रामाधिक प्रयासों के कारण कटुता का निर्माण नहीं होगा। समाज शक्ति बनाने के लिए अपने आचरण में सुधार लाना होगा। आज समाज शक्ति सत्ता की राजनीति में विभाजित हो गई है। ग्राहक आंदोलन को सत्ता की इस राजनीति से दूर रखना होगा। राष्ट्रीय समस्या या किसी अन्य समस्या पर प्रतिक्रिया व्यक्त करते समय आपके वक्तव्य से यह आभास नहीं मिलना चाहिए कि आप किसी एक राजनीतिक दल के समर्थक या विरोधी हैं। यह सावधानी आपको अपनानी पड़ेगी। इसी प्रकार की सावधानी उद्योग, व्यवस्थापन या श्रमिक विवादों में या थोक व फुटकर विक्रेताओं के विवादों में या बाजार व्यवस्थापन विक्रेता-व्यापारी के विवाद के संबंध में अपनानी होगी। यही भूमिका संगठन को ग्राहक हितों के संबंध में भी अपनानी होगी। अनेक अवसरों पर संगठन को ग्राहक के हित के संबंध में बोलना पड़ेगा। कई बार एक पक्ष के हित के समर्थन में भी खड़ा रहना पड़ेगा, परंतु यह

कार्य करते समय जिस प्रकार दोनों विवादित पक्ष एक-दूसरे को मारने के लिए तैयार रहते हैं, वह भूमिका न अपनाकर सामंजस्य स्थापित करनेवाले वक्तव्य संयमित रूप में बोलने होंगे। ग्राहक पंचायत यदि इस प्रकार का एक समर्थ मंच तैयार करने में सफल हो गई तो आर्थिक व सामाजिक क्षेत्र में वह जिन कार्यों को करना चाहती है, उन कार्यों को करने में वह सफल हो सकेगी।

ग्राहक कल्याण और शासन

ग्राहक पंचायत ने ग्राहक संरक्षण के स्थान पर ग्राहक कल्याण शब्द प्रयोग किया है। शासन ग्राहकों के लिए कल्याण की भावना से व्यवस्था करे, यह अपेक्षा है, क्योंकि ग्राहक समाज के सभी धर्मों में सर्वकश भूमिका में है। ग्राहक कल्याण की जिम्मेदारी समाज को ग्राहक, व्यापारी, उद्योजकों को उठानी है। इस जिम्मेदारी को शासन पर ढकेलकर हाथ झटककर मुक्त होने से काम नहीं चलेगा। शासन से केवल यही अपेक्षा है कि वह दो घटकों के बीच सामंजस्य निर्माण करे व असंगठित ग्राहकों के पीछे खड़ा रहे। प्राचीन भारत की अर्थव्यवस्था में ग्राहक हितों के संबंध में अपेक्षा थी कि उद्योजक व व्यापारी, विक्रेता ही जागरूक रहें। इसके लिए उद्योजक, व्यापारी व विक्रेताओं पर विशेष नियंत्रण था। ग्राहक पंचायत ने शासन से अपेक्षा की है कि वह इसी प्रणाली को अमल में लाए। इसी अपेक्षा से अखिल भारतीय ग्राहक पंचायत ने ग्राहक संरक्षण कानून को लागू करवाया। ग्राहक शिकायत निवारण हेतु आयोग या मंच की कल्पना सामने रखी। शासन ने इस पर अमल किया। अब इसकी त्रुटियाँ दूर करने का प्रयास किया जा रहा है। ग्राहकों की शिकायतों का निपटारा करना अलग बात है और शिकायत की गुंजाइश ही नहीं रहे, इसके लिए जागरूक रहना अलग बात है। सरकार ने ग्राहक हितों के संरक्षण के लिए 22 से अधिक कानून बनाए हैं। इन कानूनों पर ठीक से अमल करवाने के लिए अपनी मशीनरी के माध्यम से निगरानी रखना शासन की जिम्मेदारी है, परंतु इन कानूनों में से बहुत से कानूनों पर

अमल करवाने के लिए शासन के पास मशीनरी ही नहीं है। यही कारण है कि ग्राहक पंचायत ने सभी कानूनों पर अमल करवाने व निगरानी रखने के लिए स्वतंत्र ग्राहक मंत्रालय बनाने की माँग की है।

ग्राहक मंत्रालय की रचना

ग्राहक संरक्षण के संदर्भ में आज काफी जागृति हो चुकी है। ग्राहक संरक्षण अधिनियम बनने और उसके प्रावधानों के अनुसार जिला ग्राहक मंचों और आयोगों के गठन से यह समझा जाने लगा है कि ग्राहक संरक्षण का कार्य संतोषप्रद ढंग से चल रहा है, परंतु ग्राहक आंदोलन के कार्य में लगे कार्यकर्ता, ग्राहक संरक्षण के कार्य की इस प्रगति से संतुष्ट नहीं हैं। उनका कहना है कि पृथक् ग्राहक मंत्रालय की स्थापना की जाए। ग्राहक पंचायत के द्वारा लगातार 12 वर्षों तक प्रयत्न करने के बाद जब ग्राहक संरक्षण कानून बना, तभी से ग्राहक पंचायत पृथक् ग्राहक मंत्रालय की माँग कर रही है। इस बारे में आज भी प्रयास जारी है। सरकार ने अब तक के ग्राहक आंदोलन के परिणामस्वरूप ग्राहक की कल्पना के कुछ आंशों को मान्यता दी है। सरकार का करदाता सरकार का ग्राहक है, इस बात को सरकार ने अभी तक मान्यता नहीं दी है, अतः यह नहीं कहा जा सकता कि सरकार ने ग्राहक की कल्पना को पूर्ण रूप से मान लिया है। इसके लिए अभी प्रयास की आवश्यकता है, जो चल भी रहे हैं। जो वस्तु या सेवा खरीदे वह ग्राहक, वस्तु या सेवाओं की खरीद निजी दुकानदारों, निजी व्यावसायिक संस्थाओं, प्रतिष्ठानों, उद्योगों या सरकारी-अर्धसरकारी संस्थाओं से की जाती है। जिला स्तर पर ग्राहक संरक्षण स्थापित कर कुछ व्यवस्था की गई है, परंतु वह पर्याप्त नहीं है। राष्ट्रीय स्तर पर ग्राहक आयोग की तरह राष्ट्रीय ग्राहक संरक्षक आयुक्त, राज्य ग्राहक आयुक्त व जिला ग्राहक आयुक्त तथा इसी प्रकार बड़े-बड़े बाजारों के केंद्र स्थानों पर स्थानीय ग्राहक आयुक्त जैसी व्यवस्था करने की माँग ग्राहक पंचायत लंबे समय से करती चली आ रही है। सरकार ने ग्राहक अधिनियम में सुधार कर राष्ट्रीय ग्राहक संरक्षक आयुक्त, राज्य ग्राहक आयुक्त व जिला ग्राहक आयुक्त

की बात मान ली है। इन अधिकारियों के अधीन ग्राहक मंत्रालय के अंतर्गत आनेवाली सभी व्यवस्थाएँ रखनी पड़ेंगी।

आवश्यक वस्तु वितरण

ग्राहक शोषण का एक प्रमुख कारण आवश्यक वस्तुओं की कमी व उसके कारण होनेवाली मूल्य वृद्धि है। जीवनावश्यक वस्तु अधिनियम के अंतर्गत जिलाधिकारी को बाजारों पर नजर रखने का अधिकार है। इस कानून के अंतर्गत निश्चित व सूचीबद्ध की गई वस्तुओं के भंडारण की जानकारी प्रत्येक 15 दिनों में सक्षम अधिकारी के ध्यान में लाने का बंधन बाजार के प्रमुख वितरक पर है। प्रत्येक वस्तु के बारे में आदेश निकाले गए हैं। केंद्र तथा राज्य सरकारें समय-समय पर इन वस्तुओं की सूची निर्धारित करती हैं। समय-समय पर उसी के अनुरूप आदेश निकाले जाते हैं। प्रत्येक राज्य और वहाँ की परिस्थितियों के अनुरूप यह आदेश निकाले जाते हैं तथा कुछ आदेश परिस्थितियों के सुधरने के बाद भी लागू रहते हैं। कुछ आदेश रद्द भी कर दिए जाते हैं। अनेक अन्य कार्य होने के कारण जिलाधिकारी के पास इस कार्य की तरफ पूरा ध्यान देने का समय नहीं रहता, अतः लगातार किए जानेवाले इस कार्य को प्रासंगिक रूप में किया जाता है। बाजार में जब वस्तुएँ आसानी से उपलब्ध होती हैं तो कोई हो-हल्ला नहीं होता। जिस समय बाजार में वस्तु की कमी आती है या किन्हीं कारणों से वस्तु की माँग बढ़ती है, उस समय वितरक के द्वारा कृत्रिम कमी का निर्माण करने से हल्ला मचना शुरू होता है। लोगों ने हल्ला मचाना शुरू किया कि शासकीय व्यवस्था दौड़ने लगती है। प्रत्येक 15 दिनों में वस्तु के भंडार की घोषणा करने के बंधन के बाद भी इस व्यवस्था को बाजार की आवश्यकता तथा भंडार की कल्पना नहीं रहती। बाद में छापे डाले जाते हैं, परिणामस्वरूप बाजार में तनाव निर्मित होता है। वस्तु की कमी बढ़ती है तथा तत्काल शांति कायम करने के लिए नियंत्रित आपूर्ति तथा उचित दर ठहराने जैसा मार्ग निकाला जाता है। सत्ता स्पर्धा तथा राजनीतिक कारणों से नेता भी इसी प्रकार की व्यवस्था पर जोर देते हैं। अपेक्षा

यह है कि इस अनौपचारिक घटनाक्रम को रोकने के लिए यह कार्य ग्राहक मंत्रालय के अंतर्गत रहे तथा वह इसे दैनंदिन कार्य मानकर करे तथा इस संबंध में सावधान रहे।

आपूर्ति विभाग के पास आवश्यक वस्तुओं के वितरण का कार्य है, अतः अपने-अपने राज्य के लिए आवश्यक वस्तु निर्धारित करने, उस वस्तु की आवश्यक अथवा नियंत्रित मात्रा में उचित भाव पर आपूर्ति करने का कार्य इस विभाग को करना पड़ता है। वितरण के लिए लाइसेंसधारक दुकानदार, राशन दुकानदार, सस्ता अनाज दुकानदार आपूर्ति विभाग प्रत्येक क्षेत्र के लिए नियुक्त करता है। इनमें सहकारी संस्थाओं की दुकानें भी रहती हैं। ग्राहक को जिस वस्तु की आवश्यकता होती है, ग्राहक की आर्थिक स्थिति के अनुसार वर्गीकरण कर उसे राशन कार्ड दिया जाता है। उसे नियंत्रित भाव में तथा नियंत्रित प्रमाण में वस्तु कैसे मिले, इस बात का ध्यान रखा जाता है। वस्तु की खरीद सरकार, उत्पादक पर लेवी लगाकर या अन्य मार्गों से खरीदकर उसका भंडारण वेयर हाउसिंग कॉरपोरेशन जैसी संस्थाओं द्वारा करवाती है तथा उसे राशन दुकानदारों तक पहुँचाती है। इस व्यवस्था का कार्य आपूर्ति विभाग ही करे, ग्राहक मंत्रालय नहीं, परंतु यह कार्य बराबर हो रहा है या नहीं, इस पर ग्राहक मंत्रालय की निगरानी रहे। लाइसेंसधारक राशन दुकानदारों को वेयर हाउसिंग कॉरपोरेशन सही प्रमाण में सही दर्ज की वस्तु की आपूर्ति कर रहा है या नहीं, उनके द्वारा ग्राहक संरक्षण के सभी नियमों का पालन किया जा रहा है या नहीं, इस संबंध में ग्राहक मंत्रालय जागरूक रहे।

आवश्यक वस्तु अधिनियम, वस्तु के भंडारण संबंधी नियम तथा नियंत्रित भाव से संबंधित जिन कानूनों का पालन निजी दुकानदारों को सुनिश्चित करना पड़ता है, वह इनके लिए भी बंधनकारक रहे। यह कार्य ग्राहक मंत्रालय के जिम्मे रहे। राज्य अथवा क्षेत्र के अनुसार होनेवाली व्यवस्था के अंतर्गत आनेवाली वस्तुओं की सूची, वितरण क्षेत्र, वस्तु की मात्रा, भाव, वितरण करने वालेदुकानदार के लिए निर्धारित नियम, इस संबंध में आपूर्ति विभाग पर ग्राहक मंत्रालय से संपर्क कर निर्णय लेना बंधनकारक रहे।

ग्राहक परिषद्

ग्राहक संरक्षण अधिनियम के अनुसार राष्ट्रीय ग्राहक परिषद् तथा राज्य ग्राहक परिषद् की दो महत्त्वपूर्ण व्यवस्थाओं की तरफ अधिक ध्यान नहीं दिया। सरकार ने भी इस व्यवस्था को प्रभावी बनाने की दृष्टि से कुछ अधिक नहीं किया। यदि यह व्यवस्था अधिक कार्यक्षम हो गई तो आज ग्राहक मंच की तरफ जानेवाली शिकायतों के बढ़ते बोझ में काफी कमी आएगी। अधिनियम की कल्पना करने वालों के मन में यह योजना थी कि जिला स्तर तक ग्राहक संरक्षण की व्यवस्था रहे। ग्राहक अधिनियम पर विज्ञान भवन में हुई चर्चा में ग्राहक पंचायत ने यह बात कही भी थी। सरकार ने उस बात को सिर्फ शिकायत निवारण तक ही मान्य किया, जिसके कारण जिला ग्राहक संरक्षण मंच अस्तित्व में आए, परंतु उस समय परिषद् की जिला स्तर तक की कल्पना साकार नहीं हो पाई थी।

महाराष्ट्र में ग्राहक कानून बनवाने वाले संगठन तथा उसके कार्यकर्ताओं के सक्रिय होने के कारण राज्य सरकार की तरफ से जिला ग्राहक संरक्षण कक्ष जैसी जिला स्तर तक परिषद् की कल्पना अस्तित्व में आई थी। आजकल बड़े उद्योगों में ग्राहक सलाहकार समितियोंवाला जो स्वरूप है, उसको बदलकर ग्राहक परिषद् की कल्पना को प्रत्यक्ष रूप से लाने की माँग ग्राहक पंचायत के द्वारा की जाती रही है। ग्राहक परिषद् एवं सेवा उद्योगों की सलाहकार समितियों में जैसे परिवहन, रेलवे, बिजली व टेलीफोन आदि विभागों में सत्ता की राजनीति में एडजस्टमेंट का साधन बन गई हैं। सत्ता में परिवर्तन या मंत्रिमंडल में फेरबदल होने के साथ ही इन समितियों की पुनर्रचना होती है। वर्तमान में यही हो रहा है। इसके कारण ये परिषदें सही अर्थों में कुछ अधिक काम नहीं कर पाई हैं। स्वतंत्रता से पूर्व दो चरणों में मजदूर परिषद् का जो स्वरूप था, बाद में वह भी इसी प्रकार सत्ता राजनीति का हिस्सा बन जाने के कारण नष्ट हो गया, परंतु उस समय मजदूर परिषद् का कार्य जिस प्रकार चलता था, उसी प्रकार ग्राहक परिषद् का कार्य चलाया जाए तथा उसकी रचना को सत्ता की राजनीति से न जोड़ा जाए।

यदि इस मुद्दे को अधिक स्पष्ट करना है तो अर्थ यह है कि परिषद् में व्यक्तियों की नियुक्ति न की जाए, बल्कि संगठनों का प्रतिनिधित्व हो। संगठन अपने प्रतिनिधि दें। केंद्र स्तर पर अखिल भारतीय स्तर के ग्राहक संगठनों के प्रतिनिधि, व्यापारी संगठनों के प्रतिनिधि, औद्योगिक संगठनों के प्रतिनिधि, राज्य ग्राहक परिषद् के सचिव व पदाधिकारी, राज्य आपूर्ति, राज्य ग्राहक मंत्रालय के सचिव आदि का समावेश हो। जिला स्तर पर जिला ग्राहक आयुक्त के नियंत्रण में जिला स्तर के ग्राहक संगठनों के प्रतिनिधि, व्यापारी संगठनों के प्रतिनिधि, ग्राहक संबंधी सभी विभागों के प्रमुख के समावेशवाला ग्राहक संरक्षण कक्ष हो। यह परिषद् निम्न प्रकार से कार्य करे—

1. राष्ट्रीय स्तर के ग्राहक प्रश्नों का विचार कर, निर्णय लेकर सलाह के रूप में केंद्र सरकार को दे।
2. राष्ट्रीय स्तर पर सर्व सामान्य ग्राहक विवाद तत्परता से सुलझाना, जैसे ग्राहक विरोधी खरीद-बिक्री प्रथा में बदलाव।
3. राष्ट्रीय स्तर पर ग्राहक प्रबोधन कार्य।
4. ग्राहक संगठनों का मार्गदर्शन करना तथा उन पर नियंत्रण रखना, उनके कार्यकर्ताओं तथा उनकी मदद करना, मान्यता देना।
5. वस्तुओं के भावों, वस्तुओं की कमी, आपूर्ति पर नजर रखना। कृषि मूल्य और औद्योगिक मूल्य का अनुपात कायम रखना।
6. राष्ट्रीय स्तर की परिषद् के अनुसार राज्य परिषद् व जिला स्तर पर ग्राहक कक्ष अथवा जिला ग्राहक परिषद् कार्य करें, इसका संज्ञान लेना।

केंद्र सरकार ने ग्राहक संरक्षण अधिनियम, 2019 में ग्राहक संरक्षण परिषद् एवं ग्राहक आयुक्त की बात को स्वीकार कर लिया है। अधिनियम में उसकी जिला स्तर पर व्यवस्था भी कर दी है। अब ग्राहक पंचायत के कार्यकर्ताओं का दायित्व है कि वे इस बात के लिए कार्य करें, जिससे ये व्यवस्थाएँ ग्राहक पंचायत की कल्पना के अनुसार कार्य कर सकें।

अनुदान, सहायता, प्रोत्साहन, पुरस्कार

स्वयंसेवी संगठनों को प्रोत्साहन एवं सहायता देने के लिए शासन अनुदान तथा प्रोत्साहन इनाम देता है, लेकिन उसकी वर्तमान पद्धति के कारण स्वयंसेवी संगठनों का व्यावसायीकरण हो गया है। उनका सेवा भाव लुप्त हो गया है, अतः इस पद्धति पर अलग से विचार कर ग्राहक संगठनों पर उसे लागू किया जाए। स्वयंसेवी संगठनों की मदद करने के लिए शासन सभी साधन सामग्री उपलब्ध करवाए, जैसे प्रबोधन कार्यों से संबंधित विभाग ग्राहक संगठनों की कार्यक्रमों के आयोजन संबंधी योजनाओं में मदद करें। विवाद हल करने के लिए अधिकारी मदद करें तथा संगठन की व्यवस्था को नियंत्रित करने के लिए उनका मार्गदर्शन करें। धन के स्वरूप में संगठनों की मदद करने की अपेक्षा सरकार के द्वारा साधन-सामग्री उपलब्ध करवाने के रूप में मदद करना उचित होगा। जैसे प्रबोधन के कार्यक्रमों के लिए जगह उपलब्ध कराने, साहित्य का निर्माण करा देने आदि के रूप में संगठनों की मदद की जानी चाहिए। यदि प्रोत्साहन के लिए पुरस्कार देना है तो वह व्यक्तिगत न होकर संस्थागत हो। संस्था अथवा कार्यकर्ताओं के समूह को वह पुरस्कार दिया जाए, क्योंकि सामाजिक कार्य का स्वरूप सामूहिक होता है। व्यक्तिगत पुरस्कार देने से व्यक्ति में अनिष्ट स्पर्धा, ईर्ष्या एवं मतभेद बढ़ता है तथा गलत प्रवृत्ति को बल मिलता है।

ग्राहक आयुक्त

ग्राहक मंत्रालय के आखिरी छोर के रूप में जिला केंद्र पर जिला ग्राहक आयुक्त नियुक्त करने की माँग ग्राहक पंचायत ने केंद्र सरकार से अपनी श्वेत पत्रिका में की थी। बड़े बाजारों तथा नगरों के लिए ग्राहक आयुक्त हों, राज्य ग्राहक आयुक्त तथा राष्ट्रीय ग्राहक आयुक्त जैसी राज्य तथा केंद्र स्तर पर रचना हो, सरकार ने ग्राहक संरक्षण अधिनियम का संशोधन करने में इस व्यवस्था को लागू कर दिया है, परंतु ग्राहक मंत्रालय की रचना के बारे में अभी कुछ नहीं किया गया है। ग्राहक मंत्रालय को ग्राहक संरक्षण हेतु सभी

मंत्रालयों में हस्तक्षेप करने का अधिकार हो, आयुक्तों को भी अपने क्षेत्रों में सभी विभागों में हस्तक्षेप करने के अधिकार दिए जाएँ। ग्राहक संरक्षण आयुक्त के रूप में उसे रजिस्टार फॉर ग्राहक संगठन, रजिस्ट्रार फॉर ग्राहक अनुबंध, कन्ट्रोलर फॉर मार्केट के अधिकार भी मिलें। राष्ट्रीय तथा राज्य स्तर पर उनको उनके स्तर के अनुरूप अधिकार दिए जाएँ, ग्राहक मंत्रालय का यह आधार रहेगा। ग्राहक मंच तथा ग्राहक आयोग के डायरेक्टर ऑफ रजिस्ट्रेशन एंड इन्वेस्टीगेशन, आयुक्त के समकक्ष अधिकार रहें। यह आयुक्त राष्ट्रीय व राज्य ग्राहक आयोग व जिला ग्राहक कक्ष के सचिव रहेंगे। जिस भाग में ग्राहक के व्यवहार अधिक होते हैं, वहीं पर इनका कार्यालय हो। समय-समय पर उपस्थित होनेवाले प्रश्नों पर नजर रखना तथा ग्राहक कल्याण आयोग की सभी अपेक्षाएँ पूरी करना इन अधिकारियों तथा ग्राहक आयुक्तों का काम होगा। इनकी नियुक्ति राज्य सरकार के अधिकार में होने पर भी यह केंद्रीय ग्राहक मंत्रालय के प्रति जवाबदार रहेंगे।

ग्राहक आयुक्त के अधीन ग्राहक संगठन पंजीकरण अधिकारी, ग्राहक अनुबंध पंजीकरण अधिकारी तथा बाजार नियंत्रक आदि रचना और अधिक विचार करने के बाद लागू की जाए। सरकार ने ग्राहक पंचायत के श्वेत-पत्र में दी गई अधिकतर माँगों को मानकर उनकी व्यवस्था ग्राहक संरक्षण अधिनियम, 2019 में कर दी है। अब ग्राहक पंचायत के कार्यकर्ताओं का कार्य है कि वह देखें कि यह पूरी रचना निर्धारित क्रम के अनुसार उचित तरीके से कार्य करे।

आर्थिक परिषद्

देश की आर्थिक स्थिति पर ध्यान दिए बिना ग्राहक संरक्षण का विचार नहीं हो सकता। श्रमिक, उद्योजक, व्यापारी के द्वारा इस क्षेत्र का विचार प्रधानता से प्रत्येक घटक के हितों के अनुरूप किया जाता है। ग्राहक की कल्पना में समाज के सभी घटकों का समावेश होने के कारण केवल एक घटक के हितों का विचार ग्राहक आंदोलन नहीं कर सकता। ग्राहक हितों का

विचार सभी आर्थिक भूमिकाओं को ध्यान में रखते हुए ही करना पड़ता है। दूसरे शब्दों में, संपूर्ण आर्थिक गतिविधियों का केंद्रबिंदु होने के कारण ग्राहक देश की आर्थिक स्थिति का प्रमुख घटक है। किसी भी व्यक्ति की 99 स्थानों पर अधिकार की अपेक्षा करनेवाली भूमिका अर्थात् ग्राहक की भूमिका होती है, परंतु एक स्थान पर वह उत्पादक, सेवक की भूमिका में होता है। इस भूमिका में उस पर कर्तव्य का बंधन है। इस कर्तव्य भावना का जागरण तथा लालच के कारण इस कर्तव्य की भूमिका से विमुखता पर लगाम लगाना ही ग्राहक संरक्षण है, अत: देश के सभी आर्थिक घटकों के द्वारा आर्थिक समस्याओं का ग्राहक की भूमिका की दृष्टि से विचार करने की प्रक्रिया प्रारंभ करने की आवश्यकता है। ग्राहक पंचायत यह अनुभव करती है कि इसलिए प्रतिवर्ष आर्थिक परिषद् की जानी आवश्यक है। इस परिषद् का आमंत्रक ग्राहक मंत्रालय हो।

ग्राहक मंत्रालय के संयोजन में तैयार होनेवाली इस आर्थिक परिषद् में सभी आर्थिक घटकों का समावेश हो। देश स्तर के उद्योजक तथा संगठन, स्वयंसेवी उद्योजकों के संगठन, व्यापारी संगठन, श्रमिक संगठन, ग्राहक संगठन इसके प्रतिनिधि हों। इन प्रतिनिधियों की नियुक्ति संगठनों के प्रतिनिधित्व के आधार पर की जाए। परिषद् में लिये जानेवाले विषयों की सूची सभी संगठनों को काफी पहले भेजकर उन विषयों पर उन क्षेत्रों के मत अभिव्यक्त करनेवाले पेपर उनके संगठनों के प्रतिनिधि परिषद् में चर्चा के लिए रखें। इन संगठनों के प्रतिनिधियों के अतिरिक्त आर्थिक क्षेत्रों से संबंधित वित्त, श्रम, कृषि, उद्योग, वाणिज्य आदि सभी मंत्रालय इसके प्रतिनिधि हों। लोकसभा और राज्यसभा के सभापति, अध्यक्ष, प्रधानमंत्री, सत्तारूढ़ पक्ष के नेता तथा विरोधी पक्ष के नेता का भी इसमें समावेश हो।

ग्राहक संरक्षण की दृष्टि से महँगाई की कल्पना जितनी महत्त्वपूर्ण है, उतनी ही जटिल भी है। जीवन स्तर, क्रय शक्ति, देश का आर्थिक उत्पादन आदि मुद्‍दे विचारणीय हैं। भारत में 75 प्रतिशत कृषि एवं स्वयंसेवी उद्योजक हैं। अन्य 25 प्रतिशत व्यापारी, बड़े उद्योजक, लघु उद्योजक व वेतनभोगी

आदि हैं। कृषि एवं स्वयंसेवी उद्योजकों को उत्पादन खर्च जितना मूल्य भी नहीं मिलता है, परंतु बड़े उद्योगों में बननेवाली वस्तुएँ, उनके उत्पादन मूल्य से बहुत अधिक कीमत देकर खरीदनी पड़ती हैं। यह वास्तविक स्थिति है। यही सर्वसामान्य ग्राहकों को सताने वाली महँगाई का कारण भी है। यदि महँगाई पर रोक लगानी है तो कृषि उत्पादनों के उत्पादन मूल्य तथा बिक्री मूल्य के अंतर तथा औद्योगिक उत्पादनों के उत्पादन मूल्य तथा बिक्री मूल्य के अंतरों में निश्चित अनुपात रखा जाना आवश्यक है। इस अंतर पर किसी भी प्रकार का बंधन न होने के कारण कृषि एवं स्वयं उद्योजकों की 75 प्रतिशत संख्यावाले घटकों को महँगाई का सामना करना पड़ता है। आर्थिक परिषद् में इस अनुपात पर विचार हो, क्योंकि इस अनुपात के अभाव में 75 प्रतिशत लोग अपनी आमदनी से दैनंदिन आवश्यकताओं की वस्तुएँ भी नहीं खरीद पाते। मात्र 25 प्रतिशत लोग ही दैनंदिन आवश्यकताओं की वस्तुओं के अतिरिक्त जीवन स्तर की स्पर्धा कर नए-नए फैशन अपनाते हैं। उनका अनुकरण करने की लालसा 75 प्रतिशत लोगों में पैदा होती है, जिससे आर्थिक संघर्ष की परिस्थितियों का जन्म होता है। इस स्थिति को टालने के लिए अनुपात निर्धारित करने के साथ ही दैनंदिन आवश्यकताओं की वस्तुओं पर आधारित जीवन स्तर के मानकों का निर्धारण करना भी आवश्यक है। कम-से-कम दैनंदिन आवश्यकता की वस्तुएँ सभी को सहज, समुचित भाव में उपलब्ध हों, इसकी व्यवस्था शासन करे, यह अपेक्षा है। यद्यपि शासन इसके लिए विभिन्न योजनाएँ बनाता है, सबसीडाइज्ड आपूर्ति करने की योजनाएँ बनती हैं। यह सब ग्राहक संरक्षण के लिए किया जाता है। वेतनभोगी लोगों को महँगाई बढ़ने के आधार पर भत्ता दिया जाता है। यह श्रमिक हितों की रक्षा के लिए किया जाता है, जिससे श्रमिकों में दो वर्ग तैयार होते हैं। पूर्ण संरक्षित श्रमिक वर्ग और आंशिक संरक्षित श्रमिक वर्ग।

इसी से वेतन वृद्धि, भाव वृद्धि का दुष्चक्र प्रारंभ होता है, जिससे 75 प्रतिशत असंगठित स्वयंसेवी उद्योजक सीधे प्रभावित होते हैं और उन्हें महँगाई का सामना करना पड़ता है। इस स्थिति को नियंत्रित करने के लिए जीवनस्तर

तथा कम-से-कम आवश्यकता की वस्तुओं की कल्पना स्पष्ट होनी तथा उसका राष्ट्र की आय से संबंध होना आवश्यक है। विश्व के विकसित देशों के जीवनस्तर की तुलना में अपने देश का जीवनस्तर बढ़ाने की दृष्टि से हम अनेक योजनाएँ बनाते हैं। उस समय देश की आय बढ़ाने की खटपट भी करते हैं, परंतु जीवनस्तर बढ़ाने की दृष्टि से दौड़ने की रफ्तार तथा देश की आय बढ़ाने की रफ्तार में बहुत अंतर है, अतः आर्थिक अनुशासन के रूप में जीवनस्तर को ऊँचा उठाने का वेग राष्ट्रीय आय से तथा भारत के बहुसंख्य लोगों के कम-से-कम जीवनमान से संबंधित होना चाहिए। देश के जीवनस्तर अर्थात् 75 प्रतिशत किसान एवं स्वयंसेवी उद्योजकों के जीवनस्तर को मान्यता देकर उनकी आयु तथा जीवनस्तर को आधार मानकर 25 प्रतिशत वेतनभागियों के जीवनस्तर तथा उसके लिए उनके वेतन का विचार किया जाना चाहिए। किसानों को उनकी आय से रोजमर्रा के उपयोग की वस्तुएँ उपलब्ध होनी आवश्यक हैं। दैनंदिन आवश्यकता की वस्तु के अतिरिक्त अन्य वस्तु भी अंतरभूत हो जाती है या उसे किसी अन्य वस्तु की आवश्यकता पड़ती है। इस दृष्टि से उसे वेतन देकर संरक्षित किया जाए और आर्थिक परिषद् इस पूरी व्यवस्था व प्रकिया का विचार करे। आवश्यक वस्तुओं में बहुत सी वस्तुओं के लिए विदेशों पर अवलंबित रहना पड़ता है। उनमें से अनेक वस्तुएँ अपने देश में बनने भी लगी हैं। परिषद् इस पर ध्यान देकर अपने देश में बननेवाली वस्तुओं को संरक्षण दे तथा उन वस्तुओं का यहाँ पर निर्माण होने के कारण परिषद् उन्हें विदेश से लाने पर प्रतिबंध लगाए। इस कार्य के लिए ग्राहकों की मन:स्थिति को बनाने का कार्य ग्राहक आंदोलन करे। आर्थिक परिषद् में इन विषयों के अतिरिक्त अन्य विषय भी आ सकते हैं। यह विशेषज्ञों के विषय हो सकते हैं। देश की आर्थिक प्रकिया में सर्वसामान्य का सहभाग आर्थिक परिषद् की व्यवस्था से होगा।

□

ग्राहक आंदोलन का विकास

आधुनिक भारत में ग्राहक आंदोलन का प्रारंभ 1915 के आसपास माना जाता है, जब मुंबई में Passengers & Traffic Relief Association की स्थापना की गई। इसके बाद मुंबई में ही 1966 में Consumers Guidence Society of India की स्थापना हुई। CGSI द्वारा कुछ स्थानों पर शाखाएँ भी खोली गईं। इसके द्वारा किए जानेवाले कार्यक्रमों में ग्राहक शिक्षा, प्रचार, प्रदर्शनी आदि आयोजन थे। इसने एक पत्रिका भी प्रकाशित की, जिसमें यह विभिन्न खाद्य सामग्रियों की रिपोर्ट प्रकाशित करती थी। इनकी कार्यसूची में ग्राहक शिकायतों के संबंध में मार्गदर्शन भी था। 1970 में दूसरे संगठन की स्थापना Karnatic Consumer Society की स्थापना कर्नाटक में हुई। यह संस्था लोगों के बीच ग्राहक जागृति के कार्यक्रम करने के साथ ही स्कूल-कॉलेजों में सेमिनार आदि आयोजित कर ग्राहक विषयों पर कार्य करती है। 1970 में ग्राहक आंदोलन विकसित हुआ। 1973 में विशाखापट्टनम में Vishakha Consumer Council की स्थापना हुई। इस संगठन ने 15 अन्य संगठनों के साथ मिलकर गरीबी रेखा के नीचे आनेवालों के लिए राशनकार्ड बनवाने तथा सरकारी राशन की दुकानें खुलवाने के लिए कार्य किया। इसी संगठन ने LPG उपभोक्ताओं की समस्याओं तथा दूध से संबंधित कार्य भी किया। 1974 में अखिल भारतीय ग्राहक पंचायत की नागपुर व पुणे में, मुंबई ग्राहक पंचायत की स्थापना मुंबई में तथा ग्राहक पंचायत जमशेदपुर की स्थापना की गई, जिसने

व्यापारियों द्वारा ग्राहकों को वस्तुएँ अधिक दाम पर बेचने की बात उठाई। इसके लिए ग्राहक पंचायत द्वारा वस्तुओं को थोक दाम पर खरीदकर, उन्हें कम कीमत पर बेचने का कार्य किया गया। इस हेतु तीनों ही स्थानों पर ग्राहक को-ऑपरेटिव स्टोर्स खोले गए। इन तीनों स्थानों में से जमशेदपुर का को-ऑपरेटिव स्टोर्स बंद हो गया तथा पुणे का को-ऑपरेटिव स्टोर्स एक स्वतंत्र संगठन के स्टोर्स के रूप में चल रहा है। मात्र मुंबई ग्राहक पंचायत सही ढंग से खरीद वितरण कार्यक्रम आज भी चला रही है। अखिल भारतीय ग्राहक पंचायत वर्तमान में को-ऑपरेटिव स्टोर्स से अलग हटकर स्वतंत्र रूप से ग्राहक जागरण के कार्य में लगी हुई है।

अहमदाबाद में 1978 में Consumer Education & Research Centre की स्थापना की गई। स्थापना के समय से ही सेंटर ग्राहक अधिकारों की रक्षा के लिए कानूनी व्यवस्थाओं की देखभाल कर रहा है। यह संगठन ग्राहकों के लिए ट्रेनिंग कार्यक्रमों का आयोजन भी करता है। इसकी अपनी प्रयोगशाला है, जिसमें यह ग्राहक उत्पादनों का जैसे दवाइयाँ, खाद्य पदार्थ तथा घरेलू उपकरणों की जाँच करता है। 1980 में बहुत से ग्राहक संगठनों की स्थापना हुई, जिनकी संख्या 800 के लगभग थी तथा जो स्वयं को ग्राहक गतिविधियों में संलग्न बताते थे। 1980 में ही जाग्रत् ग्राहक संगठन की स्थापना बड़ौदा में हुई। यह संगठन सेमिनार, ग्राहक शिक्षण व प्रकाशन के साथ 45 ग्राहक शिकायत केंद्र भी संचालित करता है। एक अन्य संगठन Consumer Unity & Trust Society (CUTS) की स्थापना 1983 में जयपुर में की गई। आज CUTS के चार केंद्र जयपुर, दिल्ली, चित्तौड़गढ़ तथा कोलकाता में चल रहे हैं। इसके Lusaka और Zambia में भी केंद्र हैं। 1983 में ही Voluntary Organisation in the Interest of Consumer Education (VOICE) की स्थापना दिल्ली में हुई। यह संगठन तभी से ग्राहक हितों के संबंध में कार्य कर रहा है। यह दो पत्रिकाएँ भी प्रकाशित करता है, अंग्रेजी में Consumer Voice तथा हिंदी में अंकित वाणी।

ग्राहक आंदोलन की स्थिति

भारत में ग्राहक आंदोलन उतना ही पुराना है, जितना यहाँ का व्यापार। प्राचीन ग्रंथ कौटिल्य के 'अर्थशास्त्र' में भी व्यापार व उद्योग द्वारा किए जानेवाले अनेक प्रकार के शोषणों से ग्राहक को बचाने के लिए अनेक नियम दिए हैं, जिनमें कम माप व वजन, मिलावट तथा उसके लिए दंड के प्रावधान भी दिए गए हैं। इतना पुराना इतिहास होने पर भी देश में संगठित, व्यवस्थित ग्राहक आंदोलन नहीं है, जो ग्राहक हितों की उपयुक्त रक्षा कर सके। आजादी के पूर्व ग्राहकों की रक्षा के लिए भी पूर्व में वर्णित अन्य कानून ही प्रयोग किए जाते थे। जैसे एग्रीकल्चर प्रोडक्शन ग्रेडिंग व मार्केटिंग एक्ट 1937, ड्रग एवं कॉस्मेटिक्स एक्ट 1940 आदि, परंतु फिर भी ग्राहकों में जागरूकता की मात्रा काफी कम है।

ग्राहक का वास्तविक दृष्टिकोण

ग्राहक सभी आर्थिक गतिविधियों का केंद्र है। भारतीय संस्कृति में उसे ईश्वर के रूप में भी माना गया है। वह लोकतंत्र की धुरी है, परंतु दुर्भाग्य से अनेक कारणों से हमारी अर्थव्यवस्था ने सदैव ग्राहक को नकारा है। कोई भी व्यक्ति, जो अपने उपभोग के लिए वस्तु या सेवाएँ खरीदता है; ग्राहक है। इसमें पुन: बिक्री के लिए वस्तु खरीदनेवाले नहीं आते। दूसरे शब्दों में, ग्राहक वह है, जो स्वतंत्र रूप से यह निर्णय लेने में सक्षम है कि उसे दुकान से कौन सी वस्तु खरीदनी चाहिए। कोई भी ग्राहक किसी दुकान में जब कपड़ा, खिलौना, खाद्य पदार्थ या आवश्यकता की पूर्ति के लिए कोई अन्य वस्तु खरीदने जाता है तो वह ग्राहक के रूप में निर्णय करता है। यह अलग बात है कि उत्पादक ग्राहक को भ्रमित करने के लिए विज्ञापनों का सहारा लेते हैं। ग्राहक इन विज्ञापनों के प्रभाव में आता भी है। ग्राहक को अलग-अलग स्थानों पर अलग-अलग तरह से परिभाषित किया गया है। वस्तु की पूरी कीमत के स्थान पर आंशिक कीमत चुकाकर खरीदने या अन्य कानूनों में बताई परिभाषा के अनुसार भी व्यक्ति को ग्राहक कहा जाता है।

वैश्विक ग्राहक आंदोलन

विश्व पटल पर ग्राहक आंदोलन का प्रारंभिक कालखंड सन् 1960 के आसपास कुछ सशक्त ग्राहक कार्यकर्ताओं के द्वारा प्रारंभ किया गया। यद्यपि इसके पूर्व भी ग्राहक संगठनों का छिटपुट स्वरूप देखने को मिलता था, परंतु यह प्रभावशाली ग्राहकों के द्वारा वस्तुओं का परीक्षण कराने तक मर्यादित था। इसी वर्ष अमेरिका, यूरोप तथा ऑस्ट्रेलिया के पाँच ग्राहक संगठनों के द्वारा इंटरनेशनल ऑर्गेनाइजेशन ऑफ कंज्यूमर्स यूनियन (आई.ओ.सी.यू.) की स्थापना की गई। वर्ष 1995 के आसपास इस संगठन ने अपना नाम बदलकर कंज्यूमर्स इंटरनेशनल (सी.आई.) कर लिया। उस समय इसके 85 देशों में 200 सदस्य थे। आज यह संभव ही नहीं है कि किसी भी देश में कोई-न-कोई ग्राहक संगठन न हो। आज विश्व के विभिन्न देशों के ग्राहक संगठन एक-दूसरे से कार्य के तरीके सीखने के साथ ही सीमा पार के दूसरे देशों में उन ग्राहकों की समस्याएँ सुलझाने में मदद करते हैं, जिनका किसी एक स्थान पर निवारण हो पाना संभव नहीं होता है। ग्राहकों की मदद करने की दृष्टि से प्रारंभ किए गए ये ग्राहक संगठन आज अधिकाधिक जानकारी जुटाने के साथ ही अपने स्तर पर कई प्रकार के निर्णय ले पाने में भी सक्षम हैं। आई.ओ.सी.यू. के द्वारा ग्राहकों की विस्तृत समस्याओं पर ध्यान देने, समस्याओं के विषय में विस्तृत जानकारी जुटाने के साथ-साथ कम विकसित देशों में ग्राहक संगठन का कार्य प्रारंभ करवाने का कार्य भी वर्तमान में किया जा रहा है। सन् 1960 से लेकर सन् 1980 तक समानांतर ग्राहक आंदोलन ही विकसित हो पाया था, जिसमें अधिक विकसित देशों के ग्राहक संगठनों का आकर्षण विलासिता तथा समृद्धि के लिए उपयोग किए जानेवाले उत्पादनों पर ही अधिक केंद्रित हुआ करता था, जैसे मोटरगाड़ियों में सुरक्षा की दृष्टि से संबंधित उपकरणों की कमियाँ, भ्रामक विज्ञापन, वस्तु के विषय में पर्याप्त जानकारी देनेवाले लेबलों को न लगाना तथा वस्तुओं की अपर्याप्त गारंटी या वारंटी। समृद्ध देश इन समस्याओं के बारे में दूसरे देशों में उपलब्ध जानकारियों से तुलना कर इस बात को सीखते हैं कि उनके देश में इस तरह की समस्याओं का निदान

किस प्रकार किया जाए? अमेरिका विश्व का पहला देश था जिसने सिगरेट के पैकेटों पर वैधानिक चेतावनी लिखने की माँग की थी। बाद में दूसरे देशों में भी यह माँग उठाई जाने लगी। न्यूजीलैंड तथा ऑस्ट्रेलिया विश्व के पहले देश थे, जहाँ पर मोटर वाहनों में सीट बेल्ट के उपयोग को अनिवार्य बनाने से संबंधित कानून बनाए गए। पहले यह कानून पश्चिमी यूरोप तथा अमेरिका में लागू हुआ, बाद में यह कनाडा, फ्रांस, रूस, चीन, ब्राजील और जर्मनी आदि देशों में भी लागू हुआ। इसके अतिरिक्त एक अन्य महत्त्वपूर्ण बात यह है कि धनी देशों के ग्राहक संगठनों को पर्याप्त पैसा उपलब्ध हो जाता है। कई बार तो इन संगठनों को सरकार के द्वारा भी वित्तीय सहायता दे दी जाती है। इसी के साथ इन देशों के ग्राहक संगठनों को अभिव्यक्ति एवं संगठित होने की स्वतंत्रता भी मिल जाती है।

जबकि ठीक इसी कालखंड में कम विकसित या अविकसित देशों के ग्राहक संगठनों की प्रमुख समस्या गरीबी से संबंधित रही है। इन देशों के नागरिकों की प्राथमिक समस्या गरीबी से निपटने की रही है। यह अच्छी बात है कि ग्राहकों को पर्याप्त सूचनाएँ व जानकारी उपलब्ध कराई जाएँ, लेकिन उससे कहीं अधिक जरूरत इस बात की है कि इन देशों के ग्राहकों की थाली तक खाना और तन ढकने के लिए कपड़ा पहुँचे। इस कारण अविकसित तथा कम विकसित देशों के ग्राहक संगठनों का ध्यान इन समस्याओं पर केंद्रित होना लाजिमी था। इन देशों के ग्राहक संगठनों ने अपना ध्यान पर्याप्त भोजन, स्वच्छ पेयजल और स्वास्थ्य लाभ के लिए उपयुक्त दवाइयों की उपलब्धता जैसी समस्याओं पर केंद्रित किया। इन देशों के ग्राहक संगठन विकसित पश्चिमी देशों के ग्राहक संगठनों के कार्य को एक तरह विलासिता का पोषण करनेवाला माना करते थे। ग्राहक आंदोलन के कार्य को वैश्विक स्तर पर एकरूपता देने में सबसे बड़ी बाधा तो यही है कि कम विकसित देशों के ग्राहक आंदोलन से जुड़े कार्यकर्ता, पश्चिमी देशों के अपने सहयोगियों के द्वारा किए जानेवाले ग्राहक आंदोलन के कार्यों को अपने देश की परिस्थितियों में अनावश्यक मानते हैं। आर्थिक संसाधनों के अभाव में इन कम विकसित

देशों की सरकारों का इन ग्राहक संगठनों के प्रति व्यवहार भी शत्रुतापूर्ण है। सन् 1978 से सन् 1984 तक आई.ओ.सी.यू. के अध्यक्ष रहे मलेशियन नेता का भी मानना था कि ग्राहक आंदोलन लोगों के लिए है, न कि वस्तुओं और बाजार के लिए। यह आंदोलन मानव सम्मान एवं सामाजिक न्याय की विस्तृत लड़ाई का एक भाग है।

विकसित देशों के ग्राहक संगठनों ने भी आई.ओ.सी.यू. के माध्यम से धनी तथा गरीब देशों के ग्राहक संगठनों के बीच के इस अंतर को पाटने के लिए अनेक प्रयास किए, जिनमें आई.ओ.सी.यू. के द्वारा दक्षिण-पूर्व एशिया, दक्षिण अमेरिका तथा बाद में अफ्रीका में अपने कार्यालय खोलकर इन क्षेत्रों के अपेक्षाकृत नवीन ग्राहक आंदोलन को आवश्यक वस्तुओं को उपलब्ध कराने के साथ ही आर्थिक सहयोग भी दिया गया है। लगभग एक दशक तक ग्राहक आंदोलन की भूमिका का प्रचार करने के बाद आई.ओ.सी.यू सन् 1985 में संयुक्त राष्ट्र संघ के द्वारा कुछ ग्राहक सिद्धांतों को बनवाने में सफल हो पाए। संयुक्त राष्ट्र संघ का आग्रह है कि विश्व के सभी देश ग्राहक हित के इन सिद्धांतों का पालन करें। वैश्विक स्तर पर विभिन्न ग्राहक संगठनों के बीच एकता स्थापित करने के विभिन्न प्रयासों के बाद भी इस तथ्य से इनकार नहीं किया जा सकता कि विकसित तथा विकासशील व अविकसित देशों के ग्राहक संगठनों की प्राथमिकताओं में अभी भी बहुत से मतभेद हैं। वर्तमान दशक में विश्व के कई क्षेत्रों के देशों में ग्राहक आंदोलन से संबंधित जागरूकता में काफी वृद्धि हुई है। सन् 1990 से पहले विश्व के जिन देशों में ग्राहक संगठन नहीं हुआ करते थे, आज उन देशों में भी ग्राहक संगठन पर्याप्त संख्या में कार्यरत हैं। विशेषकर मध्य तथा पूर्व यूरोप, मध्य-पूर्व तथा अफ्रीका आदि देशों में। इसी के साथ वर्तमान में विकसित तथा विकासशील एवं अविकसित देशों के ग्राहक संगठनों की समस्याएँ भी एक ही प्रकार की हो गई हैं। विश्व के द्वारा की गई आर्थिक गति ही इसके मूल में है।

उदाहरण के लिए आज मैक्सिको, सऊदी अरब तथा चीन में बच्चों में मोटापे की जितनी दर है, उतनी ही अमेरिका में भी है। ब्राजील, रूस, चीन

तथा भारत में कार मालिकों की संख्या में लगातार बढ़ोतरी होने के कारण ड्राइवरों, यात्रियों तथा पैदल चलनेवालों की सुरक्षा से संबंधित समस्याएँ बढ़ी हैं। वास्तविकता यह है कि सड़क दुर्घटनाओं में होनेवाली मृत्यु दर, प्रति किलोमीटर प्रति व्यक्ति विकसित देशों की तुलना में कम विकसित देशों में अधिक है। वह समय बीते अधिक अरसा नहीं हुआ, जब विकासशील और अविकसित देशों के ग्राहक किसी भी प्रकार की टेलीफोन सुविधा, स्थायी या मोबाइल से वंचित हुआ करते थे। आज गरीब-से-गरीब देशों के अधिकतर घरों में अपना मोबाइल फोन है। इसी कारण उनको भी समृद्ध देशों की ही तरह स्पष्ट ग्राहक अधिकारों की आवश्यकता है, क्योंकि आजकल वे भी टेलीफोन पर ही अपनी खरीदारी करते हैं। दूसरा उदाहरण वायु तथा जल के संबंध में है। आज जिन देशों की प्राथमिक आवश्यकताएँ पूरी होने लगी हैं, उनमें वायु तथा जल के प्रदूषण को समस्या माना जाने लगा है, जिसके कारण चीन, भारत, सिंगापुर तथा चिली आदि देशों से स्वच्छ हवा तथा पानी की माँग जोर-शोर से उठने लगी है।

मोटापा, यातायात सुविधाओं तथा प्रदूषण से संबंधित एक ही प्रकार की समस्याओं ने विभिन्न स्तरों की आर्थिक प्रगति करनेवाले देशों को लगभग एक ही प्रकार की ग्राहक समस्याओं के मुहाने पर लाकर खड़ा कर दिया है। आज यह देश एक-दूसरे के साथ इन समस्याओं से संबंधित अपने अनुभव साझा करते हैं और एक-दूसरे को सलाह देते हैं। ग्राहक समस्याओं में विशेष रूप से वे समस्याएँ भी होती हैं, जिनका संबंध दूसरे देशों से आनेवाली वस्तुओं और सेवाओं से होता है तथा जिनका अंतरराष्ट्रीय स्तर पर हल तलाश करने की आवश्यकता पड़ती है। नकली वस्तुओं से संबंधित समस्या का निराकरण ढूँढ़ने की आवश्यकता पूरी दुनिया को है। नकली वस्तुओं तथा पदार्थों का प्रयोग ग्राहकों के लिए जानलेवा भी हो सकता है, विशेषकर औषधियों तथा चिकित्सा उपकरणों आदि से संबंधित। इंटरनेट पर होनेवाले अपराधों तथा घोटालों से संबंधित एक अन्य व्यापक समस्या है। इसके साथ ही बौद्धिक संपत्ति के अधिकार, जिनमें वैज्ञानिक अनुसंधान, फिल्में, संगीत,

पुस्तकें तथा अन्य रचनात्मक कार्य भी आते हैं। इन विषयों पर होनेवाली परिचर्चाओं में विकसित तथा विकासशील व अविकसित देशों के दृष्टिकोणों की भिन्नता देखने को मिलती है। आज चीन जैसे विकासशील देश की अधिक बौद्धिक संपदा बनाने में रुचि है। वह चाहता है कि संपत्ति के अधिकार व ग्राहक की पहुँच को संतुलित करनेवाले अंतरराष्ट्रीय नियम लागू किए जाएँ। जलवायु परिवर्तन की समस्या भी तेजी से उभर रही है, जिसका निराकरण भी अंतरराष्ट्रीय सहयोग से ही ढूँढ़ा जा सकता है। अनेक देशों में ग्राहक संगठन तथा ग्राहक जागरूकता दिखाई देने लगी है। कंज्यूमर इंटरनेशनल ने भी अंतरराष्ट्रीय स्तर पर ग्राहक आंदोलन की सक्रियता फैलाने में महत्त्वपूर्ण भूमिका अदा की है। ग्राहक संगठनों का विस्तार अब 120 देशों तक हो चुका है तथा पूरे विश्व में इसकी सदस्य संख्या 250 तक पहुँच चुकी है। इसी के साथ कंज्यूमर इंटरनेशनल संगठन के द्वारा किए जानेवाले उपक्रमों में उसके सभी सदस्य देश तथा वहाँ के आवश्यक व महत्त्वपूर्ण विषय भी सम्मिलित रहते हैं। कंज्यूमर इंटरनेशनल प्रतिवर्ष 15 मार्च को विश्व ग्राहक दिवस किसी एक ग्राहक समस्या को केंद्र में रखकर मनाता है। बच्चों के स्वास्थ्य के लिए हानिकारक भोजन की बिक्री को कम करवाने के लिए यह संगठन प्रयासरत है। वित्तीय कंपनियों की सेवा में उचित व्यापार को प्राथमिकता दिलवाने पर कार्य करने के साथ ही विश्व में मोबाइलधारकों की संख्या व टेली मार्केटिंग कंपनियों में ग्राहक अधिकारों की स्थापना आदि की आवश्यकताओं पर वैश्विक स्तर पर विचारों को प्रचारित-प्रसारित किया गया है। कंज्यूमर इंटरनेशनल द्वारा यह भी अनुभव किया गया है कि कम विकसित देशों के ग्राहक संगठन, विकसित देशों के ग्राहक संगठनों की तुलना में एक-दूसरे की सहायता और सहयोग के लिए अधिक संख्या में आगे आ रहे हैं। भारत के एक ग्राहक संगठन कंज्यूमर यूनिटी तथा ट्रस्ट सोसायटी की गतिविधियाँ दो दशकों तक भारत में ही संचालित थीं, जो आजकल जाम्बिया, केन्या तथा हनोई में भी चल रही हैं।

वर्ष 2013 से कंज्यूमर इंटरनेशनल ने अपनी रिपोर्ट में वैश्विक स्तर

पर ग्राहक संगठनों की सक्रियता के साथ-साथ उस कार्य के विवरण को भी जोड़ना प्रारंभ कर दिया है, जिसे करना बाकी है। कंज्यूमर इंटरनेशनल के द्वारा विश्व भर में कार्यरत ग्राहक संगठनों का सर्वेक्षण भी कराया गया। इस सर्वेक्षण में कंज्यूमर इंटरनेशनल को 58 देशों के 70 ग्राहक संगठनों का प्रतिसाद मिला, जिसमें लगभग 80 प्रतिशत ग्राहक संगठनों ने बताया कि उनके देशों में सरकारें जब भी ग्राहकों से संबंधित नीतियाँ बनाती हैं, उन्हें सलाह देने के लिए आमंत्रित किया जाता है। आधे से अधिक ग्राहक संगठनों का कहना था कि वे अपने देश की सरकारों के साथ मिलकर ग्राहकों के लिए संयुक्त उपक्रम चलाते हैं। लगभग सभी देशों के ग्राहक समूहों का कहना था कि वे निजी तौर पर भी बहुत से कार्यक्रम आयोजित करते हैं, जिनमें ग्राहक शिक्षा, शिकायत निवारण, ग्राहक समर्थन, ग्राहक मार्गदर्शन तथा ग्राहक नीतियों को लागू करवाने से संबंधित कार्यक्रम होते हैं। विशेष यह कि इनमें उन देशों के ग्राहक समूह भी सम्मिलित हैं, जिनके लिए कार्यक्रम के आयोजन के लिए धन की व्यवस्था करना चुनौतीपूर्ण कार्य है।

कंज्यूमर इंटरनेशनल ने इन सुनहरी तसवीरों के साथ ही अपनी रिपोर्ट में कुछ बड़ी कमियाँ भी बताई हैं, जिसके अनुसार अध्ययन में सम्मिलित 18 कम आय वाले देशों में सामान्य ग्राहक संरक्षण कानून की कमी के साथ ही सुसंगत ग्राहक संरक्षण नीति का भी अभाव है। कई देशों में यह भी देखा गया है कि वहाँ पर कानून तो हैं, परंतु उन कानूनों को लागू करवानेवाली मशीनरी उपलब्ध नहीं है, जिसके कारण कानून का पालन करवाने में कठिनाई है। अंतरराष्ट्रीय ग्राहक आंदोलन की सक्रियता का विचार करते समय मुख्य रूप से दो बातों पर ध्यान देने की आवश्यकता है। पहली चुनौती सरकारों के द्वारा आर्थिक बजट की समस्याओं के कारण बहुत से देशों में सरकारों के द्वारा ग्राहक संगठनों को दी जानेवाली वित्तीय सहायता में कटौती की जा रही है। मध्य तथा पूर्वी यूरोप के उन देशों में विशेष रूप से बजट में कटौती की जा रही है, जहाँ पर ग्राहक संगठन अभी अपेक्षाकृत नए हैं तथा जिन्होंने अभी तक अपने कार्यों पर आनेवाले खर्च को जुटाने में समस्याओं का सामना नहीं

किया है। दूसरी समस्या ग्राहक संगठनों के लिए संसाधन जुटाने से संबंधित है। ग्राहक संगठनों से जुड़े लोग अपने देश की राजनीति में भी प्रभावी हैं। राजनीति में प्रभाव लगभग सभी देशों में देखने को मिलता है। कंज्यूमर मार्केट स्कोर बोर्ड 2013 के अनुसार यूरोपीय यूनियन के देशों में ग्राहकों का विश्वास व्यवसायियों तथा सरकारी अधिकारियों की तुलना में स्वतंत्र ग्राहक संगठनों पर कहीं अधिक है और लगातार बढ़ता जा रहा है। अमेरिका में भी यही स्थिति है। यहाँ पर भी ग्राहक समूहों की विश्वसनीयता काफी अधिक है। इनमें इंटरनेट सुरक्षा, स्वास्थ्य, ऊर्जा मितव्ययिता तथा नवीन तकनीक ज्ञान सम्मिलित है। सन् 2013 की कंज्यूमर इंटरनेशनल की रिपोर्ट के अनुसार पूरा विश्व ग्राहक संगठनों को गंभीरता से लेने लगा है। ग्राहक संगठन अपना स्थान बनाने में सफल हुए हैं।

आधुनिक भारत में ग्राहक आंदोलन

यह कहा जाता है कि भारत में ग्राहक आंदोलन अन्य विकासशील देशों की तुलना में काफी अधिक मजबूत है। भारत एक बहुत बड़ी जनसंख्यावाला देश है। इसकी कुल आबादी का बहुत बड़ा भाग आज भी गरीबी रेखा के नीचे रहता है। अतएव देश में आर्थिक असमानता, अशिक्षा, अज्ञानता विशेष रूप से महिलाओं में होने के कारण यहाँ भी ग्राहक जागरूकता की स्थिति बहुत अच्छी नहीं है। यहाँ ग्राहक न तो स्वयं को अच्छी तरह अभिव्यक्त करने, न ही अपनी रक्षा कर पाने की स्थिति में है। वह आसानी से उद्योग, व्यापार या सेवा प्रदाता की चालाकियों का शिकार हो जाता है। 1991 से बाजारीकरण के कारण पूरा आर्थिक क्षेत्र बदलाव की प्रक्रिया से गुजर रहा है। सरकार के लिए भी ग्राहक संरक्षण महत्त्वपूर्ण विषयों की श्रेणी में है। इसी कारण ग्राहक संरक्षण से संबंधित नीतियाँ, कानून आदि बन रहे हैं। ग्राहकों को सही चयन, सुरक्षा, वस्तु/सेवा के संबंध में अधिक जानकारी तथा विवाद की स्थिति में विवाद निवारण प्रकिया की स्थापना के लिए कई कार्य हो चुके हैं तथा कई किए जाने शेष हैं।

ग्राहक आंदोलन या उपभोक्तावाद एक सामाजिक आंदोलन है, ठीक आजादी या नागरिक अधिकारोंवाले आंदोलन की तरह। अत: ग्राहकों के बीच ग्राहक आंदोलन के बीज तभी तक अंकित दिखते हैं, जब तक उनकी ग्राहक संबंधी समस्या हल नहीं हो जाती। एक बार समस्या का निराकरण हो गया तो ग्राहक आंदोलन का उत्साह ठंडा होने लगता है। यह सामाजिक लड़ाई मूल्य वृद्धि, खराब वस्तु, वजन कम मिलना, बाजार में वस्तु की कृत्रिम कमी व भ्रामक विज्ञापन आदि से संबंधित है। वहीं अमेरिकी ग्राहक अधिक शिक्षित होने के कारण उत्पादनों को प्रभावित करने, उत्पादन के संबंध में अधिक जानकारी प्राप्त करने, अधिक खरीदारी करने तथा व्यापार द्वारा वस्तुओं की विक्रय योजना को सफलतापूर्वक लागू न कर पाने की स्थितियों से संघर्षरत हैं।

यद्यपि आधुनिक भारत में ग्राहक आंदोलन की शुरुआत सन् 1915 के आसपास से मानी जाती है, परंतु अपने देश में ग्राहक संरक्षण की प्राचीन परंपराएँ रही हैं। प्राचीन ग्रंथों में ग्राहक संरक्षण का विषय विस्तार से मिलता है। इन ग्रंथों के अनुसार किसी भी प्रकार का व्यापार करनेवाले का यह प्राथमिक कर्तव्य है कि वह ग्राहक को उच्च गुणवत्ता की वस्तुएँ तथा सेवाएँ सही स्वरूप, स्थान, मात्रा व उचित मूल्य पर उपलब्ध करवाए। उस कालखंड में इस बात की आवश्यकता अनुभव की जाने लगी थी कि ग्राहक को सही व पूरी तरह न्याय दिलवाने के लिए समुचित कानूनों की रचना तथा ग्राहक संरक्षण व्यवस्था की स्थापना की जानी आवश्यक है। इस वास्तविकता को अनुभव किए जाने के बाद कि ग्राहक को वस्तु तथा सेवाएँ बेचनेवालों के हाथों लुटने की आदत पड़ चुकी है। प्राचीन व्यवस्था में ग्राहक के सामाजिक परिवेश को सुरक्षित करने के साथ ही मानवीय तथा आर्थिक मूल्यों को भी सुरक्षित किया गया। ग्राहक की सुरक्षा के लिए व्यापार के नियमों को बनाया गया। मनु स्मृति, नारद स्मृति, बृहस्पति स्मृति में हमें अर्थशास्त्र के इन नियमों का विस्तार से उल्लेख मिलता है।

यह बात सर्व प्रचलित है कि किसी भी व्यापार की सफलता ग्राहकों पर आश्रित होती है, किंतु अधिक लाभ प्राप्त करने के लालच में व्यापारी वर्ग

बाजार में विभिन्न प्रक्रियाएँ अपनाते हैं, जिनमें अनुचित व्यापार, प्रतिरोधात्मक व्यापार आदि हैं, जो ग्राहक हित के विपरीत हैं। वैदिक काल से पूर्व भारत में वाणिज्य व्यापार काफी अधिक विकसित था। व्यापारिक गतिविधियों में उठाव आया हुआ था। बार्टर, वस्तुओं की अदला-बदली करने की पुरानी प्रथा उस समय प्रचलन में थी। इसके साथ ही अन्य विधियाँ भी उपयोग में लाई जाती थीं। बाद में लोगों के पास अधिक धन आने तथा बाजार प्रणाली के विकसित हो जाने से वाणिज्य तथा व्यापार की भी उन्नति हुई। उस समय उत्पादन व विनिमय सिरनी नाम की संस्था के सहयोग व माध्यम से किया जाता था। इसको हम प्राचीन भारतीस कॉरपोरेशन भी कह सकते हैं। आर्थिक गतिविधियों के बढ़ने के साथ ही ग्राहकों को संरक्षण देने और उसके लिए नियम बनाने की आवश्यकता महसूस की गई। महाभारत में महर्षि वेदव्यास लिखते हैं कि यदि दंड का कोई प्रावधान न हो तो शक्तिशाली गरीब का शोषण करेगा। वह भी इस हद तक कि वह गरीब की पत्नी और बच्चों को भी छीन लेगा। दंड का डर न होने पर भ्रष्टाचारी लोग दूसरों की वस्तुएँ छीनने में तनिक भी समय नहीं लगाएँगे। अनैतिक कार्य होने की वजह से यह सामाजिक प्रक्रिया को छिन्न-भिन्न कर देगा जिसके कारण देश में शीघ्र ही दुष्काल जैसी परिस्थितियाँ बनने लगेंगी। इसलिए कमजोर की रक्षा करने के उद्देश्य से धर्मशास्त्रों में अनुचित व अनैतिक व्यापार की गतिविधियों में लिप्त लोगों के लिए कठोर दंड के प्रावधान किए गए हैं।

भारत के प्राचीन धर्मग्रंथों में इस विषय पर अनेक वर्णन देखने को मिलते हैं। मनुस्मृति में अत्री, गौतम, शुक तथा वशिष्ठ के धर्मशास्त्र का भी उल्लेख किया गया है। यह उल्लेख याज्ञवल्क्य व विष्णु का है। धर्मशास्त्र व हिंदू स्मृतियाँ हिंदू आचार संहिता का मूल हैं। स्मृतियों तथा कौटिल्य अर्थशास्त्र में आर्थिक विषयों का विस्तृत उल्लेख मिलता है कि कौन से कार्य किस प्रकार संपादित किए जाएँ। जैसे दिए गए कर्ज को किस प्रकार वापस लिया जाए, धन को जमा करवाते समय किस प्रकार की सावधानी अपनाई जाए, वस्तुओं की खरीद-बिक्री में किन सावधानियों को अपनाया जाए, भागीदारीवाले

उपक्रमों में किन बातों पर अधिक ध्यान दिया जाए, वस्तु की बिक्री के साथ उपहारों को किस प्रकार संबद्ध किया जाए, वेतन का भुगतान न कर पाने की अवस्था में क्या व्यवस्था अपनाई जाए, अनुबंधों का सही ढंग से पालन न किए जाने पर क्या किया जाए आदि। मनु स्मृति, बृहस्पति स्मृति तथा नारद स्मृति में शासकों, अधिकारियों, व्यापारियों व ग्राहकों के आर्थिक आचरण के विषय में भी लिखा गया है।

मनु का समय ईसा पूर्व छठी से आठवीं शताब्दी बताया गया है। नारद का समय ईसा पूर्व पहली व दूसरी शताब्दी तथा बृहस्पति का ईसा पूर्व 200 ये 400 ईसवी का है। मनु स्मृति के अंतिम स्वरूप का समय द्वितीय शताब्दी ईसा पूर्व तथा ईसवी है, जबकि नारद स्मृति का काल पाँचवीं या छठी शताब्दी। स्मृतियों की कुल संख्या बहुत अधिक है। यदि उनके विश्लेषण में जाएँ तो वह और भी विस्तृत है। इसमें बड़ी बात यह है कि इन स्मृतियों का विश्लेषण सिर्फ यह नहीं बताता कि उनमें क्या है? उसमें यह भी है कि उनके संदेशों को वर्तमान में देश व काल के सामाजिक परिवर्तनों का ध्यान रखते हुए किस प्रकार अपनाया जा सकता है। विष्णुगुप्त व कौटिल्य का लिखा अर्थशास्त्र मौर्य कालखंड के समय किया गया कार्य है। चंद्रगुप्त मौर्य के समय की परंपराएँ न्यूनाधिक वही हैं, जो चौथी शताब्दी में थीं।

यह तथ्य है कि प्राचीन भारत के न्यायविदों द्वारा कानून को भी धर्म की एक शाखा के रूप में ही लिया गया। धर्म और कानून को अलग-अलग करके नहीं देखा गया। यही बात भारत की प्राचीन परंपराओं को विश्व में सबसे अलग एक महत्त्वपूर्ण स्थान प्रदान करती है। इसमें धर्म को एक विस्तृत विचार के साथ जोड़ा गया जिसका अर्थ सामान्य कर्तव्य तथा दायित्व में धार्मिक, चारित्रिक, सामाजिक तथा कानूनी, सभी प्रकार के आचरण आते हैं। आपसी सौहार्द से धर्म आधारित व्यवहार, जिसमें एक का अधिकार दूसरे का दायित्व बन जाता है। सदाचरण के नियमों से हटने का अर्थ धर्म के रास्ते से विलग होना है, जिसको चलानेवाले सभी नियम धर्मशास्त्रों या स्मृतियों द्वारा रचे जाते थे, जिनमें मानवीय चरित्र को संचालित करनेवाली आचरण पद्धति

होती थी। अर्थशास्त्र में भी अनेक नियम वही हैं, जो स्मृतियों में भी दिए गए हैं। अर्थशास्त्र व स्मृतियों के बीच का समन्वय यहाँ तक है कि कौटिल्य द्वारा स्मृतियों में पद्यों के रूप में लिखे गए धर्मशास्त्र की रचना गद्य के रूप में कर दी गई, जिसके कारण पहले जिन नियमों को धर्म के रूप में स्वीकार किया जाता था, अब अर्थशास्त्र के प्रबंधन के कानून के स्वरूप में स्थापित हो गया है। जहाँ धर्मशास्त्र दूसरों को एक व्यक्ति मानते हुए धर्म व सदाचार की शिक्षा देता है, धर्म से हटने को पाप निरूपित करता है। अर्थशास्त्र में शासकों को समझाया गया है तथा उन्हें कानून की अवहेलना को अपराध समझकर राज्य द्वारा दंडित करने के लिए कहा गया है।

अब हम प्राचीन भारत में प्रचलित कुछ परंपराओं व व्यवस्थाओं की चर्चा करते हैं, जिनसे स्पष्ट होगा कि प्राचीन भारतीय परिवेश में ग्राहक संरक्षण किस स्वरूप व स्थितियों में था।

कर्ज एवं ब्याज की दर का निर्धारण

प्राचीन भारत में ग्राहकों को वित्तीय सुरक्षा देने के नियम स्पष्ट हैं। उस समय नारद व बृहस्पति द्वारा बताई प्रचलित ब्याज दरों का वर्णन नीचे दिया गया है—

ब्याज के प्रकार—

1. नियतकालिक ब्याज, माह अनुसार।
2. गारंटीवाला ब्याज, ऋण लेनेवाला वचन देता है।
3. कायिका ब्याज, बिना मूल्य चुकाए रोज दिया जानेवाला ब्याज।
4. चक्रवृद्धि ब्याज, ब्याज पर ब्याज।

नारद द्वारा ब्याज का वर्गीकरण

ब्याज के प्रकार—

1. कालिका, माह अनुसार।
2. कारिका, गारंटीवाला ब्याज।

3. काकरा, जुड़ा हुआ ब्याज।
4. भोगलाभ, गिरवी रखी वस्तु से आनंद उठाकर दिया जानेवाला ब्याज।
5. कायिका ब्याज, शारीरिक श्रम कर चुकाया जानेवाला ब्याज।
6. शिरवाव रिद्धि, प्रतिदिन चुकाया जानेवाला ब्याज।

बृहस्पति द्वारा ब्याज का वर्गीकरण

यदि ऋण वस्तु के स्वरूप में है, तब लगनेवाला ब्याज।

कर्ज ली गईं वस्तु ब्याज मूल का प्रतिशत

नारद स्मृति बृहस्पति स्मृति

स्वर्ण दुगना दुगना

अनाज तिगुना चार गुना

वस्त्र चार गुना तीन गुना

फल/जून/जानवर वर्णन नहीं चार गुना

द्रव, तेल व अन्य आठ गुना आठ गुना

बरतन/वनस्पति वर्णन नहीं पाँच गुना

बीज व गन्ना वर्णन नहीं छह गुना

सेवाओं पर नियंत्रण

ग्राहकों के हितों की रक्षा के लिए सेवा दूसरा महत्त्वपूर्ण क्षेत्र है, जिसमें ग्राहक को सुरक्षा देना आवश्यक है। शिल्पकारों व कारीगरों को बहुमूल्य धातु वस्तुएँ बनवाने के लिए दी जाती हैं, जैसे स्वर्णकारों को आभूषण आदि बनाने के लिए स्वर्ण दिया जाता है। यदि शिल्पकार उसको दी गई धातु में से चोरी करता है तो उसके लिए कौटिल्य द्वारा दंड प्रावधानों का विस्तृत वर्णन किया गया है। स्वर्णकार से जिन संभावित धोखों का वर्णन किया गया है, उनमें वजन करना, बदल देना, काट लेना, खुरच लेना, घिसाई करना आदि हैं, जिनके लिए जुरमाने व सजा आदि प्रस्तावित हैं। कारीगर को ठीक करने

या बनाने के लिए दी गई वस्तु के विषय में समुचित गारंटी है, जिनमें कार्य दी गई समय सीमा में पूरा होना, वस्तु के खो जाने या नष्ट हो जाने पर कारीगर द्वारा वस्तु के मालिक को क्षतिपूर्ति देना, बशर्ते इसके पीछे कोई दुर्घटना न हो।

ग्राहकों को सेवाएँ देनेवालों द्वारा गलत प्रक्रियाएँ अपनाए जाने से भी ग्राहकों को सुरक्षित किया गया था। मनु स्मृति के अनुसार धोबी वस्त्रों की सहज विधि द्वारा चिकनी लकड़ी पर धुलाई करेगा। ग्राहक के अतिरिक्त किसी भी दूसरे व्यक्ति को कपड़े नहीं देगा। वस्त्रों के मालिक के अतिरिक्त किसी भी व्यक्ति को वस्त्र पहनने के लिए नहीं देगा। इस संबंध में कौटिल्य का कहना है कि यदि धोबी कपड़ों की धुलाई चिकने पत्थर या लकड़ी पर नहीं करता तो उसे 6 पण का दंड होगा तथा उसे मालिक को भी नुकसान की भरपाई करनी पड़ेगी। वस्त्रों की रँगाई से संबंधित विवाद का निस्तारण विशेषज्ञ करेंगे। अर्थशास्त्र में इन सेवाओं के लिए समय का निर्धारण भी किया गया है। धोबी कपड़ों की धुलाई चमेली जैसी सफेद करने के लिए एक दिन लगाएगा। धागों के प्राकृतिक रंगों से संबंधित धुलाई के लिए दो दिन का समय नियत किया गया है। कपड़ों को कोरे से सफेद करने के लिए तीन दिन का समय प्रस्तावित है। कपड़ों को हलका रंग देने के लिए पाँच दिन, गहरा नीला रंग देने के लिए छह दिन का समय नियत है। यदि कपड़ों को सफेद, सुंदर और चमकदार लाल, भगवा या लाल रंग का बनाना हो तो सात दिन का समय निर्धारित था। कार्य समय पर व गुणवत्तावाला न होने की दशा में पारिश्रमिक का भुगतान नहीं किया जाएगा, बल्कि कारीगर द्वारा दंड का भुगतान करने का प्रावधान दिया गया है। यदि वस्त्र की लंबाई कम हो जाती है तब मजदूरी में से दो गुना तक जुरमाना काटने का प्रावधान दिया गया है। वस्त्र का वजन कम होने की दशा में हानि के चार गुना तक दंड वसूलने की बात कही गई है। यदि जुलाहा ग्राहक द्वारा दिए गए धागे को किसी अन्य धागे से बदल देता है तो मूल धागे की कीमत के अंतर के दोगुने तक जुरमाना लगाने का भी प्रावधान है। चिकित्सकीय सुविधाओं के संबंध में भी ग्राहक को संरक्षण दिया गया था। यदि किसी चिकित्सा में मरीज की मृत्यु की संभावना

हो तो चिकित्सक को मरीज का इलाज प्रारंभ करने से पूर्व अधिकारियों को जानकारी देनी पड़ती थी।

वस्त्रों की धुलाई संबंधी सेवाओं के संबंध में—

वस्त्र के प्रकार कार्य के लिए दिन

सफेद कपड़े की धुलाई 1

स्टोन वाश 2

अर्ध सफेद 3

पूर्ण सफेद 4

रंगीन हलका लाल 5

नीला 6

केसरिया, लाल, खूनी लाल 7

महँगे वस्त्र जिनमें विशिष्ट देखभाल 7

अर्थशास्त्र में सेवा दोष हेतु प्रस्तावित दंड—

सेवा दोष दंड/सजा

जुलाहे के संबंध में—

लंबाई का कम होना, दंड मजदूरी से काटना, दोगुनी मजदूरी के बराबर जुरमाना

वजन कम होना, वजन की कमी का 4 गुना जुरमाना

गुणवत्ता कम होना, कमी के दोगुने के बराबर जुरमाना

धोबी के संबंध में—

धोबी ने ग्राहक के कपड़े पहने तो 3 पण

वस्त्र बेचना, किराए पर देना, 12 पण

कपड़े बदल जाना, कपड़े के मूल्य का दोगुना जुरमाना, मूल कपड़े वापस करना

कपड़े समय से अधिक रखना, देरी के अनुपात में जुरमाना, वस्त्र की कीमत के बराबर

कपड़े खोना या बदल देना, भरपाई व दोगुना जुर्माना

स्वर्णकार के संबंध में—

माशा के बराबर सोना चुराना 200 पण

माशा के बराबर चाँदी चुराना 12 पण

सारा सोना धोखे से चुराना या बदल देना 500 पण

चिकित्सक के संबंध में—

अधिकारी को सूचित न कर गंभीर बीमारी का इलाज 48-96 पण

गलत इलाज के कारण मृत्यु 200 से 500 पण

गलत इलाज से बीमारी बढ़ना, मामले के अनुसार

अनुबंध तोड़ना—

पूर्व निर्धारित दिए वचन के अनुरूप कार्य न करना अनुबंध तोड़ना होता है। मनु के अनुसार, यदि सेवा देनेवाला दिए गए वचन के अनुसार स्थान, समय व दिन पर सेवाएँ देने में असमर्थ रहता है तो ग्राहक को किसी भी प्रकार का कोई भी मूल्य नहीं चुकाना चाहिए। नारद स्मृति निर्धारित मापदंडों के अनुरूप सेवा न देने वाले की मजदूरी में से 1/6 मजदूरी काट लेने का दंड निरूपित करती है। यदि कोई व्यवसायी किसी सामान को किराए पर लेने के बाद उस सामान की रक्षा नहीं करता तो उसे किराए के चौथे भाग के रूप में दंड, यदि वह कार्य अधूरा छोड़ देता है तो पूरा किराया दंड के रूप में देना चाहिए। यदि कोई मालवाहक उसे दिए गए सामान को गंतव्य तक पहुँचाने में असमर्थ रहता है तो उसका वेतन जब्त कर लिया जाना चाहिए। इसके साथ ही उस पर वेतन का दोगुना दंड के रूप में देने के लिए भी दबाव बनाया जाना चाहिए। यदि मालवाहक प्रारंभ में ही कठिनाइयाँ बतलाता है या उसकी गलती से सामान खराब हो जाता है तो उसे सामान की भरपाई करनी चाहिए। मनु के अनुसार, यदि कोई व्यक्ति किसी वृहद् व्यापारिक संगठन या व्यवसायी से संबंधित है, जो नगर की व्यवस्था चलाता है तथा किसी प्रकार के लालच के कारण पूर्व में तय अनुबंध भंग कर देता है तो उसे राजा दंडित करता है। यह क्षतिपूर्ति 6 निकष, 4 स्वर्ण तथा 4 सतमना के बराबर होती है। इस प्रकार के व्यक्ति के लिए बृहस्पति द्वारा बताए गए दंड के अनुसार उसकी पूरी संपत्ति

जब्त कर शहर, देश निकाला देने की व्यवस्था है। इस प्रकार के व्यक्ति का कारीगरों तथा व्यावसायिक संगठनों द्वारा परित्यक्त करने का वर्णन भी मिलता है। महत्त्वपूर्ण यह है कि इस प्रकार के व्यक्ति को संगठनों के प्रमुखों द्वारा जो भी दंड दिया जाता है, राजा भी उसका समर्थन करता है, क्योंकि संगठनों के प्रमुखों की नियुक्तियाँ ही संगठन के कामकाज का प्रबंधन करने के लिए की जाती हैं।

वस्तुओं का क्रय-विक्रय—

मनु स्मृति के अनुसार, किसी भी एक वस्तु को दूसरी में मिलाने के बाद उसे शुद्ध वस्तु के रूप में नहीं बेचा जा सकता। किसी भी खराब वस्तु को अच्छी बताकर या उचित वजन या माप से कम, कोई वस्तु जो उस समय उपलब्ध नहीं है या चोरी की वस्तु को बेचना अनुचित है। कृषि कार्य में प्रयोग किए जानेवाले बीजों के संबंध में धोखा देनेवाले के लिए बहुत ही कठोर सजा निर्धारित है। दुकानदार यदि इस प्रकार की किसी वस्तु को बीज के रूप में बेचता है, जो बीज नहीं है और किसान उसे खरीदकर बो देता है तो इस प्रकार की सीमा रेखा का उल्लंघन करने वाले को अंग-भंग का दंड देने का प्रावधान है। वह दुकानदार, जो ईमानदार ग्राहक से बेईमानी करता है, ग्राहक को मूल्य या वस्तु की गुणवत्ता के संबंध में धोखा देता है, उसे पहले अपराध के लिए दंडित किया जाना चाहिए। इन सभी वर्णन किए गए अपराधों तथा उनके लिए प्रस्तावित दंडों से मालूम होता है कि प्राचीन भारत में ग्राहक का क्या महत्त्व था व बाजार में गलत व्यापारियों से बचाने के लिए किस प्रकार की वृहद् सुरक्षा व्यवस्थाएँ सुनिश्चित की गई थीं?

जब व्यापारी एक वस्तु दिखाकर कोई दूसरी वस्तु बेचता है तो उसे उसकी कीमत जितना ही या उसका दोगुना जुर्माना ग्राहक को देना पड़ता है। यदि व्यापारी किसी वस्तु को किसी ग्राहक को बेचने के बाद उस वस्तु को किसी दूसरे को दे देता है तो उसे उस वस्तु की कीमत का दुगना ग्राहक को तथा उतना ही जुर्माना राज्य को देना पड़ता है। कोई व्यापारी अपनी वस्तु से संबंधित गलत सूचनाएँ देता है और वस्तु की मात्रा या गुणवत्ता के संबंध में

गलत बताता है तो उस पर वस्तु की कीमत का 8 गुना दंड करने का प्रावधान है। नारद तथा बृहस्पति के अनुसार यदि कोई व्यापारी खराब वस्तु ग्राहक को बेचता है तो उसे ग्राहक को वस्तु की कीमत का दुगना तथा उतना ही दंड राजा को देना पड़ता है।

लकड़ी, लोहा, कीमती रत्न, चमड़ा, मिट्टी से बना सामान, धागा, रेशेयुक्त वस्त्र तथा जूनी वस्त्रों की बिक्री उच्च गुणवत्तावाली बताकर करना, जबकि उनकी गुणवत्ता कम हो तो ऐसी स्थितियों में दुकानदार पर वस्तु की कीमत का 8 गुना दंड लगाने का प्रावधान है। जब व्यापारी किसी घटिया वस्तु को अच्छा बताकर बेचे अथवा वस्तुओं को किसी विशिष्ट स्थान से संबंधित बताकर बेचे, जबकि वह सच न हो या मिलावटी सामान या धोखादायक वस्तुएँ या बेची गई वस्तुओं को किन्हीं निपुण कारीगरों द्वारा तैयार की गई बताकर बेचे तो उसे 54 पण दंड तो देना ही होगा। साथ ही, नुकसान की भरपाई भी करनी होगी। जो व्यवसायी घटिया वस्तुएँ बेचते हैं, उन्हें 1000 पण के दंड का प्रावधान था। अनाज, तेल, क्षारीय, मसाले, इत्र तथा दवाई को समान, परंतु गुणवत्ताविहीन वस्तुओं के बेचने पर 12 पण का दंड था।

व्यापारियों पर गलत क्रय-विक्रय हेतु दंड

गलत कार्य दंड

कम वजन देना 3-12 पण

वस्तु को उच्च गुणवत्तावाली बताकर कम गुणवत्तावाली वस्तु बेचना, 56 पण

वस्तुओं को बेचने में कम संख्या देना, 54-200 पण

सही कीमत से अधिक लेना, 54-200 पण

अधिकृत लाभ से अधिक लेना प्रत्येक 5 प्रतिशत अधिक लाभ के लिए, 200 पण

अनाज, तेल, शक्कर, मसाले, इत्र, औषधि में घटिया सामग्री मिलाना, 12 पण

व्यापारियों द्वारा वस्तु की गुणवत्ता घटाने, लाभ बढ़ाने या खरीद-बिक्री में व्यवधान डालने के लिए संगठित होना, अधिक कीमत पर बेचने के लिए जमाखोरी करने पर 1000 पण

अर्थशास्त्र के अनुसार बिक्री या खरीद में छूट की समय सीमा

किससे खरीद-छुट की समय सीमा

व्यापारी 1 रात

खेत जोतने-वाला 3 रातें

चरवाहा 5 रातें

सुनार 7 रातें

खरीदारी में मंदी

मनु स्मृति के अनुसार, यदि ग्राहक वस्तु की गुणवत्ता से संतुष्ट नहीं है तो वह वस्तु को 10 दिन में वापस कर सकता है, परंतु नारद स्मृति का कहना है कि जब ग्राहक वस्तु को किसी मूल्य पर खरीद लेता है, परंतु बाद में उसे लगता है कि उसने गलती की तो वह व्यापारी को उसी दिन वस्तु को बिना क्षति पहुँचाए वापस कर सकता है। यदि ग्राहक वस्तु को दूसरे दिन लौटाता है तो उसे वस्तु की कीमत का 1/30 भाग कम मिलेगा और तीसरे दिन लौटाने पर इसका दुगना कट जाएगा। इसके बाद ग्राहक को वह वस्तु रखनी पड़ेगी। अर्थशास्त्र में दिया है कि वस्तु में कुछ खराबी है या वह कम गुणवत्तावाली है तो ग्राहक वस्तु को वापस कर सकता है। यदि वस्तु में कोई दोष नहीं है और ग्राहक फिर भी उसे वापस करना चाहता है तो उसे 12 पण दंड देना होगा। मंदी अर्थात् बाजार में जब कीमतों में गिरावट हो तब खरीदारी का प्रस्तावित समय तालिका में दिया गया है।

वस्तु बेचने के बाद भी ग्राहक को न देना

नारद स्मृति के अनुसार, यदि कोई संपत्ति किसी मूल्य पर बेचता है, परंतु उसे खरीदनेवाले को हस्तांतरित नहीं करता है तो उसे क्षति देनी पड़ेगी।

यदि वह अचल संपत्ति है तथा उससे लाभ हो रहा है या फिर वह चल संपत्ति है, यदि बाजार में संपत्ति की कीमतों में गिरावट आ जाती है तो ग्राहक उस गिरावट के कारण आने वाले संपत्ति के मूल्य में अंतर व संपत्ति दोनों प्राप्त करने का अधिकारी है। यह बात वहाँ पर लागू होती है, जहाँ क्रेता व विक्रेता दोनों एक ही स्थान पर रहते हों, परंतु यदि कोई विदेश में रहता है तो मिलनेवाले लाभ को विदेश में भी दिया जाएगा। यदि बेची गई वस्तु क्षतिग्रस्त हो जाती है या नष्ट हो जाती है या उसे कोई दूसरा ले लेता है तो बेचनेवाले को नुकसान की भरपाई करनी पड़ेगी, क्योंकि वस्तु बेचने के बाद उसने वस्तु को खरीदनेवाले को हस्तांतरित नहीं किया। परंतु यदि कोई व्यक्ति किसी को कोई वस्तु बेचकर उस वस्तु को किसी दूसरे को दे देता है तो उसे उस वस्तु की कीमत का दोगुना ग्राहक को तथा उतना ही दंड राजा को देना पड़ेगा।

वजन एवं माप

प्राचीन भारत में ग्राहकों को व्यापारियों द्वारा अपनाई जानेवाली गलत प्रक्रियाओं से बचाने के लिए सभी प्रकार के वजनों को प्रमाणित कर उन पर प्रामाणिक चिह्न अंकित किए जाते थे। मनु के अनुसार, राजा के प्रतिनिधियों को 6 माह में एक बार वजन एवं माप की जाँच करनी चाहिए। अर्थशास्त्र में भी माप एवं बाँट अधीक्षक को राजा द्वारा अधीक्षक नियुक्त करने की व्यवस्था दी गई है। अधीक्षक का यह कार्य है कि बाजार में सभी माप, वजन व तराजू प्रामाणिकतावाले तथा उसके द्वारा सत्यापित हों। बाजार में व्यापारियों द्वारा प्रयोग किए जानेवाले वजन व मापों पर अधीक्षक से मुद्रांकन करवाने की प्रथा थी। अधीक्षक मुद्रांकन के शुल्क के रूप में 4 माशा की राशि लेता था। बिना मुद्रांकित किए वजन या माप का उपयोग करने पर 27 पण दंड था। वजन एवं माप में किसी भी प्रकार की बेईमानी करने पर भी दंड की व्यवस्था थी।

मूल्य नियंत्रण

वर्तमान में भी पूरे विश्व के ग्राहक आंदोलन के सामने सबसे बड़ी व महत्त्वपूर्ण समस्या बाजार में वस्तु व सेवाओं के मूल्यों को नियंत्रित करने

की है। प्राचीन भारत की ग्राहक संरक्षण व्यवस्था में हमें बाजार में वस्तुओं के मूल्य नियंत्रण से संबंधित पद्धतियों का उल्लेख मिलता है। राज्य या व्यापारिक संगठन बाजार में बेची जाने वाली वस्तुओं के बिक्री मूल्य निर्धारित किया करते थे। वस्तुओं के मूल्य निर्धारित करते समय जिस स्थान पर वस्तु को बनाया गया है या पैदा हुई है, किस स्थान तक वस्तु को ले जाया गया है, वस्तु के बनने में लगा समय, वस्तु के गोदाम में भंडारण का समय, संभावित लाभ तथा वस्तु को बनाने में लगनेवाला खर्च आदि सभी घटकों का ध्यान रखा जाता था। मनु लिखते हैं कि राजा व्यापारियों के लिए 5 दिनों में एक बार दाम तय करेगा या प्रत्येक पखवाड़े के अंत में या माह में। यह वस्तु की प्रकृति पर निर्भर करेगा कि राजा वस्तु के दाम तय के करने के लिए कौन सी समय पद्धति अपनाए? राजा को सभी बिक्री योग्य वस्तुओं के खरीदने तथा बेचने के मूल्यों को तय करना चाहिए। मूल्य निर्धारित करते समय यह भी देखना चाहिए कि वे वस्तुएँ बाजार में कब आती हैं, कितने समय बाद उनकी ताजगी नष्ट होने लगती है, कितने समय तक उनको रखा जा सकता है, संभावित लाभ तथा उन पर आनेवाला खर्च आदि। मनु के अनुसार, यदि दुकानदार ईमानदार ग्राहक से बेईमानी करता है या कीमत के संबंध में उसे धोखा देता है तो उसको दंडित किया जाना चाहिए। याज्ञवल्क्य का कहना है कि रोजाना वस्तुओं की खरीद राजा द्वारा निर्धारित दामों पर ही की जानी चाहिए। इस खरीद व बिक्री का अंतर ही व्यापारी का विधि संगत लाभ है। नारद का कहना है कि अधिक लाभ कमाने की प्रवृत्ति के कारण ही व्यापारी वस्तुओं को उन सभी स्थानों पर उतनी बार खरीदते-बेचते हैं, जितनी बार जितने स्थानों पर भी उन्हें लाभ मिल रहा होता है। व्यापारियों को स्थान तथा मौसम के अनुरूप वस्तुओं का न्याय मूल्य निर्धारित करना चाहिए तथा बेईमानीवाले व्यापार से बचना चाहिए। ग्राहकों को शोषण से बचाने के लिए वस्तुओं के उचित मूल्य का निर्धारण एक महत्त्वपूर्ण विषय है।

व्यापारियों पर आपसी साँठगाँठ, संगठित होकर वस्तुओं के मूल्य बढ़ाने-घटाने के लिए भी उस समय कड़े दंड की व्यवस्था थी। साथ ही

व्यापार के वह तरीके निषिद्ध थे, जो प्रतिस्पर्धा को बाधित करते हैं। विष्णु संहिता के अनुसार, प्रतिस्पर्धी की कीमतों को कम करवाने के लिए व्यापारियों का अनैतिक संगठन भी अपराध था, जिसके लिए गंभीर दंड था। वही दंड प्रत्येक दुकानदार के लिए भी निर्धारित था। उन व्यापारियों के लिए जो वस्तुओं की बिक्री रोकने के लिए षड्यंत्र रचते हैं, ताकि अनुकूल परिस्थितियाँ पैदा कर बाद में वस्तुओं को अधिक दाम पर बेचा जा सके, 1000 पण का दंड था। वस्तुओं की जमाखोरी निषिद्ध थी। केवल अधिकृत व्यक्ति ही वस्तुओं का संग्रह कर सकता था और बिना अनुमति के वस्तुओं का संग्रह करने पर वाणिज्य अधीक्षक द्वारा उन वस्तुओं को जब्त कर लिया जाता था।

ग्राहकों के कर्तव्य

भारत के प्राचीन नियमों में ग्राहकों से भी जिम्मेदारीपूर्ण व्यवहार की अपेक्षा की जाती थी। ग्राहक के लिए किसी भी वस्तु को अत्यधिक कम दामों पर या चुपचाप या गाँव के बाहर या किसी बेईमान व्यक्ति से खरीदना गलत माना जाता था। यदि ग्राहक वस्तु राजा द्वारा घोषित उचित मूल्य पर खरीदता था तो कुछ भी गलत नहीं था, परंतु जो धोखा देकर वस्तु खरीदता था, उसे चोर माना जाता था। नारद स्मृति के अनुसार, इस प्रकार के मामलों में व्यापारी की तरह ग्राहक भी दोषी है। ग्राहक के लिए किसी अनजान या संदेहवाले व्यापारी से वस्तु खरीदना गलत है। वस्तु को रखने में उसको सँभालकर न रखना तथा ऊपर की दोनों गलतियों के लिए दोनों पक्षों को ही हानि के लिए जिम्मेदार माना जाता था। बृहस्पति के अनुसार, ग्राहक को वस्तु का धैर्यपूर्वक ध्यान से परीक्षण करना तथा खरीदते समय दूसरों को भी दिखाना चाहिए। वस्तु खरीदने का अर्थ कि वह वस्तु को स्वीकार कर रहा है, अतः उसे वस्तु को वापस करने की स्वतंत्रता नहीं मिल सकती। ग्राहक द्वारा वस्तु का निरीक्षण करने के लिए लगनेवाला समय भी बताया गया है। ग्राहक दुधारू पशु का 3 दिन तक निरीक्षण कर सकता है व अन्य जानवरों का 5 दिन। कीमती रत्नों के संबंध में मोती तथा मूँगे के परीक्षण की अवधि 7 दिन है। सभी प्रकार के अनाजों के

लिए 10 दिन जबकि वस्त्र एवं लोहे का परीक्षण उसी दिन कर लिया जाना चाहिए। यदि वस्त्र को पहनने या एक बार धोने पर किसी प्रकार की कमी दिखाई देती है तो ग्राहक को कीमत के 1/8 भाग के बराबर नुकसान का वहन करना पड़ेगा। दूसरी बार धुलाई होने पर कमी दिखने पर 1/4 भाग के बराबर नुकसान तथा 3 बार धुलाई के बाद 1/3 मूल्य व चौथी धुलाई के बाद आधे मूल्य के बराबर नुकसान उठाना पड़ेगा। मनु का धन को सुरक्षित जमा रखने के संबंध में कहना है कि कोई भी समझदार व्यक्ति अपना पैसा किसी परिवारवाले, अच्छे आचरणवाले, कानून की समझदारी रखनेवाले, सत्यनिष्ठ, बहुत रिश्तेदारोंवाले, धनी एवं सम्माननीय व्यक्ति के पास ही सुरक्षित रखेगा।

सरकारी भूमिका

भारत में 1997 में केंद्र सरकार द्वारा उपभोक्ता मंत्रालय बनाया गया। यद्यपि इसके अंतर्गत अनेक कार्य आते हैं, जैसे आवश्यक वस्तुओं की उपलब्धता, तय संगत मूल्य नीति, उचित मूल्यों की बाजार में देखरेख, वस्तुओं व सेवाओं का प्रमाणीकरण, ग्राहक हितों के संरक्षण के लिए आवश्यक कानून आदि की व्यवस्था। विभाग द्वारा ग्राहक आंदोलन को शक्तिशाली बनाने के लिए विभिन्न अपेक्षित भूमिकाएँ अपनाना, जिसमें मल्टीमीडिया कार्यक्रमों द्वारा ग्राहकों को शिक्षित करना, एन.जी.ओ को ग्राहक सहायता देना, जिला सूचना कार्यालयों की स्थापना, ग्राहक संरक्षण पर महिलाओं व युवकों को राष्ट्रीय पुरस्कार व ग्राहक दिन कार्यक्रमों का आयोजन आदि सम्मिलित हैं।

□

ग्राहक पंचायत की स्थिति एवं कार्य

देश के सभी राज्यों में ग्राहक पंचायत अपनी उपस्थिति दर्ज करवाने में सफल हुई है। महाराष्ट्र व मध्य प्रदेश में इसने अपना अस्तित्व प्रत्येक जिले में बना लिया है और यह तहसील स्तर तक अपनी पहुँच बनाने के कार्य में लगी है। उत्तर प्रदेश के लगभग सभी प्रमुख नगरों में ग्राहक पंचायत कार्य कर रही है। हरियाणा, पंजाब, हिमाचल के अतिरिक्त जम्मू में भी अनेक वर्षों से संगठन के कार्यकर्ता ग्राहकों के हित रक्षण के कार्य में लगे हैं। राजस्थान में संगठन जयपुर, जोधपुर, उदयपुर, बीकानेर, अजमेर, भरतपुर के साथ ही अन्य अनेक नगरों तक पहुँच चुका है। उड़ीसा, गुजरात, छत्तीसगढ़, उत्तराखंड में ग्राहक पंचायत संगठन ग्राहकों के बीच अपनी गहरी पैठ बनाने में सफल रहा है। तमिलनाडु, कर्नाटक, तेलंगाना व आंध्र प्रदेश में संगठन के कार्यालय कई जिलों में ग्राहकों की समस्याओं को सुलझाने के कार्य में लगे हैं। केरल, बंगाल व उत्तर-पूर्व के राज्यों में संगठन का जाल फैलाने के लिए कार्यकर्ता अथक प्रयास में लगे हुए हैं।

संगठन का कार्य, कार्ययोजना तथा कार्यक्रम

देश में ग्राहक आंदोलन के कार्य को जन-जन तक प्रसारित कर उसे जन आंदोलन का रूप देने में लगी ग्राहक पंचायत अपने आदर्शों को प्रसारित करने के लिए जिन कार्यों पर जोर देती है, उनमें से प्रमुख कार्यों को करने के ग्राहक पंचायत के अपने तरीके हैं।

ग्राहक जागरण—यह सत्य है कि व्यक्ति जन्म से लेकर मृत्युपर्यंत ग्राहक रहता है, परंतु अपने ग्राहकत्व का उसे भान भी रहना चाहिए। ग्राहकत्व के इस भान के अभाव में ही अधिकतर ग्राहक शोषण का शिकार होते हैं, अतएव बाजार में किसी भी व्यवहार को करते समये ग्राहक को सावधानी अपनानी आवश्यक है। जागरूक ग्राहक बनाने के लिए उसे बाजार का ज्ञान, वहाँ चलनेवाली विभिन्न प्रक्रियाओं के साथ ही व्यावहारिक ज्ञान की आवश्यकता पड़ती है, ताकि वह बाजार में सजगता से अपने खरीद व्यवहार को अमली जामा पहना सके। ग्राहक को जागरूक बनाने के लिए संगठन विभिन्न प्रशिक्षण कार्यक्रमों के द्वारा उसमें ग्राहक दृष्टि विकसित करता है। कार्यक्रम में विशेषज्ञों के द्वारा ग्राहकों को बाजार व्यवहार के साथ ही ग्राहकों के लिए आवश्यक अन्य आर्थिक जानकारियाँ सरल एवं सीधे शब्दों में उस तक पहुँचाकर उसे दक्ष ग्राहक बनाया जाता है। इसके लिए आवश्यकता के अनुसार विषय साहित्य व प्रचार साहित्य बनाकर उसका वितरण किया जाता है। इस साहित्य में ऑडियो, वीडियो, लघु पुस्तिकाएँ बनाना, ग्राहक कार्यकर्ताओं को विशेष जानकारी उपलब्ध कराने के लिए पत्रिका का प्रकाशन, समय-समय पर स्मारिकाओं का प्रकाशन करने के साथ ही साप्ताहिक, मासिक तथा दैनिक पत्रों में नियमित रूप से स्तंभ चलाकर ग्राहकों के बीच आवश्यक जानकारी पहुँचाई जाती है।

भविष्य के लिए ग्राहक आंदोलन के कार्यकर्ता तैयार करने हेतु ग्राहक पंचायत का पूरा जोर स्कूलों, कॉलेजों तथा व्यावसायिक पाठ्यक्रमों के विद्यार्थियों को उनके स्तर के अनुरूप ग्राहक आंदोलन, बाजार व्यवहार, वस्तु चयन, व्यावहारिक अर्थशास्त्र आदि विषयों पर निबंध, प्रश्नोत्तरी, वाद-विवाद प्रतियोगिता, तात्कालिक समस्याओं पर चर्चा, सामूहिक चर्चा आदि से उन्हें प्रशिक्षित करने पर रहता है। विद्यालय स्तर पर रैलियों का आयोजन किया जाता है। कंज्यूमर क्लब बनाकर उसके माध्यम से विद्यार्थियों को जागरूक करने का कार्य पूरे देश के विद्यार्थियों के बीच लगातार चलता रहता है। ग्रामीण तथा वनांचल क्षेत्रों के विद्यार्थी शहरों में पढ़ने के लिए आते हैं। इन

छात्रों के छात्रावासों में जाकर ग्राहक पंचायत उन्हें जागरूक ग्राहक के रूप में तैयार करती है। जब ये विद्यार्थी अपने-अपने ग्रामीण एवं वनवासी अंचलों में वापस लौटते हैं तो वहाँ ग्राहक जागरण कार्यों को स्वत: अपने साथ ले जाते हैं। ग्राहक पंचायत का भी इन विद्यार्थियों से आग्रह होता है कि वे अपने क्षेत्रों में वापस लौटने के बाद ग्राहक पंचायत के प्रतिनिधि के रूप में वहाँ के ग्राहकों को दक्ष ग्राहक बनाएँ, ताकि उनके प्रियजनों को आर्थिक क्षेत्र में होनेवाले शोषण से बचाया जा सके।

ग्राहक पंचायत सार्वजनिक कार्यक्रमों जैसे हाट-बाजार, मेले, धार्मिक आयोजन, जातीय सम्मेलन आदि में प्रदर्शनी के माध्यम से सर्व सामान्य ग्राहकों के बीच ग्राहक जागरण का संदेश पहुँचाती है। इन प्रदर्शनियों के माध्यम से भी ग्राहक पंचायत को एक ही स्थान पर विविध स्थानों से आनेवाले विविध स्थलों के लोगों के बीच अपना संदेश पहुँचाने का अवसर मिल जाता है। ग्राहक पंचायत का अंतिम ध्येय शोषण मुक्त समाज की रचना करना है। यह कार्य सरल नहीं है, विशेष रूप से आज के समय में, क्योंकि शोषण मुक्ति की बात सुनकर ही लोग या तो खिलखिला उठते हैं या फिर व्यंग्य करते हैं। ग्राहक पंचायत के कार्यकर्ता अपनी ध्येय प्राप्ति के लिए विभिन्न प्रयोग करते हैं, जिनमें से एक प्रयोग शोषणमुक्त बस्तियाँ तैयार करने का है। ग्राहक पंचायत के कार्यकर्ता किसी एक बस्ती का चयन कर उसे जागरूक बस्ती बनाने के लिए कार्य करते हैं। 300 से 400 घरों के एक समूह को पूरी तरह जागरूक करने में शीघ्र सफलता मिलती है और ग्राहक पंचायत के अनुसार शोषण मुक्त बस्ती बनने की दिशा में आगे बढ़ा जाता है।

प्रबोधन

जागरूक ग्राहक यह तो समझ जाता है कि किस स्थान पर उसे छला जा रहा है, परंतु उसे प्रभावी रूप में यह मालूम नहीं होता कि वह अपनी समस्या का निराकरण कहाँ पर और किस प्रकार करे? इसके लिए कार्यकर्ताओं का प्रशिक्षण अनिवार्य हो जाता है। इस प्रशिक्षण के लिए ग्राहक पंचायत विविध

कार्यक्रमों का आयोजन करती है।

1. **ग्राहक संवाद :** ग्राहक संवाद कार्यक्रम के आयोजन के द्वारा सर्वसामान्य लोगों को विशेषज्ञों के द्वारा विभिन्न विषयों से संबंधित नियमों और व्यवस्थाओं की जानकारी दी जाती है। कार्यकर्ता व ग्राहक संबंधित विभागों में उन नियमों के अंतर्गत अपनी समस्या का निवारण करने की दृष्टि से सक्षम एवं जागरूक हो जाते हैं।
2. **संगोष्ठियों का आयोजन :** ग्राहकों के लिए बहुत से विषय इस प्रकार के होते हैं, जो सीधे तौर पर तो उनके जीवन को प्रभावित नहीं करते, परंतु अपरोक्ष रूप में समय के अंतराल के साथ वे विषय ग्राहकों के जीवन पर अपने प्रभाव छोड़ते हैं। इन विषयों के संबंध में ग्राहक पंचायत वैचारिक संगोष्ठियों के माध्यम से ग्राहकों को जागरूक करती है। समाज में उस विषय से संबंधित एक वातावरण तैयार होता है, जिसके कारण यदि आवश्यक हुआ तो आंदोलन करने में भी मदद मिलती है। इस प्रकार ग्राहक पंचायत व्यवस्था पर दबाव बनाने में सफल होकर ग्राहकों को क्षति पहुँचानेवाले नियमों-कानूनों को बदलवाने में सफलता प्राप्त करती है।

नवीन एवं पुराने कार्यकर्ताओं को आज के तकनीकी युग में निरंतर प्रशिक्षण की आवश्यकता होती है, ताकि उनकी जानकारी संपूर्ण रहे और कार्य को सफलतापूर्वक संपन्न कराने में वे सफल हों। अतएव उन्हें समय-समय पर प्रशिक्षण दिया जाता है। यह प्रशिक्षण जिला, प्रांत एवं राष्ट्रीय स्तर पर होता है। साधारणतया प्रशिक्षण में कार्यकर्ताओं को ग्राहक समस्याओं के अतिरिक्त संगठन से संबंधित सभी विषयों में भी सिद्धहस्त किया जाता है, ताकि कार्यकर्ता संगठन के द्वारा दिए गए दायित्वों का सफलतापूर्वक निर्वहन कर सकें।

समस्या समाधान

ग्राहक पंचायत की स्थानीय समितियों से लेकर अखिल भारतीय स्तर की समिति के द्वारा समाज की ग्राहक समस्याओं के लिए कार्य करना तथा

उनका अपेक्षित समाधान दिलवाने की अपेक्षा प्रत्येक वर्ग को रहती है। एक तरह से कहा जाए कि समस्या भूतकाल की हो, वर्तमान काल की या फिर भविष्य में आनेवाली, ग्राहक पंचायत का मुख्य कार्य ही इन समस्याओं के निराकरण के मार्ग से जन साधारण को निजात दिलवाना है। ग्राहक पंचायत पूरी शक्ति से इस कार्य में लगी हुई है। इस कार्य के लिए ग्राहक पंचायत का सबसे महत्त्वपूर्ण प्रकल्प 'ग्राहक मार्गदर्शन केंद्र' है। लोग अपनी ग्राहक समस्याओं को लेकर इन केंद्रों में आते हैं, जहाँ पर उन्हें उचित मार्गदर्शन दिया जाता है, ताकि ग्राहक स्वयं अपनी समस्या को सुलझा सकें। यदि ग्राहक को फिर भी अड़चन होती है तो ग्राहक पंचायत के कार्यकर्ता उसके साथ मिलकर न्याय दिलवाने की व्यवस्था करते हैं। समाज में बहुत सी समस्याएँ होती हैं, जिनसे ग्राहकों को कष्ट होता है, परंतु कोई भी ग्राहक उन समस्याओं को लेकर सामने नहीं आता। साधारणतया समाज की यह उदासीनता सार्वजनिक समस्याओं से संबंधित होती है। प्रत्येक सप्ताह पंचायत की स्थानीय समितियों की बैठक होती है। इन बैठकों में अव्यवस्था के कारण सार्वजनिक ग्राहकों को होनेवाली समस्याओं और तकलीफों के बारे में भी चर्चा होती है। बैठक में ही उस समस्या के निराकरण को लेकर कार्यक्रम व जिम्मेदारी तय कर ली जाती है। ग्राहक पंचायत के कार्यकर्ता उस समस्या पर ध्यान देकर उसका निवारण करवाते हैं। इसके लिए संबंधित विभाग के अधिकारियों से पत्र व्यवहार, ज्ञापन, प्रतिनिधिमंडल आदि का सहारा लिया जाता है। कभी-कभी समस्याओं को सुलझाने के लिए न्यायालय या कानून का सहारा भी लेना पड़ता है।

ग्राहक पंचायत वित्तीय क्षेत्र में कार्य करनेवाला संगठन है। वित्तीय क्षेत्र की समस्याओं पर लगातार नजर रखनी पड़ती है तथा कभी-कभी समस्या के प्रभाव दिखाने का इंतजार न करके सरकार व लोगों का ध्यान उस समस्या की ओर आकर्षित करना आवश्यक हो जाता है। अत: इस संबंध में आंदोलनात्मक गतिविधियों का सहारा भी लेना पड़ता है। इस प्रकार की काररवाई करते समय इस बात का पूरा ध्यान रखा जाता है कि आंदोलन

करते समया हिंसा या कानून विरोधी भूमिका नहीं अपनानी है। अनेक अवसरों पर ज्ञापन, हस्ताक्षर अभियान, धरना, सोशल मीडिया व अन्य मीडिया के संसाधनों का समुचित उपयोग कर जनता तथा शासन तक अपनी बात पहुँचाई जाती है।

रचनात्मक कार्य

ग्राहकों की समस्याओं व आर्थिक वातावरण से अलग अपने सामाजिक दायित्वबोध को देखते-समझते हुए समाज जीवन में रहते हुए ग्राहक पंचायत कुछ रचनात्मक कार्यों में भी सहयोग करती है, जैसे पर्यावरण संरक्षण जिसमें वृक्ष लगाना, पॉलिथीन व प्लास्टिक के दुष्प्रभाव जैसे विषयों के बारे में जागरण आदि संपर्क के माध्यम से किया जाता है। ग्राहक पंचायत समस्या निवारण तथा प्रबोधन के लिए फेसबुक पेज, व्हाट्सएप, ट्विटर, वेब पोर्टल, यूट्यूब चैनल आदि सभी उपलब्ध संसाधनों का उपयोग करती है। संगठन के द्वारा विभिन्न प्रकार के साहित्य निर्माण का कार्य भी अबाध गति से चल रहा है, जिसमें नियमित रूप से पत्रिका का प्रकाशन तथा पुस्तकों का नियमित प्रकाशन भी किया जा रहा है।

ग्राहक पंचायत की संगठनात्मक संरचना

संगठन को सुचारु रूप से चलाने के लिए विभिन्न समितियों का गठन किया गया है, जो अपने-अपने क्षेत्र में कार्य कर रही हैं।

1. केंद्रीय स्तर पर राष्ट्रीय कार्यकारिणी।
2. क्षेत्रीय स्तर पर क्षेत्र संगठन मंत्री।
3. प्रांत के स्तर पर प्रांत कार्यकारिणी।
4. जिला स्तर पर जिला कार्यकारिणी।
5. तहसील या ब्लॉक स्तर पर कार्यकारिणी।
6. नगर या ग्राम स्तर पर स्थानीय समिति।

बैठकों का क्रम

1. तहसील, नगर, ग्राम समितियों द्वारा प्रति सप्ताह (साप्ताहिक)।
2. जिला कार्यकारिणी प्रतिमाह (मासिक)। वर्ष में एक बार ग्राहक सम्मेलन।
3. प्रांत कार्यकारिणी तीन माह में एक बार (त्रैमासिक)। वर्ष में एक बार अभ्यास वर्ग।
4. क्षेत्र वर्ष में एक बार प्रगत अभ्यास वर्ग तथा तीन वर्ष में एक बार अधिवेशन।
5. केंद्रीय स्तर पर प्रति 3 माह में कार्यकारिणी बैठक।
6. वर्ष में एक बार केंद्रीय कार्यकारी परिषद्।
7. वर्ष में एक बार राष्ट्रीय साधारण सभा।

□

ग्राहक पंचायत की उपलब्धियाँ

अखिल भारतीय ग्राहक पंचायत ने पूरे विश्व को ग्राहक आंदोलन का स्वरूप सही अर्थों व संदर्भ में दिया है। पूरा विश्व ग्राहक आंदोलन को बाजार और उसके इर्द-गिर्द वस्तुओं और सेवाओं की खरीद की नजर से देख रहा था। उसकी अपेक्षाएँ बाजार में ग्राहक को सरकार के द्वारा बनाए कानूनों और व्यवस्थाओं के इर्द-गिर्द घूम रही थीं। इसी विचार के अंतर्गत विश्व के विभिन्न देशों की सरकारें ग्राहक संरक्षण के लिए कानून बनाने में लगी हुई थीं। ग्राहक पंचायत ने दुनिया के सामने अपना दृष्टिकोण रखते हुए कहा कि ग्राहक बाजार का नहीं, बल्कि पूरी अर्थव्यवस्था का केंद्र है। ग्राहक के बिना विश्व की कोई भी आर्थिक गतिविधि पूरी नहीं हो सकती, अत: ग्राहक को अर्थव्यवस्था में सम्मानजनक स्थान देकर, आर्थिक नीतियाँ ग्राहक को केंद्र में रखकर बनाई जानी चाहिए। ग्राहक पंचायत के इस विचार को व्यापक अनुमोदन एवं समर्थन मिल रहा है। भारत में ग्राहक संरक्षण की कोई व्यवस्था नहीं थी। अखिल भारतीय ग्राहक पंचायत ने ग्राहक संरक्षण अधिनियम की संरचना और उसे लागू करने के लिए समुचित मशीनरी बनाने की माँग की। ग्राहक संरक्षण कानून किस प्रकार विभिन्न विधानसभाओं और संसद् की सीढ़ियाँ चढ़ते हुए कानून के रूप में स्थापित होने में सफल हुआ, इसका वर्णन इस पुस्तक में है। ग्राहक कानून को वास्तविकता के धरातल पर उतारना देश में ग्राहक आंदोलन और विशेषकर अखिल भारतीय ग्राहक पंचायत की उल्लेखनीय सफलता है। अखिल भारतीय ग्राहक पंचायत ने

ग्राहकों को हित को सदा सर्वोपरि रखा है और कभी किसी सरकारी अथवा गैर-सरकारी दबाव में संगठन नहीं झुका है। 50 वर्षों की संगठन की अनवरत यात्रा भी इस तथ्य की साक्षी है। ऐसे ही कुछ महत्त्वपूर्ण ग्राहक हितार्थ निर्णय तथा उपलब्धियाँ निम्नलिखित हैं—

1. अखिल भारतीय ग्राहक पंचायत के द्वारा सन् 1996 के लोकसभा चुनावों के बाद 'ग्राहक आंदोलन का श्वेत-पत्र' जारी किया गया था। यह श्वेत-पत्र ग्राहक पंचायत के पूर्व अध्यक्ष राजाभाऊ पोपली के द्वारा तैयार किया गया था। इसकी प्रस्तावना ग्राहक पंचायत के पूर्व राष्ट्रीय सचिव अशोक त्रिवेदी ने लिखी थी। चुनावों के बाद ग्राहक आंदोलन के श्वेत-पत्र को सभी सांसदों तक पहुँचाकर उनसे उस पर विचार करने और संसद् में ग्राहक आंदोलन के संदर्भ में उचित भूमिका रखने का आग्रह किया गया था। ग्राहक पंचायत की महत्त्वपूर्ण उपलब्धि यह है कि श्वेत-पत्र में ग्राहक परिषद्, ग्राहक आयुक्त, ग्राहक की शिकायत दाखिल होने से पूर्व आपसी समझौता, ग्राहक मंत्रालय का गठन करने के साथ ही इस मंत्रालय के अंतर्गत विभिन्न विभागों के द्वारा चलाई जानेवाली ग्राहक संबंधी व्यवस्थाओं को लाने का सुझाव दिया गया था।
2. सन् 2004 में ग्राहक संरक्षण अधिनियम में हुए संशोधन में ग्राहक पंचायत के अनेक सुझावों को मान लिया गया, जिनमें प्रमुख ग्राहक परिषदों का गठन, ग्राहक आयुक्तों की जिला स्तर तक नियुक्ति के साथ ही ग्राहक की शिकायतों को दाखिल किए जाने के पूर्व दोनों पक्षों में समझौते के प्रयास आदि कार्य हैं। यही नहीं, अखिल भारतीय ग्राहक पंचायत की ग्राहक मंत्रालय की कल्पना के अनुसार केंद्र सरकार के नागरिक आपूर्ति एवं उपभोक्ता मंत्रालय के द्वारा एक एप जारी कर ग्राहकों को विभिन्न मंत्रालयों से संबंधित शिकायतों को एक स्थान पर करने और उनका निराकरण प्राप्त करने की सुविधा देश के ग्राहकों को दी गई है।
3. 15 मार्च को पूरे विश्व में वैश्विक ग्राहक दिन मनाया जाता है। इस दिन सन् 1962 में अमेरिकी संसद् में वहाँ के सीनेटर कैनेडी ने ग्राहक

अधिकारों की बात उठाई थी। उन्होंने ग्राहकों को सुरक्षा, जानकारी प्राप्त करने, वस्तुओं का चयन करने व अपनी बात के सुने जाने से संबंधित ग्राहक अधिकारों की चर्चा की थी। बाद में संयुक्त राष्ट्र संघ ने एक प्रस्ताव पारित कर इस दिन को विश्व उपभोक्ता दिवस के रूप में मान्यता दे दी थी। तभी से विश्व में 15 मार्च के दिन विश्व उपभोक्ता दिवस मनाने का चलन है। हालाँकि अखिल भारतीय ग्राहक पंचायत के कार्यकर्ताओं के मंतव्य और उनके संघर्ष ने भारत में जिस दिन ग्राहक कानून बना, उसी दिन, अर्थात् 26 दिसंबर को भारतीय ग्राहक दिवस मनाया गया।

4. उन दिनों देश में ग्राहकों को स्कूटर खरीदने के लिए अग्रिम बुकिंग करनी पड़ती थी। बुकिंग के बाद नंबर के अनुसार ग्राहकों को स्कूटर मिलते थे। कभी-कभी तो स्कूटर मिलने में ग्राहकों को 10 से 15 वर्ष का समय भी लग जाता था। उन्हीं दिनों ग्राहक संरक्षण कानून उच्चतम न्यायालय के हस्तक्षेप से देश भर में लागू करने की प्रक्रिया चल रही थी। कानपुर की लोहिया मशींस लि. ने उन्ही दिनों इटली की कंपनी पियाजो के साथ मिलकर वैस्पा एक्स ई के भारत में निर्माण की योजना बनाई तथा इस स्कूटर की अग्रिम बुकिंग देश में प्रारंभ की गई। करोड़ों ग्राहकों ने 500 रुपए जमा कर स्कूटर की अग्रिम बुकिंग की। हालाँकि जब ग्राहकों को लगा कि स्कूटर मिलने में देर होगी और स्कूटर भी अधिक सफल नहीं है तो बड़ी संख्या में ग्राहकों ने स्कूटर की अग्रिम बुकिंग रद्द कराने के प्रार्थना पत्र दिए, किंतु कंपनी न तो ग्राहकों की बुकिंग रद्द कर रही थी और न ही उनके द्वारा जमा की गई अग्रिम राशि ब्याज सहित वापस लौटा रही थी। ऐसे में नागपुर में ग्राहक पंचायत के कार्यकर्ताओं ने अपने कार्यालय में एक काउंटर लगाकर उन सभी ग्राहकों को आमंत्रित किया, जिन्हें अपनी बुकिंग रद्द करवानी थी। हजारों ग्राहकों ने अपनी शिकायतें दर्ज करवाईं। सभी शिकायतें कानपुर स्थित कंपनी को भेजी गईं। अखिल भारतीय ग्राहक पंचायत के द्वारा उच्चतम न्यायालय में एक याचिका भी लगाई गई। स्कूटर की बुकिंग रद्द करवानेवाले ग्राहकों की संख्या बहुत

अधिक होने के कारण उच्चतम न्यायालय ने आदेश दिया कि कंपनी चरणबद्ध तरीके से ग्राहकों के गुट बनाकर उनकी राशि ब्याज सहित लौटाए। लोहिया मशींस से ग्राहक पंचायत के नागपुर कार्यालय में एक साथ सैकड़ों ग्राहकों की रकम वापसी के चेक आते थे। ग्राहक पंचायत के कार्यकर्ता संबंधित ग्राहकों को बुलाकर, उन्हें उनके चेक सौंपते थे।

5. ग्राहक संरक्षण कानून की व्यवस्था नई-नई बनी थी। देश में बहस चल रही थी कि ग्राहक कानून के अंतर्गत डॉक्टरों की सेवाएँ आती हैं या नहीं। ग्राहक पंचायत का निश्चित मत था कि डॉक्टर एक रकम लेकर मरीजों को सेवाएँ देते हैं, अतः डॉक्टरी सेवाएँ ग्राहक कानून की जद में हैं। नागपुर ग्राहक पंचायत ने नागपुर की इंडियन मेडिकल एसोसिएशन के पूर्व अध्यक्ष प्रसिद्ध न्यूरो सर्जन के विरुद्ध जिला ग्राहक मंच में अंबोली नाम के व्यक्ति की पत्नी की मृत्यु हो जाने के कारण शिकायत दाखिल कर दी। जिला मंच का निर्णय ग्राहक के पक्ष में आया। उसके बाद भी ग्राहक पंचायत ने कई डॉक्टरों के विरुद्ध जिला मंच में शिकायतें दाखिल कर पूरे देश के सामने नजीर रखी कि डॉक्टरों की सेवाएँ ग्राहक कानून के अंतर्गत आती हैं। बाद के वर्षों में राजस्थान ग्राहक पंचायत ने भी कई डॉक्टरों के विरुद्ध महिलाओं के यूट्रस से संबंधित अनावश्यक शल्य क्रिया करने से संबंधित काररवाई की।

6. नागपुर ग्राहक पंचायत की जिला ग्राहक मंच और ग्राहकों के बीच साख बहुत अधिक थी। ग्राहक पंचायत बाजार, ग्राहक और व्यापारियों के बीच समन्वय का सिद्धांत लेकर कार्य कर रहा था। ग्राहकों की भूखंड और फ्लैट से संबंधित बहुत शिकायतें आती थीं। शिकायतें मिलने पर ग्राहक पंचायत के कार्यालय में बिल्डरों को संवाद के लिए बुलाया जाता था। बिल्डर ग्राहक पंचायत के कार्यालय में आकर अपनी बात खुलकर रखते थे। ग्राहकों और बिल्डरों के बीच समन्वय कराकर समस्या निराकरण का प्रयास ग्राहक पंचायत के कार्यकर्ता करते थे। ग्राहक पंचायत के कार्यकर्ताओं की दूरदृष्टि एवं न्यायसंगत व्यवहार के कारण लगभग 95

प्रतिशत समस्याओं का ग्राहक पंचायत कार्यालय में ही समाधान हो जाता था। ग्राहक पंचायत अपने कार्यों से संबंधित समस्याओं के विवरण केंद्र सरकार के उपभोक्ता मंत्रालय को भेजकर उनसे इस विषय में काररवाई करने की प्रार्थना लगातार करती रहती थी। बाद में सरकार के द्वारा रीयल स्टेट रेग्युलेशन एंड डेवलपमेंट एक्ट वर्ष 2016 में बनाया गया, जिसमें बिल्डरों के लिए ग्राहकों के फ्लैट बनाने और बेचने से संबंधित अनेक व्यवस्थाएँ की गई हैं।

7. देश के विभिन्न शहरों में अंतरराष्ट्रीय क्रिकेट मैचों का आयोजन होता रहता है। आयोजक इन मैचों के टिकट दर्शकों को ऊँची कीमतों पर बेचते हैं। स्टेडियम के अंदर आयोजक मैच के दर्शक ग्राहकों को किसी भी प्रकार की मूलभूत नागरिक सुविधाएँ उपलब्ध न कराते हुए विभिन्न ठेकेदारों को खान-पान एवं अन्य आवश्यक वस्तुओं से संबंधित ठेके दे दिया करते हैं। इंदौर में भी एक अंतरराष्ट्रीय मैच के दौरान ठेकेदारों के द्वारा मैच के दर्शक ग्राहकों को जमकर लूटा गया। 15 रुपए में बिकनेवाली पानी की बोतल 100 रुपए में बेची गई। यह देखकर ग्राहक पंचायत के कार्यकर्ता बहुत आहत हुए। कुछ समय बाद जब इंदौर में एक अन्य अंतरराष्ट्रीय क्रिकेट मैच के आयोजन की घोषणा की गई तो ग्राहक पंचायत के कार्यकर्ता सजग हो गए। मैच के आयोजन से काफी समय पूर्व ही कार्यकर्ताओं ने जिला कलेक्टर को लिखित आवेदन दिया कि वह आयोजकों को स्टेडियम के अंदर ग्राहक दर्शकों को मुफ्त में पीने का पानी उपलब्ध करवाएँ तथा बिकनेवाले खाने-पीने के सामानों की दरें निर्धारित कर इस बात की निगरानी करें कि दर्शकों को खान-पान की वस्तुएँ उचित दर पर उपलब्ध करवाई जा रही हैं या नहीं। जब कलेक्टर ने काफी समय तक ग्राहक पंचायत की शिकायत पर कोई ध्यान नहीं दिया तो ग्राहक पंचायत के कार्यकर्ताओं ने मध्य प्रदेश उच्च न्यायालय में जनहित याचिका लगाकर, माननीय न्यायालय से त्वरित सुनवाई की माँग की। जब कलेक्टर कार्यालय को ग्राहक पंचायत की जनहित याचिका

की जानकारी मिली तो जिलाधिकारी कार्यालय स्टेडियम के अंदर मुफ्त जल की व्यवस्था, खाद्य पदार्थों की दरें निर्धारित करने तथा इन सबकी निगरानी करने के लिए टीमों को नियुक्त करने की पूरी व्यवस्था की कार्ययोजना लेकर माननीय उच्च न्यायालय के समक्ष उपस्थित हुए और अपनी योजना माननीय न्यायाधीश को बताई। न्यायाधीश ने जिलाधिकारी की योजना को मंजूरी देते हुए उनसे उसे लागू करने के लिए कहा। उस वर्ष क्रिकेट मैच के दर्शकों ने स्टेडियम में मैच देखते समय बहुत राहत महसूस की।

8. अखिल भारतीय ग्राहक पंचायत की तमिलनाडु शाखा ने रेलवे के संबंध में अनेक उल्लेखनीय कार्यों के द्वारा ग्राहकों को राहत दिलाने में सफलता प्राप्त की है। संगणक के द्वारा रेलवे में आरक्षण की व्यवस्था लागू होने के बाद ग्राहकों को यह सुविधा तो मिल गई थी कि किसी भी स्थान तक आने व जाने का आरक्षण वे करवा सकते हैं, परंतु ग्राहकों से आरक्षण के समय जानेवाले टिकट पर तो किराया और आरक्षण शुल्क लिया जाता था, परंतु जो ग्राहक वहाँ से वापसी का आरक्षण करवाते थे, उनसे किराए और आरक्षण शुल्क के अतिरिक्त 10 रुपए भी लिये जाते थे। ग्राहक पंचायत के कार्यकर्ताओं ने इसका विरोध किया। उन्होंने यहाँ तक कह दिया कि रेलवे के आरक्षण क्लर्क को वापसी यात्रा का आरक्षण करने के लिए कोई भी अतिरिक्त कार्य नहीं करना पड़ता तो फिर तकनीक का लाभ ग्राहक को क्यों नहीं दिया जा रहा है ? 10 रुपए का अतिरिक्त शुल्क किसलिए ? ग्राहक पंचायत के कार्यकर्ताओं ने हस्ताक्षर अभियान चलाकर हजारों प्रवासियों के हस्ताक्षर लिये और आंदोलन चलाया। अंततः रेलवे ने वापसी के टिकट पर लिये जानेवाले अतिरिक्त प्रभार को रद्द कर पूरे देश के ग्राहकों को राहत दी।

9. ग्राहक पंचायत कार्यकर्ताओं द्वारा स्वास्थ्य सेवाओं के संबंध में विस्तार से कार्य कर ग्वालियर में दो निजी अस्पतालों को भारी अनियमितताओं के कारण प्रशासन से बंद कराया गया। सरकारी अस्पताल में दी जानेवाली

सेवाओं के संबंध में भी कार्यकर्ताओं द्वारा सघन कार्य किया जा रहा है, जिसके कारण सरकारी अस्पताल की व्यवस्था में सुधार होना शुरू हो गया है। जिसका सीधा लाभ गरीब वर्ग को हो रहा है।

10. भोपाल के कार्यकर्ताओं के ध्यान में आया कि पेट्रोल पंप पर पेट्रोल कम मात्रा में दिया जाता है। उन्होंने अध्ययन किया तो जानकारी मिली कि पेट्रोल पंप ऐसी इलेक्ट्रॉनिक चिप का प्रयोग कर रहे हैं, जिसके कारण ग्राहकों को पेट्रोल की कम मात्रा मिलती है। भोपाल के कार्यकर्ताओं ने इस संबंध में सोचकर एक पेट्रोल पंप को पकड़ा, संबंधित प्रकरण की वीडियो बनाई गई, देश भर में यू-ट्यूब पर लाखों लोग इस वीडियो को देख चुके हैं। मध्य प्रदेश तथा उत्तर प्रदेश, दिल्ली सहित अन्य कई राज्यों की सरकारें भी हरकत में आईं तथा औचक निरीक्षण कर काररवाई भी की गई व सभी पंपों के लिए निर्देश भी जारी किए गए। अब पंपों पर व्यवस्था बदली गई है।
11. ग्राहक पंचायत के कार्यकर्ताओं के ध्यान में यह बात आई कि रेलवे में वेंडर्स यात्रियों से खाद्य सामग्री के मनमाने दाम वसूलते हैं और रेटकार्ड माँगे जाने पर न तो यात्रियों को मूल्य सूची दिखाई जाती है और न ही बिल दिया जाता है। तब कार्यकर्ताओं द्वारा इस संबंध में सघन मुहिम चलाई गई। आज अपेक्षाकृत ट्रेनों में खाने के मूल्य नियंत्रित हैं तथा वेंडर्स जेब में मूल्य सूची लेकर घूमते रहते हैं।
12. किसान तथा ग्राहकों के बीच कृषि उत्पादन की सीधी पहुँच बनाने के उद्देश्य से विदर्भ के अकोला में 4 वर्ष पूर्व किसान बाजार स्थापित किया गया था। आसपास के क्षेत्र में किसान इस बाजार में आकर अपने उत्पादों को सीधे ग्राहकों को बेचते थे, जिसके कारण बिचौलियों पर रोक लगी और महँगी सब्जियाँ सामान्य दरों पर ग्राहकों को मिलने लगीं। फलस्वरूप महँगाई पर नियंत्रण का यह प्रभावी उपाय रहा। अन्य विक्रेताओं को भी कृत्रिम रूप से बड़े मूल्य कम करने पड़े।
13. इंदौर नगर पालिका निगम द्वारा 10 स्थानों पर दिए गए पार्किंग ठेके

निरस्त करवाए गए। ग्राहकों को अवैध वसूली से मुक्ति मिली व अब निःशुल्क वाहन पार्किंग उपलब्ध है।

14. देश के विभिन्न स्थानों पर शासकीय उचित मूल्य की दुकान पर बी.पी. एल. कार्डधारक को राशन नहीं दिए जाने पर ग्राहक का हक दिलवाया गया और संचालक से किसी भी ग्राहक को परेशान नहीं करने का वचन लिया गया।
15. भविष्य निधि की रकम हितग्राही को मिलने में कठिनाई होने पर अधिकारियों से संवाद स्थापित कर प्रकरण हल किया गया।
16. नई केंद्रीय परिवहन नीति में प्रस्तावित लाभार्थी के लिए दुर्घटना बीमा राशि लाभ को सीमित (Limited) से असीमित (Unlimited) करवाया गया।
17. इंदौर ग्रामीण जिला इकाई द्वारा महू में बिजली के भारी-भरकम बिलों को संशोधित करवाकर वास्तविक खपत का बिल दिलाया गया।
18. ग्राम नानाखेड़ी (कालापीपल) के एक किसान के खेत में खरपतवार नाशक के छिड़काव से पाँच बीघा सोयाबीन की फसल जल गई। ग्राहक पंचायत के कार्यकर्ताओं में कंपनी से चर्चा करके किसान को 50,000 रुपए मुआवजा दिलवाया।
19. पूरे देश में पानी की बोतल अलग-अलग स्थानों पर अलग-अलग दामों में बिक रही थी। रेलवे स्टेशन, बाजार, पाँच सितारा होटल आदि पर यानी जैसी जगह वैसा ही पानी की बोतल का मूल्य देखा गया। इस विषय पर ग्राहक पंचायत के कार्यकर्ताओं द्वारा उपभोक्ता मंत्रालय से संपर्क कर शिकायत की गई। परिणामस्वरूप उपभोक्ता मंत्रालय द्वारा सभी स्थानों पर पानी की बोतल एक ही मूल्य पर बिकेगी एवं पानी की बोतल पर एम.आर.पी. भी एक ही छापी जाने का आदेश सभी संबंधित विभागों को जारी किया गया है।
20. ग्वालियर रेलवे स्टेशन की स्थिति भी देश के अन्य रेलवे स्टेशनों से भिन्न नहीं थी। ग्राहक पंचायत के कार्यकर्ता एक वर्ष तक लगातार स्टेशन पर

होनेवाली विभिन्न अव्यवस्थाओं को लेकर रेल प्रशासन के पीछे पड़े रहे, जिसके कारण ग्वालियर रेलवे स्टेशन की व्यवस्था में अभूतपूर्व सुधार हुए एवं परिणामस्वरूप ग्वालियर रेलवे स्टेशन को व्यवस्थाओं के संदर्भ में देश का प्रथम पुरस्कार प्राप्त हुआ।

21. ग्राहक पंचायत द्वारा देश के अनेक शहरों में व्यवसायियों द्वारा ग्राहकों की लूट पर रोक लगाई गई है। पुणे में ग्राहक पंचायत के कार्यकर्ताओं द्वारा बिल्डरों की मनमानी के विरोध में ग्राहकों को समय सीमा के अंदर फ्लैट दिलाने के साथ बिल्डरों द्वारा प्रस्तावित सुविधाएँ उपलब्ध कराए जाने के अनेक कार्य किए गए हैं। कई बिल्डरों के जाल में फँसे ग्राहकों को उनके द्वारा जमा कराई गई धनराशि ब्याज सहित वापस करवाई गई है। ग्राहक पंचायत के सतत प्रयासों का ही परिणाम है कि आज भूसंपदा विनियामक प्राधिकरण (RERA) कानून आ चुका है।

22. वर्ष 1989 में अखिल भारतीय ग्राहक पंचायत गुजरात द्वारा अहमदाबाद इलेक्ट्रिसिटी कंपनी लिमिटेड की ग्राहक विरोधी नीतियों के विरुद्ध उच्च न्यायालय में एक याचिका दायर की गई थी। माननीय न्यायालय ने ग्राहकों को विद्युत् कंपनी की बहुत सी शोषणकारी नीतियों से राहत दिलवाई थी।

23. वर्ष 1983 में अखिल भारतीय ग्राहक पंचायत विदर्भ ने महाराष्ट्र सरकार द्वारा सरकारी बसों के किराए में की गई अप्रत्याशित मूल्यवृद्धि के विरुद्ध मुंबई उच्च न्यायालय में याचिका दायर की गई थी। यह मामला आगे उच्चतम न्यायालय तक गया था।

24. अखिल भारतीय ग्राहक पंचायत महाराष्ट्र पुणे में बिल्डरों द्वारा भवन निर्माण में की जाने वाली अनियमितताओं के विरुद्ध सक्रिय है। उपभोक्ता न्यायालयों और परस्पर संवाद के माध्यम से निरंतर ग्राहक हित में कार्य करते हुए ग्राहकों को राहत दिलवाई जा रही है।

□

हमारा लक्ष्य : शोषण मुक्त समाज

ग्राहक जागरण कार्यक्रम : स्कूल, कॉलेज, क्लब, छात्रावास, धार्मिक कथाओं, सामाजिक कार्यक्रमों व मेलों में प्रदर्शनियों के माध्यम से।

कार्यशाला : खरीदारी में समझदारी, साइबर सुरक्षा, सोशल मीडिया के खतरे, भ्रामक विज्ञापन।

प्रबुद्ध जन गोष्ठियाँ : परिवहन नीति, रीयल एस्टेट कानून, पर्यावरण संरक्षण, स्थानीय उत्पादनों को प्रोत्साहन, MRP नीति।

ग्राहक प्रबोधन : उपभोक्ता आयोग की कार्यप्रणाली, सूचना का अधिकार, जी.एस.टी. का ग्राहक पर प्रभाव, ग्राहक संरक्षण अधिनियम 2019 में प्राप्त ग्राहक अधिकार, ऑनलाइन खरीदारी।

विषय, जिन पर कार्य चल रहा है—

1. पेट्रोल-डीजल को जी.एस.टी. के दायरे में लाने हेतु प्रयास।
2. पृथक् ग्राहक मंत्रालय का गठन।
3. महँगाई पर नियंत्रण के लिए MRP के साथ उत्पादन मूल्य घोषित करवाना या MRP नीति बनवाना।
4. वित्तीय संस्थान, बैंक, इंश्योरेंस, शेयर बाजार, म्युचुअल फंड आदि में ग्राहकों के मौलिक अधिकारों का हनन रोकना और समस्या होने पर ग्राहक को न्याय दिलाना।
5. अनावश्यक पैकिंग की रोकथाम, ताकि पर्यावरण संरक्षण के साथ ही ग्राहक पर वस्तुओं की महँगाई का बोझ कम हो

□

समय के साथ कदमताल करता ग्राहक पंचायत

अखिल भारतीय ग्राहक पंचायत ने प्रौद्योगिकी के विकास के साथ ही स्वयं को आधुनिक तौर-तरीकों के अनुरूप ढाला है। ग्राहक पंचायत सोशल मीडिया के माध्यमों के प्रयोग से साइबर ठगी से देशवासियों को जाग्रत् कर रहा है। 'जागरूकता ही बचाव' के संदेश के साथ सोशल मीडिया द्वारा प्रेषित संदेशों के माध्यम से भी ग्राहक हितों का संरक्षण किया जा रहा है। यहाँ कुछ ऐसे उदाहरण दिए जा रहे हैं, जो यह सिद्ध करते हैं कि ग्राहक पंचायत अब वृहद् स्वरूप में जागरण कर रहा है।

साइबर अपराध : साइबर अपराध को साइबर क्राइम या कंप्यूटर क्राइम भी कहा जाता है। साइबर अपराध एक प्रकार की गैर-कानूनी गतिविधि है, जिसे इंटरनेट या डिजिटल माध्यमों की सहायता से अंजाम दिया जाता है। सामान्य शब्दों में, डिजिटल या इंटरनेट माध्यम से होनेवाला कोई भी अपराध साइबर अपराध कहलाता है। सूचना और प्रौद्योगिकी के विस्तार के साथ-साथ साइबर क्राइम की संख्या भी बढ़ती जा रही है। देश का लगभग हर व्यक्ति इसका शिकार हो रहा है। साइबर अपराध एक बहुत बड़ा अपराध है, जिससे सुरक्षित रहने के लिए सबसे जरूरी जागरूकता व सतर्कता है।

साइबर अपराध के प्रकार

हैकिंग : हैकिंग एक प्रकार का साइबर अपराध है। इसमें एक व्यक्ति के कंप्यूटर के अंदर उसकी व्यक्तिगत या संवेदनशील जानकारी को प्राप्त

करने के उद्देश्य से उस तक पहुँच बनाई जाती है, अर्थात् किसी व्यक्ति की अनुमति के बिना उसके कंप्यूटर की सभी महत्त्वपूर्ण जानकारी को चुराना हैकिंग कहलाता है। हैकिंग में अपराधी विभिन्न सॉफ्टवेयर के माध्यम से व्यक्ति के कंप्यूटर में प्रवेश करने का प्रयास करता है और पीड़ित व्यक्ति को यह पता भी नहीं चलता, लेकिन उसका कंप्यूटर या मोबाइल कोई और एक्सेस कर रहा होता है।

साइबर स्टॉकिंग और थेफ्ट : साइबर स्टॉकिंग एक प्रकार का ऑनलाइन उत्पीड़न है, जिसमें पीड़ित को ऑनलाइन संदेश और मेल्स के माध्यम से परेशान किया जाता है। इसके अलावा थेफ्ट भी एक तरह का अपराध है, जब कोई व्यक्ति ऑनलाइन या डिजिटल के माध्यम से कॉपीराइट के नियमों का उल्लंघन करता है, जैसे गैर-कानूनी तरीके से कई गाने, मूवी, गेम आदि डाउनलोड करता है, इसे 'थेफ्ट' कहा जाता है।

पहचान की चोरी : किसी व्यक्ति की पहचान की चोरी करना भी एक प्रकार का साइबर अपराध है। इस साइबर अपराध के अंतर्गत एक अपराधी किसी व्यक्ति के बैंक के खाते, क्रेडिट/डेबिट कार्ड, पूर्ण नाम आदि की जानकारी प्राप्त करने का प्रयास करता है, ताकि व्यक्ति से रुपए प्राप्त किए जा सकें या पीड़ित के नाम पर ऑनलाइन खरीददारी की जा सके।

बाल पोर्नोग्राफी और दुर्व्यवहार : बाल पोर्नोग्राफी भी एक प्रकार का साइबर अपराध है। इस प्रकार के साइबर अपराध में अपराधी बाल पोर्नोग्राफी पर चैट के माध्यम से नाबालिग लड़कों और लड़कियों को अपने जाल में फँसाते हैं और उनसे दुर्व्यवहार करने का प्रयास करते हैं। ऑनलाइन बाल पोर्नोग्राफी को भारत में साइबर अपराध की श्रेणी में सबसे घिनौना अपराध माना जाता है।

आम लोगों को ठगने के लिए बदमाश अब साइबर क्राइम के कई तरह के हथकंडे अपना रहे हैं। सावधानी व सतर्कता में ही सुरक्षा है, इसलिए ग्राहक पंचायत ने देशवासियों के लिए कुछ सुझाव दिए हैं, जो निम्नांकित हैं—

व्हाट्सएप पर ठगी

1. समय-समय पर व्हाट्सएप एक्टिविटी की जाँच करते रहें। आपको अपने व्हाट्सएप अकाउंट की एक्टिविटी की जाँच करते रहना चाहिए। कॉल की हिस्ट्री चेक करें। अनजान कॉल मैसेज और लिंक से दूर रहना चाहिए।
2. व्हाट्सएप अकाउंट की कॉन्टैक्ट इनफॉरमेशन की जाँच भी करनी चाहिए। कई बार हैकर्स आपके अकाउंट को हैक करने के बाद कॉन्टेक्ट में बदलाव करना शुरू कर देते हैं। आपको ऐसा कोई बदलाव नजर आए तो अलर्ट हो जाना चाहिए। हो सकता है कि आपके खाते का एक्सेस किसी और के पास भी हो।
3. व्हाट्सएप में आपको linked device नाम से ऑप्शन दिया जाता है। यहाँ आप आसानी से चेक कर सकते हैं कि कहीं कोई अनचाही डिवाइस आपके अकाउंट से लिंक तो नहीं है। यदि ऐसा कोई अकाउंट नजर आता है तो उसे तुरंत डिलीट कर दें और अपरिचित व्यक्ति से बात न करें। फोटो, वीडियो तथा निजी जानकारी आदि माँगे तो न दें। ब्लैकमेल करने का इरादा हो सकता है।

फेसबुक ब्लैकमेलिंग व ठगी

1. ऐसे लोग किसी की फर्जी फेसबुक आईडी बनाकर परिचितों से रुपए माँगते हैं और लोग भरोसा करके दे देते हैं।
2. ठग कभी भाई तो कभी दोस्त बनकर परिचितों को मैसेज करते हैं। ऐसे लोगों से सावधान रहने की जरूरत है, क्योंकि लॉकडाउन में भी कई मामले इसी तरह के सामने आए हैं।
3. जिस शख्स की फर्जी फेसबुक प्रोफाइल बनाई गई है, उसे असली फेसबुक पर इस फर्जी अकाउंट के बारे में पोस्ट कर जानकारी साझा करनी चाहिए।
4. यदि कोई फेसबुक या फिर अन्य माध्यम से पैसे की डिमांड करता

है तो उससे फोन पर संपर्क करें। अन्यथा पैसा न दें।

5. जो भी फर्जी फेसबुक प्रोफाइल तैयार की जाती हैं, उन पर केवल डिस्प्ले पिक्चर लगी होती है। यह भी फर्जी प्रोफाइल की पहचान है।
6. फेसबुक पर जो भी शख्स पैसा माँगता है, वह इमोशनली हर्ट कर सकता है, ऐसे में इस तरह के मैसेज पर ध्यान न दें।
7. फेसबुक पर आई फ्रेंड रिक्वेस्ट को देखकर ही एक्सेप्ट करें। रिक्वेस्ट एक्सेप्ट करने से पहले प्रोफाइल की जाँच कर लें।

इंस्टाग्राम

1. हमेशा इंस्टाग्राम की प्राइवेसी लॉक रखें।
2. अकाउंट वेरीफिकेशन के लिए आपको किसी एजेंट या कंपनी के कर्मचारियों की जरूरत नहीं होती। आप इंस्टाग्राम पर जाकर खुद ही इसके लिए अप्लाई कर सकते हैं।
3. महिलाएँ एवं बच्चियाँ कभी भी सिंगल फोटो न डालें और न ही कोई क्लियर फोटो डालें।
4. इंस्टाग्राम पर कभी भी लोकेशन न डालें और न ही लोकेशन ऑन रखें।
5. जहाँ तक हो, घूमने वालीफोटो बाद में डालें, जिससे भ्रम बना रहे।
6. अनजान लोगों को फॉलो न करें और न ही किसी की रिक्वेस्ट एक्सेप्ट करें।
7. हमेशा अपनी आई.डी. को गोपनीय रखें एवं किसी के मोबाइल में अपनी आईडी ओपन न करें।

OTP से ठगी

1. कभी भी ओ.टी.पी. किसी से शेयर न करें।
2. अपने पासवर्ड को मजबूत बनाएँ और समय-समय पर बदलते रहें।

3. इस तरह के शातिर अपराधी ऐसे मैसेज भेजते हैं कि आम ग्राहक उनके झाँसे में आ जाते हैं और कार्ड नंबर, ओ.टी.पी. नंबर और एक्सपायरी डेट जैसी संवेदनशील गोपनीय जानकारी उनके पोर्टल पर डाल देते हैं। यह सभी को मालूम है कि ऑनलाइन बैंकिंग से जुड़ा लेन-देन करने के लिए इन्हीं चीजों की जरूरत होती है। इसी वजह से यह जानकारी डालते ही आप साइबर अपराधियों के जाल में फँस जाते हैं।
4. इस तरह के लेन-देन को रोकने के लिए बैंकों ने ओ.टी.पी. का सिस्टम शुरू किया है। ग्राहकों से ओ.टी.पी. हासिल करने के लिए जालसाज SMS फॉरवर्डिंग एप्लीकेशन का इस्तेमाल करते हैं। किसी-न-किसी तरह से यह अपराधी आपके मोबाइल पर ऐसा लिंक भेजते हैं, जिस पर आप क्लिक कर दें। लिंक पर क्लिक करते ही आपके फोन में एक एंड्रॉइड एप्लीकेशन डाउनलोड हो जाती है, जो आपकी जानकारी के बिना ही आपके फोन पर आनेवाले ओ.टी.पी. को फॉरवर्ड कर देती है।

अनजान लिंक

1. कभी भी अज्ञात व्यक्ति द्वारा भेजे गए लिंक को न खोलें और उसमें मौजूद कुछ भी डाउनलोड न करें।
2. उन वेबसाइट को ओपन न किया जाए, जिनके पास एक एस.एस. एल. सर्टिफिकेट नहीं है।
3. किसी भी अनजान लिंक से कुछ भी डाउनलोड न करें, जैसे एप, गेम, मूवी सॉफ्टवेयर आदि।
4. कभी भी किसी ऐसी फ्री वाई-फाई का इस्तेमाल न करें, जो पासवर्ड से सुरक्षित न हो।
5. कभी भी अपने क्रेडिट कार्ड, डेबिट कार्ड, बैंक के अकाउंट की जानकारी किसी भी अज्ञात वेबसाइट पर न डालें।

निवेश और लोन एप

कुछ एप पैसे लगाकर दोगुना करने का दावा करते हैं। इनमें छोटी से लेकर बड़ी रकम तक निवेश कर सकते हैं। शुरुआत में थोड़े रुपए लगाने पर जब ग्राफ बढ़ता है तो लालच बढ़ता जाता है। फिर व्यक्ति बड़ी रकम लगाने लगता है और जैसे ही धनराशि बढ़ती है, ग्राफ नीचे आ जाता है और सारा पैसा डूब जाता है। इसलिए इस प्रकार के एप से हमें बचना चाहिए।

कुछ ऐप बिना गारंटी के छोटे लोन देने का वादा करते हैं। उन ऐप से लोन लेने के बाद हमारे फोन की सारी निजी जानकारी, हमारे संपर्क भी उन तक पहुँच जाते हैं। लोन वसूली के साथ-साथ वे हमारे सारे संपर्क नंबरों पर अभद्रता से बात करते हैं और कई गुना राशि वसूलते हैं। ऐसे ऐप से हमें लोन नहीं लेना चाहिए। लोन एप के चक्कर में फँसकर इंदौर में ही एक खुशहाल परिवार काल का ग्रास बन गया।

फेक कॉल

1. बैंक या उनका कोई प्रतिनिधि कभी भी अपने ग्राहकों को इ-मेल, SMS नहीं भेजता या व्यक्तिगत जानकारी पासवर्ड या वन टाइम SMS (उच्च सुरक्षा) पासवर्ड माँगने के लिए उन्हें फोन नहीं करता है। ऐसा कोई भी इ-मेल/ SMS या फोन कॉल इंटरनेट बैंकिंग के माध्यम से ग्राहक के खाते से धोखाधड़ी से पैसे निकालने का एक नया प्रयास है। ऐसे इ-मेल/SMS या फोन कॉल का कभी भी जवाब न दें।
2. कभी भी यूजर आई.डी./पासवर्ड/डेबिट कार्ड नंबर/पिन/सी.वी.वी. आदि को अपडेट या सत्यापित करने के लिए कहनेवाले इ-मेल/एम्बेडेड लिंक/कॉल का जवाब न दें। अपने बैंक को ऐसे इ-मेल/SMS या फोन कॉल के बारे में सूचित करें। अगर आपने गलती से अपनी साख का खुलासा कर दिया है तो तुरंत अपना पासवर्ड बदलें।

3. किसी ऐसे पेज पर कोई व्यक्तिगत या गोपनीय जानकारी न दें, जो पॉप-अप विंडो के रूप में सामने आए हों।
4. हमेशा याद रखें कि पासवर्ड, पिन, टिन आदि जैसी जानकारी पूरी तरह से गोपनीय होती है और बैंक के कर्मचारियों/सेवाकर्मियों को भी इसकी जानकारी नहीं होती है। इसलिए माँगे जाने पर भी आपको कभी भी ऐसी जानकारी का खुलासा नहीं करना चाहिए।
5. बिना किसी वास्तविक कारण के कभी भी किसी को अपना पहचान-पत्र न दें।
6. बैंक की साइट तक पहुँचाने के लिए कभी भी किसी इ-मेल के किसी लिंक पर क्लिक न करें।
7. ब्राउजर के एड्रेस बार में यू.आर.एल. टाइप करके ही अपने बैंक की वेबसाइट पर पहुँचें।
8. नौकरी की पेशकश करनेवाले या लॉटरी जीतने का दावा करनेवाले इ-मेल को अपने बैंक खाते का विवरण न दें। अज्ञात प्रेषकों के इ-मेल के अटैचमेंट को खोलने से बचें।
9. साइबर कैफे या साझा पी.सी. से इंटरनेट बैंकिंग खाते तक पहुँचने से बचें।
10. जब आप अपने बैंक की वेबसाइट पर हों, तो या तो एड्रेस बार या स्टेटस बार (ज्यादातर एड्रेस बार) में पैडलॉक सिंबल देखें, वेब पेज डिस्प्ले एरिया में नहीं। पैडलॉक पर क्लिक करके सुरक्षा प्रमाण-पत्र सत्यापित करें।
11. अपने सिस्टम को अपडेट रखें।

फ्री लांसिंग के ऐप का मायाजाल

यह एप्स फ्री लांसिंग (घर बैठे काम) का काम देते हैं। जैसे कि टाइपिंग, डाटा एंट्री, वीडियो या ऐड देखने पर पैसा मिलना आदि। फोन कॉल के जरिए भी प्रस्ताव मिल सकता है। शुरुआत में छोटे-छोटे काम होते हैं और

पैसे भी देते हैं। कुछ समय के बाद बड़ा काम देने लगते हैं और कुछ दिनों के बाद संपर्क ही खत्म कर देते हैं।

अज्ञानता व लापरवाही घातक

1. अधिकांश उपभोक्ता एप इंस्टॉल करने से पहले नियम व शर्तों को कभी नहीं पढ़ते। ऐसे में वे फर्जी वेबसाइटों की गिरफ्त में आ जाते हैं। फर्जी वेबसाइट से मेलवेयर (ऐसा सॉफ्टवेयर, जो संवेदनशील जानकारी चुरा सकता है) कंप्यूटर या मोबाइल तक तेजी से पहुँच सकता है।
2. ऐसे एप, वेबसाइट से बचें, जो जल्दी पैसा कमाने का भरोसा दिलाते हैं। विशेषज्ञों के अनुसार अधिकतर ये नकली होती हैं, जिसमें व्यक्ति निवेश करता जाता है, पर हासिल कुछ नहीं होता।
3. किसी नई और अनजान वेबसाइट एवं ऐप पर लॉग इन न करें, क्योंकि लॉग इन के साथ ही आप अपना डाटा उससे साझा कर रहे होते हैं।
4. ऑनलाइन लेन-देन के लिए अलग खाता हो, जिसमें कभी भी 50,000 से अधिक रकम न रखें। जरूरत होने पर ही मोबाइल लोकेशन चालू करें।
5. फोन में कोई भी एप डाउनलोड करने से पहले जाँच लें कि यह Play Store/App Store में वेरीफाइडड है या नहीं।

स्पोर्ट्स व गेमिंग एप से ठगी

इन ऐप से पैसा लगाकर गेम खेला जाता है, जीतने पर रिवॉर्ड मिलते हैं, इसलिए उनकी लत लग जाती है। और कभी हार न जाएँ, यह डर भी सताने लगता है, इसलिए लगातार खेलते जाते हैं। इसमें इंटरनेट बैंकिंग और यू.पी. आई. के ही जरिए पैसे का भुगतान होता है। आपका बैंक खाता ऐप से लिंक होता है, इसलिए ठगी करना आसान होता है। लिहाजा रिवॉर्ड नहीं मिलता,

लेकिन आपकी निजी जानकारी उनके पास होती है और बैंक खाता भी खाली होने की आशंका होती है। आमतौर पर ऐसे ऐप प्ले स्टोर पर नहीं होते हैं। उन्हें लिंक के जरिए डाउनलोड किया जाता है।

पक्के बिल से खरीददारी में ही समझदारी

1. पक्का बिल लेने से ग्राहक को वस्तु की कानूनी सुरक्षा प्राप्त होती है।
2. एम.आर.पी. पर मोलभाव करना ग्राहक का अधिकार है।
3. पैक/डिब्बाबंद वस्तुओं पर एम.आर.पी., एक्सपायरी डेट, निर्माता का नाम, पता, कस्टमर केयर नंबर अंकित होने पर ही खरीदें।
4. वस्तुओं के ऑनलाइन मूल्य व बाजार मूल्य की तुलना करें।
5. ऑनलाइन खरीदी हुई वस्तु को खोलकर जाँचने के बाद ही भुगतान करें।

बिल्डरों की धोखाधड़ी से बचाव

1. बिल्डर के लिए प्रोजेक्ट की संपूर्ण जानकारी वेबसाइट पर प्रदर्शित करना अनिवार्य है।
2. विज्ञापन में वर्णित विवरण के अनुसार ही निर्माण हुआ है, यह सुनिश्चित करें।
3. शासकीय अनुमतियों की मूल प्रति देखने का आपको अधिकार है।
4. धोखाधड़ी से बचने हेतु फ्लैट निर्माण के पश्चात् ही अनुबंध करें।
5. अनुबंध स्थानीय भाषा में करें।

खाद्य पदार्थों में मिलावट से बचें

1. घर पर पिसे मसालों का ही उपयोग करें।
2. मिष्टान्न व नमकीन की छोटी दुकानों पर मिलावट की संभावना कम रहती है।
3. समय-समय पर खाद्य पदार्थों का घर पर ही परीक्षण करें।

4. खाद्य पदार्थों के पैकेट पर FSSAI का चिह्न अनिवार्य है।
5. पेयजल की शुद्धता जानने हेतु पी.एच.ई. विभाग से जाँच करवाएँ।

चिकित्सा में लूट से बचाव

1. डॉक्टर का चयन हॉस्पिटल की भव्यता से नहीं, योग्यता देखकर करें।
2. चैरिटेबल या सरकारी हॉस्पिटल व लैब में कम मूल्य में इलाज मिल सकता है।
3. बड़ी बीमारी में हमेशा किसी अन्य डॉक्टर से भी परामर्श लें।
4. मरीज को उपचार पेपर डॉक्टर से तीन दिन में प्राप्त करने के अधिकार हैं।
5. मरीज को कहीं से भी दवा लेने या जाँच कराने का अधिकार है।

नापतौल में धोखा न खाएँ

1. खरीददारी से पूर्व बाट या इलेक्ट्रॉनिक तौल काँटे पर नाप-तौल विभाग की सील जरूर देखें।
2. संदेह होने पर अन्य स्थान पर तुलवाकर संतुष्टि कर लेनी चाहिए।
3. यह देख लें कि तराजू के नीचे चुंबक तो नहीं है।
4. लीटर का माप कहीं से चपटा या दबा हुआ तो नहीं है।
5. मिठाई तुलवाते वक्त डिब्बे का वजन अलग से करवाएँ।

रसोई गैस में ठगी से ऐसे बचें

1. हॉकर को डिजिटल काँटे से सिलेंडर तौलकर देने को कहें।
2. सिलेंडर तौलकर न दिए जाने पर एजेंसी संचालक को सूचित करें।
3. भरे सिलेंडर का वजन व गैस का वजन सिलेंडर पर अंकित होता है।
4. गैस कम निकलने पर नाप-तौल अधिकारी को सूचना दें।
5. खाली गैस सिलेंडर भी तौलकर ही दें।

6. सिलेंडर की कीमत में घर पहुँचाने का शुल्क शामिल है, अलग से पैसे माँगना अवैध है।

   शिकायत नंबर-18002333555

पेट्रोल पंप पर ठगी से बचाव

1. हमेशा पेट्रोल-डीजल लीटर में ही लें।
2. ईंधन ठगी की शंका पर पंप पर मौजूद माप 500 मिलीलीटर, 3 लीटर, 5 लीटर या अन्य से नापकर देखें।
3. ईंधन में मिलावट की आशंका पर पंप मालिक से फिल्टर पेपर पर जाँच करवाएँ।
4. पंप पर नई मशीन से ही ईंधन लें।
5. प्रारंभ में मीटर शून्य दरशा रहा है, यह अवश्य देखें।

रेलयात्रा में बरतें सतर्कता

1. खाद्य पदार्थ लेने से पूर्व रेट कार्ड देख लें व तय दरों पर ही भुगतान करें।
2. सुरक्षित यात्रा के लिए अनधिकृत वेंडर से भोजन न लें।
3. रेलवे का अधिकृत ब्रांड 'रेल नीर' ही लें, अन्य ब्रांड हानिकारक हो सकते हैं।
4. यात्रा के दौरान चोरी होने पर उपभोक्ता फोरम से क्षतिपूर्ति प्राप्त कर सकते हैं।
5. ट्रेन 3 घंटे से अधिक लेट होने पर हमें पूर्ण किराया वापसी का अधिकार है।

ज्वेलरी खरीदने में बरतें सावधानी

1. ठगी से बचने हेतु हमेशा बी.आई.एस. (BIS) लाइसेंस प्राप्त ज्वेलर से ही खरीदारी करें।
2. ठगी की दशा में बिल कानूनी रूप से सहायक सिद्ध होगा।

3. बिल में नग (रत्न) व गोल्ड का वजन अलग-अलग रहना चाहिए।
4. कैडमियम मिली हुई गोल्ड ज्वेलरी न लें, यह जहरीला और हानिकारक होता है।

बिजली कंपनी की लूट से बचें

1. आकलित खपतवाले बिल का भुगतान न करें।
2. खपत अधिक होने पर दर भी अधिक होती है, अतः हर माह रीडिंग हो रही है, यह सुनिश्चित करें।
3. कर्मचारी से मीटर रीडिंग कार्ड में भी हस्ताक्षर सहित दर्ज कराएँ।
4. बिल में दर्ज विभिन्न शुल्कों की सावधानी से गणना करें।
5. गलत प्रकार से भेजे गए अधिक राशि के बिल न भरें।

शिक्षा क्षेत्र में धोखाधड़ी

शिक्षा संस्थान छोड़ने पर जमा फीस वापस प्राप्त करने का अधिकार है। स्कूल हमें किसी विशेष दुकान से पुस्तकें, ड्रेस आदि खरीदने के लिए बाध्य नहीं कर सकते।

क्षतिपूर्ति प्राप्त करने का अधिकार समझें

1. परीक्षा कॉपी गलत चेक करने व फेल करने पर।
2. गलत तथ्य बताकर प्रवेश से वंचित करने पर।
3. विज्ञापन में प्रकाशित सुविधाएँ व शिक्षा न देने पर।

ए.टी.एम. से निकासी में बरतें सावधानी

1. पासवर्ड डालते समय कीपैड को हाथ से ढक लेना चाहिए।
2. क्लोनिंग से बचने के लिए देखें कि कार्ड के स्लॉट में कोई अन्य डिवाइस तो नहीं लगी है।
3. ए.टी.एम. का उपयोग एकांत में करें, जिससे कोई पासवर्ड न देख सके।

4. ए.टी.एम. का पासवर्ड या बैंक खाते की जानकारी किसी को न दें।
5. जन्म दिनांक, गाड़ी नंबर जैसे सरल पासवर्ड न बनाएँ।

यहाँ करें शिकायत

डायल 1930

राष्ट्रीय साइबर अपराध रिपोर्टिंग पोर्टल के हेल्पलाइन नंबर 1930 पर अपने बैंक में रजिस्टर नंबर से कॉल कर अपनी शिकायत करें और साइबर की वेबसाइट पर भी आप शिकायत कर सकते हैं। Cybercrime.gov.in पर भी शिकायत कर सकते हैं। इसमें आपके साथ चाहे फेसबुक, व्हाट्सएप, इंस्टाग्राम, ओ.टी.पी., अनजान लिंक, फेक कॉल, ऑनलाइन ठगी, जिसमें पैसे कटे, उन सभी की शिकायत इस पर कर सकते हैं।

लोक शिकायत पोर्टल (PG Portal)

इस पोर्टल पर आप सभी सरकारी विभाग जैसे बिजली विभाग, स्वास्थ्य, सड़क परिवहन, किसान कल्याण की शिकायत कर सकते हैं। उनके काम और सेवा में कमी या अन्य भ्रष्टाचार आदि की शिकायत pgportal.gov.in पर भी कर सकते हैं।

उपभोक्ता आयोग

इसमें आपके साथ हुई धोखाधड़ी के बारे में शिकायत कर सकते हैं। धोखेबाज संबंधित दुकानदार, ऑनलाइन स्टोर, मैन्युफैक्चर, डीलर, सर्विस प्रोवाइडर पर आप केस कर सकते हैं। इसके साथ ही आपको भी नुकसान की पूरी भरपाई ब्याज समेत करवाई जाती है।

1. जिले में 50 लाख रुपए तक।
2. राज्य आयोग में 50 लाख से 2 करोड़ रुपए तक।
3. राष्ट्रीय स्तर पर 2 करोड़ से ऊपर के मामलों की सुनवाई की जाती है।

वेबसाइट consumerhelpline.gov.in पर ग्राहक लिखित शिकायत

भी कर सकते हैं। उपभोक्ता फोरम में ऑनलाइन शिकायत https://edaakhil.nic.in पर भी कर सकते हैं।

भ्रामक विज्ञापन

भ्रामक और झूठे विज्ञापन के लिए शिकायत कर सकते हैं—आयुक्त, केंद्रीय उपभोक्ता संरक्षण प्राधिकरण (CCPA) नई दिल्ली/जिला कलेक्टर सी.सी.पी.ए इ-मेल ccpa@nic.inc • com-ccpa@gov.in पता आयुक्त, सी.सी.पी.ए. उपभोक्ता मामले विभाग कृषि भवन, नई दिल्ली-110001

जनसुनवाई

जिलाधिकारी को शिकायत करने पर संबंधित विभाग को काररवाई हेतु निर्देशित किया जाता है। इस हेतु प्रत्येक जिले के कलेक्टर व एस.पी. को प्राधिकृत किया गया है।

मुख्यमंत्री हेल्पलाइन

बिजली, नगर निगम, गैस, शिक्षा, परिवहन, आदि ग्राहक संबंधी समस्याओं पर काररवाई करने हेतु निर्देशित किया जाता है। शिकायतकर्ता द्वारा समस्या निराकरण की सहमति दिए जाने पर ही फाइल बंद की जाती है।

सूचना का अधिकार

आर.टी.आई. (RTI) के माध्यम से ग्राहक संबंधी विषयों पर प्रश्न किए जा सकते हैं। क्या काररवाई की गई, यह पूछा जा सकता है। इसके अलावा संबंधित विभाग से जानकारी ले सकते हैं। समय सीमा में जवाब प्राप्त न होने पर प्रथम और बाद में द्वितीय अपीलीय अधिकारी से अपील कर सकते हैं।

□

परिशिष्ट

ग्राहकों से संबंधित पुस्तकों/दस्तावेजों/अधिनियमों की सूची

(संसद् के पुस्तकालय में उपलब्ध स्रोतों से)

1. सत्य सुंदरम, 1, कंज्यूमर प्रोटेक्शन इन इंडिया, दिल्ली, बी.आर. पब्लिशिंग कॉरपोरेशन, 1985
2. दि राइट्स ऑफ कंज्यूमर, श्री जगप्रवेश चंद्र
3. कंज्यूमरिज्म, बारहासा बी मुरेसी द्वारा संपादित, पी-एच.डी., डेट्रोयट विश्वविद्यालय
4. शाह मनु भाई, प्रोटेक्टिंग द कंज्यूमर, इकॉनोमिक सीन, खंड 84, नंबर 13, दिसंबर 84, पी.पी. 27-28
5. बूल चंद, कंज्यूमर प्रोटेक्शन, रेडिकल ह्यूमिनिस्ट, खंड 44, नंबर 5, अगस्त 80, पी.पी. 59-61
6. हरमन राबर्टो, कंज्यूमर प्रोटेक्शन, यस्टरडे, टुडे एंड टुमारो, करंट हिस्ट्री, खंड 78, नंबर 457, मई 80, पी.पी. 193-196 और 226
7. मेहता बलरोज, प्रोटेक्शन टू द कंज्यूमर्स, आकाशवाणी, खंड 40, नंबर 41, 12.10.75, पी.पी. 1978-79
8. मेहता रघुवीर एस, कंज्यूमर्स प्रोटेक्शन, आकाशवाणी, खंड 46, नंबर 38, 20.09.1981, पी.पी. 10-11 और 56
9. ग्राहक सेवा प्रतिष्ठान प्रकाशन से प्रकाशित
   1. मृग मरीचिका : धारणक्षम अर्थनीति की खोज

2. वैश्विक ग्राहक आंदोलन : दशा एवं दिशा
3. संप्रभुताविहीन राजा
4. ग्राहक : एव राजा

ग्राहक संरक्षण के विभिन्न मामलों से संबंधित कानून

1. विष अधिनियम, 1919
2. वस्तु बिक्री अधिनियम, 1930
3. औषधि एवं सौंदर्य प्रसाधन अधिनियम, 1930
4. कृषि उत्पाद ग्रेडिंग एवं वितरण अधिनियम, 1937
5. औषधि नियंत्रण अधिनियम, 1950
6. प्रतीक चिह्न और नाम, अनुचित उपयोग रोकथाम अधिनियम, 1950
7. औद्योगिक विकास एवं नियमितिकरण अधिनियम, 1951
8. वायदा अनुबंध विनिमय अधिनियम, 1952
9. भारतीय मानक संस्थान, प्रमाणीकरण चिह्न अधिनियम, 1952
10. औषधि एवं जादुई उपचार, आपत्तिजनक विज्ञापन अधिनियम, 1954
11. आवश्यक वस्तु अधिनियम, 1955
12. वाणिज्य एवं व्यापार चिह्न अधिनियम, 1958
13. आवश्यक सेवा आपूर्ति अधिनियम, 1968
14. एकाधिकार एवं प्रतिरोधात्मक प्रक्रिया अधिनियम, 1969
15. नाप-तौल मानक अधिनियम, 1976
16. खाद्य पदार्थ अपमिश्रण रोकथाम अधिनियम, 1976
17. औषधि मूल्य नियंत्रक आदेश, 1979
18. कालाबाजारी रोकथाम और सुचारु आपूर्ति सेवा या आवश्यक वस्तु अधिनियम, 1980
19. खतरनाक औषधि अधिनियम, 1990

□□□